칸의 여행

사자(獅子)의 아들: 칸의 여행 4

허담 新무협 판타지 소설

초판 1쇄 찍은 날 § 2021년 2월 25일
초판 1쇄 펴낸 날 § 2021년 3월 4일

지은이 § 허담
펴낸이 § 서경석

총괄팀장 § 노종아
편집책임 § 강서희
디자인 § 스튜디오 이너스

펴낸곳 § 도서출판 청어람
등록번호 § 제387-1999-000006호
등록일자 § 1999. 5. 31
어람번호 § 제2-2864호

주소 § 경기도 부천시 부일로 483번길 40 서경B/D 3F (우) 14640
전화 § 032-656-4452 팩스 § 032-656-4453
http://www.chungeoram.com
E-mail § chungeorambook@daum.net

ⓒ 허담, 2020

ISBN 979-11-04-92321-0 04810
ISBN 979-11-04-92295-4 (세트)

청어람
도서출판

허담 新무협 판타지 소설

4

사자의 아들

칸의 여행

FANTASTIC ORIENTAL HEROES

사자의 아들

칸의 여행

목차

제1장

십이신무종(十二神武宗)

철썩철썩!

푸른 파도가 거칠게 달려와 끝없이 펼쳐진 절벽 하단에 하얀 포말을 만들며 부서졌다. 그러면 대양의 무서운 힘이 포말로 부서진 파도를 절벽 위까지 밀어 올려 안개비를 내리게 했다.

그 안개비 속에 서로 다른 모습을 한 팔 인이 서 있었다.

입고 있는 옷도 다르고, 생김새와 나이도 제각기 달라 보였다. 그리고 그중 두 명은 여인이었다.

그들은 끝없이 펼쳐진 바다 먼 곳에 작은 점처럼 떠 있는 섬을 바라보고 있었다.

거리 때문에 작게 보이기는 하지만 실제로는 무척 큰 섬으로 알려진 곳이다.

"그는… 없겠지요?"

차가운 인상의 여인이 입을 열었다. 나이를 짐작할 수 없는 외모를 가진 여인이다. 그녀가 만들어내는 냉기 때문에 더더욱 나이를 알 수 없었다.

"이 계절에 그는 서쪽 거점인 봄섬이란 곳에 있소."

옅은 하늘색 옷을 입고 한 자루 검을 단출하게 허리에 찬 오십 대 중년의 사내가 대답했다.

"이번 대원정에 관여하지 않을까요?"

여인이 다시 물었다.

"아마도… 이왕사후가 그에게 사람을 보냈다고는 하지만 그는 대원정에 참여치 않을 것이오."

중년 사내가 단정적으로 말했다.

"누구든 그렇겠지요. 흑라의 침범에서 육주를 구한 것은 그인데, 정작 흑라가 죽은 후 이왕사후는 육주의 권력에서 철저하게 그를 밀어냈으니까."

여인이 섬에서 시선을 떼지 않고 말했다.

"사실 그가 이번 원정에 참여하지 않아도 이왕사후는 크게 아쉽지 않을 것이오. 자신들의 힘만으로도 신마성쯤은 충분히 제거할 수 있을 거라 생각할 테니까."

중년 사내가 다시 말했다.

그러자 여인이 중년 사내가 아닌 조금 뒤쪽에 서 있던 왜소한 체구의 여인에게 물었다.

"동생, 정말 그럴까?"

"뭐가요?"

왜소한 체구의 여인이 되물었다.

여인은 체구 때문인지 아니면 정말 실제 나이가 그런 것인지 알 수 없지만, 보기에는 이십 대 중반으로밖에 보이지 않았다.

"이왕사후가 신마성을 무난하게 상대할 거란 무산 무사님의 말씀 말이야."

마치 정답을 알고 있을 거라는 듯 여인이 왜소한 체구의 여인에게 재차 물었다.

"그걸 제가 어떻게 알겠어요."

왜소한 체구의 여인이 고개를 저으며 대답을 거절했다.

"내 생각에 소월 동생은 알 것 같은데? 신마성에 대해서도 우리보다 훨씬 많이 알고 있을 것 같고…… 아니야?"

여인이 다시 물었다.

그러자 지금까지 침묵하고 있던 사내들도 관심을 갖고 소월이라 불린 왜소한 여인에게 시선을 주었다.

그리고 그중 한 명은 질문을 한 여인을 거들기까지 했다.

"나 역시 처음부터 지후 님께 묻고 싶었소. 신마성… 대체 어떤 자들이오?"

훤칠한 키의 중년 사내다. 긴 검을 등에 매고 있어 한눈에 보아도 뛰어난 전사임을 알 수 있었다.

"그들에 대해서는 저도 잘 몰라요. 실망스러우시겠지만."

"음… 지후 님께서 모르신다는 것은 신산종 역시 그들의 정체를 모른다는 말이오?"

"글쎄요. 어른들은 어떨지 모르겠군요."

정말 모르고 있는 것인지, 아니면 다른 사람들의 질문에 대답하고 싶지 않은 것인지 속마음을 알 수 없는 모호한 표정으로 여인이 대답했다.

그런데 사내의 입에서 흘러나온 신산종이라는 종파의 이름은 무척 특별한 이름이었다.

신산종은 십이신무종 중 한 종파의 이름이었기 때문이다.

당연히 여인 역시 특별한 존재였다. 지후 신소월, 신산종이 자랑하는 최고의 인재가 바로 그녀였다.

천하에 존재하는 모든 종파의 무공을 알고 있다는 신산종, 당연히 십이신무종의 일원이다.

그렇다고 모든 무공을 익힐 수 있다는 뜻은 아니다. 신산종이 각 종파 대대로 이어지는 비밀스러운 신공의 비결을 아는 것은 아니었다. 다만 그들은 각 종파 무공의 장단점을 세세하게 알고 있었다.

그건 그들의 천재적인 두뇌와 끈기의 결과였다. 그리고 수백 년 동안 이어진 그 노력의 결과는 세상에 존재하는 어떤 무공이든 약점을 알고 있다는 자신감으로 이어진다.

신산종의 무공은 철저히 상대방의 무공 약점을 공략하는 데 초점이 맞춰져 있다.

적의 무공(武功)을 안다는 것, 그것도 그 무공의 장단점을 안다는 것은 적은 힘으로도 적을 상대할 수 있음을 의미한다.

그래서 그들은 강자였다.

십이신무종에 속한 그 어떤 문파도 감히 신산종을 무시할 수 없었다.

거기에 더해 그들은 인간이 육주의 땅에 남긴 모든 역사와 사건들을 알고 있는 종파로도 알려져 있었다.

한마디로 천재들의 집단. 그래서 종파의 이름도 신산종이었다.

그런 이유로 절벽 위에 모여 있는 사람들은 신산종이라면 어둠의 장막에서 막 머리를 내밀고 있는 신마성의 정체를 알고 있을 거라 기대한 것이다.

"알고 계시다면 왜 동생에게 말씀해 주지 않으셨을까?"

처음 입을 열었던 중년 여인이 물었다.

그러자 지후(智后)라 불린 여인이 고개를 저었다.

"어르신들도 신마성의 정체를 정확하게 확인한 것은 아니시겠지요. 아마도 그래서 제게 말해주지 않으셨을 거예요. 짐작 정도……."

"신산종조차 정확한 내막은 모른다라… 흑라 이후 처음인가? 이런 위협은……."

장검의 사내가 어두운 표정으로 중얼거렸다.

그러자 지후 신소월이 차분하게 말했다.

"검은 마종 흑라에게 받은 충격이 워낙 컸기에 잊고 있었을 뿐 그전에도 파나류에서는 수많은 위협들이 일어났어요. 신마성 역시 그들과 다를 바 없을 겁니다."

"그렇긴 하구려. 이럴 때는 천마종이나 환무종 사람들이 필요한데. 그들이라면 신마성에 대한 정보를 좀 더 많이 가지고 있을 가능성이 있지 않겠소?"

"그들의 도움을 기대할 수 없다는 건 누구보다 흑수제께서 잘 알고 있지 않소? 사대휴무종은 우리 팔대활무종에 대한 원한이 클 것이오."

키가 큰 사내에게 불승의 모습을 한 승려가 말했다. 검게 그을린 얼굴과 핏줄이 드러나는 팔뚝, 한눈에 보아도 오랜 세월 몸을 단련해 온 무승(武僧)이다.

"천수금강께서 하신 말씀의 뜻, 잘 알고 있소. 하지만… 그래도 그들 사대무종이 영원히 세상일에 관여치 않을 수는 없을 것 아니오. 더군다나 신마성의 일은 천마종의 영역인 파나류에서 일어난 일이고."

흑수제라 불린 사내가 불만 섞인 표정으로 말했다.

"그렇기는 하지만 그들의 도움을 바라기에는 역시 시간이 너무 빠른 듯하오. 좀 더 세월이 지나야……."

천수금강이란 불린 불승이 차분한 표정으로 말했다.

육주는 이왕사후가 지배한다. 그러나 이 세상은 십이신무종의 손에 있다는 말이 있다.

이왕사후 등을 세상의 지배자로 만든 최고 전사들의 뿌리가 십이신무종이기 때문이다.

십이신무종은 세속의 권력을 탐하지는 않으나, 세상의 권력자들에게 자신들의 무종을 전수받은 절대 전사들을 공급함으로써 세상의 권력 정점에 서 있는 존재들이었다.

그리고 그들의 영역은 육주에 머물지 않는다.

물론 그들이 배출한 전사들이 주로 육주의 각 성주들에게 속하게 됨으로써 육주에서 십이신무종의 힘이 가장 강하게 발휘되지만, 그중 네 개 종파의 위치는 육주가 아니었다.

육주의 남해를 건너면 사막으로 이뤄진 거대한 땅이 존재한 다. 그 열사의 땅 어딘가에 존재한다는 태양종, 그리고 죽은 자 들의 섬이 되어버린 사자의 섬에 본거지가 있다는 환무종과 사 천종, 거기에 더해 검은 대륙 파나류의 비밀스러운 숲에 존재한 다는 천마종이 육주 외부에 뿌리를 둔 사대종파였다.

그리고 그들은 하나의 공통점을 가지고 있었다.

이들 사대종파가 흑라의 시대 이후 거의 육주에 전사를 공급 하지 않고 있다는 사실이었다.

그뿐 아니라 그들 종파의 무사나 수련자들의 육주 여행도 거 의 없었다.

물론 그 사실이 세상에는 제대로 알려지지 않았다. 오직 십이 신무종 내의 사람들만이 그들의 변화를 알고 있었다.

그래서 나머지 팔대무종은 세상에 문을 닫은 사대종파를 휴 무종으로, 여전히 육주 전사들의 정신적 지주 역할을 하는 자신 들을 활무종으로 나눠 부르고 있었다.

사대휴무종의 칩거는 흑라의 시대 그들이 입은 피해 때문이 라고 알려졌다. 당시 흑라는 세속의 왕과 제후들을 공격하는 것 을 넘어 무종 종파도 가리지 않고 공격했다.

당연히 육주 외에 본거지를 둔 사대휴무종 역시 흑라의 공격 대상이었다.

그 공격에서 그들은 신무종의 정통 종파들답게 적어도 자신 들의 본거지는 지켜냈다.

그러나 그 와중에 막대한 피해를 입는 것은 어쩔 수 없었다.

그로 인해 흑라의 시대 이후 사대종파는 종파의 문을 닫고 내부의 힘을 기르는 데 진력하고 있었다.

하지만 한편으로 그들이 육주 출입을 멈춘 것은 더 이상 육주의 팔대활무종과 뜻을 함께할 수 없다는 의사이기도 했다.

그 선택에 대한 이유도 분명했다. 흑라의 공격 때 육주의 팔대종파가 사대종파에 대한 구원을 거부했기 때문이다.

동맹이란 어려움을 당했을 때 도움의 손길을 내미는 사람들이다. 그걸 거부한 순간 동맹은 깨어지고 서로 다른 길을 가게 된다.

그래서 사대휴무종의 선택은 정당했다. 당연히 지금 육주의 종파들이 그들의 도움을 바라는 것도 염치없는 일이었다.

그럼에도 불구하고 사람들은 언제나 자신들의 잘못은 쉽게 잊게 마련이다. 그래서 육주의 종파들은 언젠가는 사대휴무종이 과거를 잊고 다시 예전의 그들로 돌아올 거란 생각을 하고 있었다. 단지, 시간의 문제일 뿐.

하지만 전혀 다른 예상을 하는 사람도 있었다.

"사대휴무종에 대해 어른들께서는 조금 다른 걱정을 하시더군요."

지후 신소월이 어두운 말투로 입을 열었다.

"다른 걱정이라면? 어떤……?"

하늘색 옷에 단출한 검을 찬 사내가 되물었다.

"그들이 단지 육주의 일에 관여하지 않는 것뿐 아니라 어쩌면 무종의 규칙을 깰지도 모른다고 생각하세요."

"어떤 무종의 규칙 말이오?"

사내가 다시 물었다.

"화무검께서는 우리 십이신무종의 가장 중요한 규칙이 뭐라고 생각하나요?"

"음… 가장 중요한 규칙이라. 그야 아무래도 세속의 권력을 추구하지 않는다는 것 아니겠소?"

"맞아요. 그 이유로 우리는 세상의 모든 무인들 위에 군림하죠. 정신적인 지배자로서. 그런데 흑라의 시대를 통해 그런 정신적인 존경은 종파의 생존에 아무런 도움이 되지 않는다는 것이 일부분 증명되었지요. 그 대상자들이 사대휴무종들이고. 그러니……"

"설마 그들이 세력을 일으켜 권력을 추구할 거라 보시는 것이오?"

화무검이라 불린 사내가 놀란 표정으로 되물었다.

"그들은 단지 본거지에서 나오지 않는 것이 아니라 육주 각 성에 몸을 의탁하고 있는 종파의 문외제자들을 불러들이고 있어요. 은밀하게… 이미 각 성에서 대전사의 위치에 있는 자들 몇몇이 그 부름에 응했다고 하더군요. 그게… 단순히 자파의 안위를 위한 것일까요?"

신소월이 되물었다.

"음… 하지만 그렇다고 단언하기에는."

화무검이란 사내가 확신하지 못하겠다는 듯 고개를 저었다.

"맞아요. 어르신들도 확신은 못 하세요. 단지 의심할 뿐이죠. 그래서 이번 우리들의 출행이 무척 중요하다고 하셨어요. 만약 그들이 세속의 권력을 추구하기로 결심했다면, 반드시 지금 파나류에서 벌어지고 있는 일에 어떤 식으로든 관여했을 것이니까요. 특히……"

"만약 그들도 묵룡대선 소룡들이 빛의 술사의 흔적을 찾아 움직인 것을 알면 반드시 행동에 나설 것이라는 말이구려."

천수금강이 산처럼 무거운 음성으로 말했다.

"맞아요. 빛의 술사가 바로 각 무종이 지켜야 하는 그 규칙을 만든 사람이니까요. 그들은 그의 존재 여부, 혹은 그 힘의 존재 여부를 반드시 확인하려 할 거예요. 그들이 세상의 힘에 욕심을 내기 시작했다면요. 물론 그들이 묵룡대선 소룡들의 움직임을 파악했는지는 모르겠지만."

지후 신소월이 말했다.

그러자 천수금강이 다시 입을 열었다.

"일단 움직여 보면 알게 될 것이오. 묵룡대선의 소룡들이 세 방향으로 향했다니 늦지 않게 그들을 따라붙읍시다. 아무리 독안룡이 대영웅이라 해도 그의 손에 빛의 술사의 유적이 들어가는 일은 없어야 할 것이오. 그건… 우리 팔대활무종의 존립을 위협할 수 있는 일이니. 비록 그 가능성이 거의 없다 해도."

십이신무종의 우두머리를 자처하는 불산소림의 대무승 천수금강 선우가 굳은 표정으로 말했다.

*　　　　*　　　　*

"으챠!"

배를 깊은 숲 아래, 오래된 땅으로 끌어 올리며 왕도문이 힘을 썼다.

타고난 힘이 자랑인 그는 혼자 배의 앞머리를 들어 올려 검은 땅 위에 올려놓았다. 해안가에서 이어진 작은 강줄기를 반나절 정도 거슬러 오른 지점이었다.

그 모습을 소룡오대의 일행은 어이없는 표정으로 바라보고 있었다.

"됐지?"

왕도문이 고개를 돌려 소룡들에게 물었다.

"그게 무슨 미친 짓이냐?"

사비옥의 물었다.

"미친 짓이라니 무슨 소리야?"

왕도문이 눈을 부라리며 소리쳤다.

"함께하면 쉬운 일을 왜 혼자서 하겠다고 고집이냐고? 여기서 힘자랑하고 싶어? 네가 무식하게 힘만 세다는 건 우리 모두 알고 있어!"

사비옥은 다른 사람의 도움을 만류하고 굳이 혼자서 뱃머리를 땅에 올린 왕도문의 행동에 혀를 찼다.

왕도문의 이마에는 땀이 송골송골 맺힌 것이, 최대한의 힘을 쓴 것이 분명했다.

"힘자랑이 아니고 할 수 있나 궁금했지."

왕도문이 자신이 끌어 올린 뱃머리를 툭 치며 말했다.

사실 어이없는 고집이기는 해도 놀라운 힘인 것은 분명했다.

"그래서 만족해?"

사비옥이 물었다.

"흐흐, 좀 자랑스럽기는 하네. 뭐 나만의 만족이겠지만."

왕도문이 대답했다.

그러자 그 모습을 지켜보고 있던 두굴이 말했다.

"비웃을 일만은 아닌 것 같네. 아마 왕 아우님은 자신의 무공을 확인해 보고 싶었던 것 같아. 최근 들어 큰 변화가 찾아온 모양이고."

두굴의 말에 왕도문이 뜻밖이라는 표정을 지었다.

"그걸 어떻게 아셨습니까?"

"최근 들어 아우께서 계속 기분이 좋은 모습이었으니까. 또 며칠은 거의 선실에 머물렀던 것 같고. 무인에게 그런 경우는 특별한 순간이 찾아왔다는 의미지?"

두굴이 대답했다.

그러자 소독이 왕도문에게 물었다.

"정말 그랬어?"

"약간 변화가 있기는 해."

왕도문이 머리를 긁적였다.

"그래서 일부러 이 일을 했던 거냐?"

여전히 못마땅하다는 듯 사비옥이 다시 물었다.

"한번 모든 힘을 써보고 싶었어. 그러지 않으면 답답해 미칠 것 같았거든. 마치… 음식을 먹고 체한 기분이었거든."

"이제 괜찮기는 한 거야?"

왕도문의 말에 그의 상태가 심상치 않았음을 깨달은 사비옥이 걱정스러운 표정으로 물었다.

"어, 이제 아주 속이 시원해!"

왕도문이 손으로 가슴을 툭툭 치며 말했다.

"그럼 다행이다. 선장님과 사왕님도 없는데 몸에 문제가 생기면 곤란하니까."

"괜찮아. 훨씬 좋아진 느낌이야."

왕도문이 두 팔을 들어 올려 팔근육을 드러내 보이며 말했다.

"좋아. 그럼 가장 큰 짐은 네가 들어. 힘쓸 데가 없어서 고민이었다니까 제대로 한번 힘을 써보라고."

"젠장, 그건 다르지!"

"다르긴 뭐가 달라. 아주 바닥까지 힘을 써보라고. 석 대장님, 이제 가야죠?"

사비옥이 더 이상 논쟁하고 싶지 않다는 듯 석와룡을 보며 물었다.

"출발하세. 서둘러 걸어야 오늘 중으로 이 숲을 벗어날 수 있을 걸세. 숲에서 자는 것은 좋지 않아. 습기도 많고, 이름 모를 벌레들도 득실대지. 밤이 되면 야수들도 활동을 시작하고. 그러니 숲을 벗어나 쉬어야 하네."

석와룡이 손으로 무성하게 자란 숲을 가리키며 말했다.

"보기에는 아름다운데요."

무한이 중얼거리듯 말했다.

"후후, 소형제. 이 파나류의 숲은 육주의 숲과 다르다네. 이 대륙을 왜 검은 대륙이라고 하는지 아는가?"

"그야 어디든 위험이 도사리고 있기 때문이 아닌가요? 세상에 알려지지 않은 곳도 많고."

"그렇기도 하지만 그보다는 이 땅의 모습 때문이네. 검은 숲, 검은 강, 검은 토지……. 특히 파나류 북부 지방이 심하지. 검다는 것은 그 안에 습기를 품고 있다는 의미이고, 습기는 또 독을 만들고."

"독이요?"

무한이 놀란 표정으로 되물었다.

"그렇다고 크게 두려워할 필요는 없네. 독이라는 것도 시간이 지나면 서서히 옅어지거나 한곳으로 모이게 마련이니까. 다만 조심할 것은 그렇게 한곳으로 독이 모인 독지(毒地)를 지날 때지. 오랫동안 독이 모인 곳은 공기도 오염되어서 호흡하는 것만으로도 중독될 수 있으니까."

괜히 겁을 주는 것이 아니었다. 석와룡은 일행이 파나류 북서쪽을 여행할 때 가장 주의해야 하는 점을 말해주고 있었다.

그래서 무한은 물론, 다른 소룡들도 그의 충고를 신중하게 경청했다.

"그런데 이 땅은 왜 이렇게 검게 된 거죠?"

무한이 다시 물었다.

숲과 땅, 흐르는 물까지 검게 보이는 곳이 파나류다. 이런 기이한 현상이 왜 생겼는지 의문일 수밖에 없었다.

"정확한 이유를 아는 사람은 없지. 다만 짐작이 가는 바는 있어. 파나류 북중부에 몰려 있는 거대한 산들, 곤모산이나 금령산, 우리가 곧 만나게 될 청류산이나 혹은 우리 여행의 목적지인 열화산은 대부분 과거에 큰 화산 폭발이 있었던 산들이지. 그중 열화산은 여전히 활동하는 활화산이고. 이 땅이 검은색을 띠게 된 이유는 바로 그 과거의 화산활동 때문이라고들 생각한 다네."

"그렇다고 대륙 전체가 검을 수는 없잖아요?"

무한이 되물었다.

"하하하, 소형제. 설마 파나류 전체가 검다고 생각하고 있었던 거야?"

석와룡이 웃음을 터뜨리며 물었다.

"아닌가요?"

"당연히 아니지, 검은 곳은 북부와 동북부야. 그런데 이 지역이 육주의 여행객이나 상인들이 파나류로 들어오기 수월한 지역이라 검은색이 파나류를 상징하는 색이 된 거지. 중부나 서부, 혹은 동남부는 오히려 작렬하는 태양으로 인해 눈부신 빛을 가지고 있지. 자, 이제부터 이 땅을 지겹도록 여행하게 될 테니 이 대륙에 대한 이야기는 그만하고, 모두 떠납시다!"

석와룡이 무한과의 대화를 끝내고 소룡들을 보며 말했다.

그러자 소룡들이 서둘러 배에 실은 짐들을 내리기 시작했다.

어떤 일이 벌어질지 모르는 땅, 더군다나 제대로 형성된 마을이 흔치 않은 땅이어서 여행 중 대부분은 노숙해야 할 상황이었다. 당연히 챙겨야 할 짐도 적지 않았다.

그리고 그 짐들 중 가장 무거운 짐은 어쩔 수 없이 왕도문의 차지였다.

"으챠!"

왕도문이 가장 큰 짐을 등에 짊어지자 소룡들도 하나둘 짐을 등 뒤에 멨다. 무한 역시 적지 않은 무게의 짐을 등에 올린 후 일행의 중간에 자리를 잡았다.

작은 마을이라도 말을 살 수 있는 곳까지는 이렇게 사람들이 각자 짐을 지고 가야 하는 여행이었다.

"갑시다. 내가 앞에 서겠소. 거리가 벌어지지 않게 조심들 하시오."

석와룡이 걸음을 옮기며 소리쳤다.

그의 뒤를 따라 소룡오대의 젊은 무인들이 천천히 미지의 땅 파나류를 걷기 시작했다.

*   *   *

산이 하늘을 찌를 듯 서 있다. 그럼에도 우악스럽지 않은 것은 산의 빛깔 때문일 것이다.

검은 땅, 검은 숲, 검은 강을 자랑하는 파나류 북부 지방과는 전혀 어울리지 않은 산이었다.

푸른 숲이 만들어내는 바람은 상쾌하기 이를 데 없었다. 그 숲에서 시작된 물 역시 맑다.

물론 그 물줄기들도 산을 벗어나 하루 정도 흐르면 검은 강에 이르게 되고, 검은빛의 땅과 바위에 의해 검은빛을 띠게 될 것이다.

그런 면에서 눈앞에 우뚝 선 거대한 푸른 산의 존재는 특별할 수밖에 없었다. 마치 죽음의 연옥에서 만난 생명의 숲 같은 느낌까지 주었다.

물론 파나류의 검은 땅과 숲, 그리고 강이 사람이 살 수 없는 불모의 땅은 아니지만.

"후우……!"

무한이 길게 숨을 내쉬었다. 그러면서 자신이 걸어온 길을 뒤돌아봤다.

하루 종일 뚫고 온 검은 들판이 거대하게 펼쳐지고 그 끝, 지평선에 아스라이 검은 숲이 보였다. 자신이 지나왔다고 믿어지지 않는 황량한 풍경이었다.

열흘간이나 걸어온 길이었다. 육체는 물론 정신적으로도 피로할 수밖에 없는 시간. 모두가 지쳐 있는 그 시간에 구원처럼 푸른 산과 숲이 나타난 것이다.

"이제야 좀 살겠군."

무거운 짐을 여행 내내 지고 온 왕도문도 한숨을 쉬며 말했다.

"그래도 좀 더 걸어야 하네."

석와룡이 말했다.

"숲이 편해 보이는데 그냥 근처에서 쉬면 안 되는 겁니까?"

평소 말이 없던 이산도 지쳤는지 힘겨운 표정으로 물었다. 그가 이런 모습을 보이는 것 자체가 놀라운 일이었다.

"보기엔 저래도 산 아래 숲은 위험이 있네. 워낙 오래된 숲이라 적엽토가 사람 키만큼 쌓인 곳이네. 그래서 독충과 벌레들이 적지 않지. 그리고 습기도 많아서 쉬기 좋은 곳이 아니네. 힘든 줄은 알지만 여기까지 왔으니 반나절만 더 걷기로 하세. 그럼 산 중턱까지 갈 수 있네. 그곳에 적당한 곳이 있네. 아마 하루만 쉬어도 원기가 회복될 걸세."

석와룡이 지친 소룡들을 생각해 세세하게 자신의 계획을 말
했다.

그러자 소독이 대답했다.

"저희야 석 대장님만 믿습니다. 그런데 근방에 위험한 자들은
없을까요? 그나마 살기 좋은 곳이라 여러 부류의 사람들이 모여
들 것 같은데요."

소독이 주변을 돌아보며 말했다.

그의 말대로 그들이 파나류에 들어온 이후 이곳이 가장 살기
좋은 환경인 것은 분명했다.

"물론 청류산에는 여러 부류의 사람들이 살고 있네. 그러나
누구도 함부로 다른 사람을 공격하지는 못한다네."

"왜 그런가요? 마적들이라면 딱 도적질하기 좋은 곳인데? 쉴
곳을 찾아 들어오는 여행객이 적지 않을 텐데요."

하연이 물었다.

"그래서 더욱 도적질을 하기 힘든 곳이라네. 이 거대한 산, 청
류산은 파나류 북서쪽에선 사막의 녹지 같은 곳이네. 사막에 사
는 사람들에게는 이런 불문율이 있지. 누구도 사막의 우물을 소
유하지 못한다. 우물은 모든 여행객의 것이다. 거친 파나류 북방
을 여행하는 사람들이 이 청류산에서 휴식을 취하고 생명수를
얻는다네. 그래서 이곳은 사막의 녹지에서와 같은 규칙이 묵시
적으로 지켜지는 곳이네."

석와룡의 말에 하연이 고개를 끄떡였다. 생명수를 독점하려
한다면 누구든 모든 사람의 적이 될 것이기 때문이다.

"그럼 안전한 거네요?"

무한이 물었다.

"그렇다고 완벽하게 안전한 것은 아니지. 도적은 없어도 은원으로 얽힌 자들 간의 싸움은 적지 않으니까. 복수를 하고자 하는 상대가 이 근방을 지난다면, 반드시 청류산에서 그를 기다릴 것이네. 누구라도 청류산에 들르지 않을 수 없을 테니까."

"그렇군요. 그런 싸움이 커지면 큰 싸움으로 번질 수도 있겠고요."

"맞네. 그러니 아무튼 조심해야지."

그러자 갑자기 사비옥이 어두운 표정으로 입을 열었다.

"그렇다면… 누군가 우리를 찾고 있다면 이 산으로 올 수도 있단 뜻이군요?"

"……."

갑자기 소룡들의 얼굴이 굳어졌다. 석와룡의 표정도 당황스럽게 변했다.

"그것 참 듣고 보니 그러네……."

석와룡이 고개를 끄떡였다.

"에이, 누가 우릴 찾고 있겠어?"

왕도문이 괜한 걱정이라는 듯 말했다. 그러자 소독이 고개를 저으며 말했다.

"모르는 일이지. 우리가 빛의 술사의 흔적을 찾아가고 있다는 것을 알고 있는 자가 있다면 우릴 찾으려 할지."

사비옥이 말했다.

"그러니까 그걸 누가 아냐고? 우리가 얼마나 은밀하게 떠났는데. 애초에 빛의 술사에 관심을 갖고 있는 사람도 세상에는 별로 없고."

왕도문이 역시 기우라는 듯 고개를 저었다.

"정말 그럴까?"

"아니라는 거야?"

사비옥의 반문에 왕도문이 되물었다.

"후우… 적어도 십이신무종 등 오래된 무종 종파들, 그리고 이 왕사후 같은 가문들은 빛의 술사를 절대 잊지 않고 있을 거야. 세상 사람들 기억에서는 지우려 하고 있지만 자신들은 잊지 않는다는 거지. 왜냐! 전설로 치부하기에는 너무 확실한 역사의 흔적들이 있으니까. 그리고 빛의 술사가 갑자기 등장한다면 그들이 누리는 지금의 영광스러운 지위들이 한순간에 빛의 술사 아래에 놓이게 될 테니까."

"아니, 그렇다고 해도 우리가 빛의 술사의 흔적을 찾아 여행을 떠났다는 사실을 어떻게 아냐고?"

왕도문이 두 손을 들어 보이며 물었다.

"모르지, 세상에 비밀이란 것은 없으니까. 더군다나… 신마성의 일도 있고."

"신마성? 그들이라면… 좀 다르긴 하지."

왕도문도 신마성의 이름에는 머쓱한 표정을 지었다.

"아무튼 일단 이동하도록 하세. 물론… 사 소룡의 말대로 이제부턴 추적자가 있는지도 조심하도록 하고."

석와룡이 말을 끝내고 걸음을 옮기기 시작했다.

무한과 소룡들이 얼른 짐들을 챙겨 들고 아름다운 파나류의 대산, 청류산 자락으로 걸어 들어가기 시작했다.

*   *   *

청류산은 파나류 북서쪽 관문으로 여겨지는 대산(大山)이다. 다섯 개의 봉우리를 가졌고, 그 봉우리들 사이는 무성한 숲, 깊은 계곡, 사람들의 발길을 거부하는 험준한 절벽들이 즐비했다.

그럼에도 청류산은 여행객들이 반드시 들르는 산이었다. 파나류 북서부의 거친 환경에 비해 기온이 온화하고, 공기가 맑았기 때문이다.

파나류에서는 드물게 검은빛이 아닌 땅을 가진 산이기도 했고, 맑은 물도 흘렀다.

그래서 각 봉우리의 허리 지역을 따라 동서를 잇는 잔도들이 발달해 있었다.

청류산을 지나면 본격적으로 파나류 서북 지역이 시작되는데, 그 땅은 청류산 동쪽인 파나류 북중부보다 훨씬 가혹한 땅이었다.

황량한 벌판과 숲, 그리고 바위 사막이 이어져 있었고, 서쪽으로 갈수록 활발하게 활동하는 대화산인 열화산의 영향으로 공기도 좋지 않았다. 그래서 청류산의 가치는 더욱 부각됐다.

그 청류산 중턱에 무한의 소룡오대가 여장을 풀었다.

구수한 음식 냄새가 노숙지를 가득 메웠다. 두 개의 큰 돌 사이에 모닥불을 피우고, 그 위에 솥을 건 후 밥을 짓고 있는 사람은 왕도문이었다.

일행 중 가장 덩치도 크고 힘도 센 왕도문은 또한 먹성도 제일이었다.

먹성 좋은 사람이 음식도 잘 만들어서, 소룡오대 내에서 왕도문은 숙수의 역할을 자청하고 있었다.

다른 사람들은 노숙지 이곳저곳에 흩어져 앉아 청류산의 시원한 풍경과 맑은 공기에 흠뻑 취해 휴식을 취하고 있었다.

일행은 잠을 잘 천막을 치는 데 많은 시간을 허비하지 않았다.

그저 이슬만 피하면 되는 일이라 큰 바위를 지지대 삼아 천막 서너 개를 걸쳐놓는 것으로 잠자리를 마련한 일행이었다.

무한은 석와룡 곁에 앉아 있었다. 두 사람은 신분도 다르고 나이도 꽤 차이가 나지만, 그래도 최근에 묵룡대선과 인연을 맺었다는 공통점이 있어서 제법 친해진 상태였다.

"청류산에 마을은 없나요?"

굽이진 산길을 보며 무한이 물었다.

"있지."

석와룡이 짧게 대답했다.

"그럼 다음에는 마을에서 쉴 수도 있겠네요?"

"내일은 가능할 거야. 하룻길 밖에 있으니까. 그렇지만 대단한 걸 기대하지는 말아. 겨우 십여 채의 토담집이 전부인 곳이고, 허름한 산장이 하나 있는 곳이니까."

"그래도요."

무한이 씩 웃었다.

"하긴 좀 오래됐지? 집 같은 곳에서 잔 것이."

석와룡도 무한의 마음을 이해하는 듯 빙그레 미소를 지었다.

"배에서 내린 이후에는 계속 노숙이니까요."

무한이 어깨를 으쓱했다.

"그래도 지금까지는 좋았던 거야. 청류산을 벗어나면 정말 황량한 곳에서 잠을 자야 해, 며칠 동안 잠을 자지 못할 수도 있어."

"그렇게 위험한가요?"

"위험하다기보다 가혹한 곳이지. 생명체들이 살아가기에는……."

석와룡이 두려운 눈으로 서쪽 산봉우리 너머를 바라보며 말했다.

"그게 정말 있을까요?"

"뭐?"

"빛의 술사의 그……."

"글쎄… 있기는 있겠지. 어딘가에는. 그건 전설이 아니라 역사니까. 누군가 전설로 만들었을 뿐."

"우리가 가는 곳에 있을 가능성은요?"

"뭐… 그거야 내가 알 수 없지. 그런데 사실 내 걱정은 그런 게 아니야."

"그럼요?"

무한이 되물었다.

"없다면 차라리 다행이란 생각이야. 만약 빛의 술사의 유적이 존재한다면 그걸 세상 밖으로 끄집어내는 게 옳은지 모르겠어. 빛의 술사가 몇 대에 걸쳐 이어졌는지는 모르지만, 지금 그 대가 끊기고 세상에서 사라진 데는 나름대로 이유가 있지 않을까?"

"…그렇겠지요."

"더군다나 전설이 사실이라면 빛의 술사는 타인의 손에 의해 그 맥이 끊길 존재는 아니란 말이야. 즉 스스로 세상을 떠났고, 스스로 후인을 두지 않은 거지. 아니면 후인이 존재해도 세상에 나오지 않고 있거나. 그건 분명 이유가 있지 않겠어? 그런데 그걸 우리가 깨뜨리는 게 과연 맞을지. 혹은… 빛의 술사의 후인을 찾았을 때 그가 어떤 반응을 나타낼지도 모르겠고. 난 사실 그게 두려워."

생각해 보면 석와룡의 걱정은 당연한 것이었다.

세상에서 가장 강하고 뛰어난 존재였다고 알려진 빛의 술사다. 스스로 세상을 떠난 존재를 사람들이 일부러 찾아내 다시 세상으로 불러내는 것은 극히 위험한 행동이었다.

"그래도 다른 사람들이 찾으려 하니까요."

무한이 그나마 이 여행의 정당성을 찾아냈다.

"그렇지. 신마성… 그 빌어먹을 놈들이 아니었다면 이런 일도 없었겠지."

석와룡이 손으로 나뭇가지를 뚝 부러뜨리며 말했다. 북창을 공격한 신마성에 대한 원망이 되살아난 모양이었다.

"그런데 그자들의 힘이 이곳에는 미치지 않을까요?"

무한이 새로운 걱정거리를 꺼내 들었다.

그러자 석와룡의 표정이 좀 더 심각해졌다.

"나도 사실 그게 걱정이야. 그들이 북창을 공격하기 전 은밀히 파나류를 장악해 나가고 있었다면, 이 청류산은 결코 그냥 두지 않았을 곳이라서……."

"그럼……?"

"내일, 산장에 가보면 알게 되겠지. 이곳에 그들의 마수가 미쳤는지."

석와룡이 두려움과 전의를 함께 드러내며 말했다.

그때 밥을 짓던 왕도문의 목소리가 들렸다.

"다 됐어요! 와서 밥들 먹어요!"

그날 노숙은 지금까지의 노숙과 달랐다. 석와룡의 장담대로 하루 노숙이 지난 며칠의 피곤을 말끔하게 씻어낸 느낌이었다.

그래서 다음 날 이른 출발이 일행에게는 부담이 되지 않았다.

아침 일찍 떠난 길 역시 지금까지와는 달랐다. 산 중턱을 따라 이어진 잔도는 사람의 왕래가 많지 않아 중간중간 새로 길을 다듬어야 하는 곳도 있었지만, 그래도 파나류에 들어온 이후 가장 쾌적한 여행길이었다.

특히 산 중턱에서 바라보는 아름다운 청류산의 풍경은 금화를 내고서라도 여행해 볼 가치가 있어 보였다.

그렇게 하루를 걷고 석양이 청류산 골짜기들을 아름다운 선홍빛으로 물들일 즈음, 일행 앞에 마을이라고 부르기에는 쑥스러운 다섯 채의 토담집과 하나의 산장이 모습을 드러냈다.

"오늘 쉬어갈 곳일세."

석와룡이 소룡오대를 보며 말했다.

"그래도 집 모양은 갖추고 있네요."

왕도문이 조금 실망한 표정으로 말했다.

"손님이 왕이 아니라 주인이 왕인 곳이네. 주인의 심기를 거스르는 행동을 하지 말게. 나도 오래전에 한 번 와본 곳이어서 지금 사정은 잘 모르네. 내 기억으로는 산장의 주인이 도검을 쓸 줄 아는 사람이었던 것 같네."

석와룡이 산장에 들르기 전에 주의를 줬다.

"이런 곳에서 여행객을 상대로 산장을 운영하려면 도검을 다룰 줄 알아야겠지요."

사비옥이 대답했다.

"내 말은 무공을 안다는 뜻이네."

"무공을요?"

사비옥도 놀란 표정을 지었다.

"음, 어떤 이유에서 세상을 떠나 이곳에서 머물고 있는지 몰라도 무공을 아는 무인이었네. 물론 지금도 그가 이 산장을 운영하는지는 모르지만."

"그럼 혹시 다른 세력과 연관이 있는 것 아닐까요?"

사비옥이 경계심을 드러냈다.

"글쎄, 그럴지도 모르지. 어쨌든 그것도 흑라의 시대 이전의 일이야. 내가 여길 여행한 것이 그 이전이었으니까. 사실 자네들을 데려오기는 했어도 이 산장과 마을이 건재할 줄은 나도 확신할 수 없었네. 그런데 여전하군. 그럼 그도 있을 가능성이 크겠지……"

석와룡이 감개무량한 표정으로 말했다.

젊은 시절 치기 삼아 북창을 떠나 세상을 여행한 석와룡이었다. 그 시절이 어느새 이십 년을 바라보고 있었다.

그 시절에 들렀던 오지의 산장을 다시 만나는 것은 누구나에게 감격적인 일일 것이다.

"아무튼 조심은 해야겠군요. 어떤 변화가 있을지는 확인해 봐야 아는 거니까."

소독이 신중하게 말했다.

"그래야 할 걸세. 가보세."

석와룡이 다시 걸음을 옮기기 시작했다. 그러자 두굴이 급히 물었다.

"그런데 술도 팝니까?"

그 말에 석와룡은 고개를 저으며 대답을 하지 않았고, 다른 소룡들은 피식피식 실소를 흘렸다.

두굴이 걱정할 필요는 없었다. 작은 계곡 옆, 청류산 중턱의 산장에서는 술도 팔았다.

무한 일행이 산장에 들어설 무렵, 멀리 청류산 서쪽 전망을 볼 수 있는 장소에 만들어놓은 몇 개의 탁자 중 한 곳을 차지하고 술을 마시는 사람들을 볼 수 있었다.

주향이 바람을 타고 흘러나와 무한 일행의 코를 파고들었다. 향으로는 명주가 아니라 독주였다.

"좋아, 좋아."

주향을 맡은 두굴이 고개를 끄떡이며 미소를 지었다.

"술은 안 됩니다."

그의 뒤를 따르던 무사 바루호가 말했다.

"오늘은 말리지 말아요. 말리면 나랑 생사결을 해야 할 테니까."

두굴이 양보할 수 없다는 듯 엄숙하게 말했다. 그러자 바루호가 고개를 저으며 입을 닫았다. 이렇게까지 나오면 두굴을 말릴 수 없다는 걸 알기 때문이다.

"경치도 좋고, 길도 험한데 어찌 독주를 피해 갈 생각을 할 수 있어요. 그건 진정한 여행가의 자세가 아니지."

두굴이 한마디 더했지만 누구도 그의 말에 대꾸를 하지 않았다.

"쉴 곳을 찾소?"

노인은 늙었지만 강렬한 눈을 가지고 있었다. 절대 이 외진 곳에서 산장이나 지키며 늙어갈 사람으로 보이지 않았다.

제법 찬 기온에도 불구하고 밖으로 드러낸 팔뚝은 구릿빛 근육과 그 근육을 뚫고 나올 듯 솟은 힘줄로 가득했다.

그의 손에 들린 커다란 식칼이 인상을 더 강렬하게 만들고 있었다.

노인 앞에 놓인 나무 도마 위에는 커다란 살코기들이 올려져 있었고, 그 옆 발아래 쪽에는 아직 손질하지 않은 멧돼지 두 마리가 놓여 있었다.

아마도 방금 사냥해 온 멧돼지들을 손질하고 있는 듯 보였다.

"방은 있소?"

석와룡이 되물었다.

"설마 이 한가한 산장에 방이 없겠소?"

노인이 퉁명스럽게 대답했다.

"그럼 하루 묵어갑시다."

"식사도 할 거요?"

노인이 다시 물었다.

"물론이오."

"재수 좋군. 사냥감을 잡아오자마자 손님이 들었으니. 따라오시오. 방으로 안내하겠소."

펙!

노인이 들고 있던 거대한 식도를 나무 도마에 거칠게 박아 넣고는 허리에 차고 있던 천에 피 묻은 손을 슥 닦으며 말했다.

제2장

소요산장

"무슨 나무죠?"

사비옥은 허술해 보이는 방에 들어서며 산장을 만든 목재에 관심을 보였다. 본래는 황색이었을 것 같은데 도료를 칠해 검게 보이는 목재다.

"청류산 북쪽 깊은 계곡으로 가면 향나무 군락이 있지. 그 나무들을 베어다가 목재로 쓴 거네."

석와룡이 대답했다.

"향나무… 그래서 좋은 향이 나는군요. 그런데 향나무라면 집을 지을 정도로 곧고 굵은 목재가 나오기 힘든데……."

사비옥이 고개를 갸웃했다.

"그러게 말일세. 예전에 이곳에 들렀을 때 나도 그게 궁금했지. 향나무라는 것이 집 짓는 데 쓰일 정도로 크게 자라는가 싶기도 하고. 하지만 그렇다는데 할 말이 없었지. 봐서 알겠지만 산장 주인에게 꼬치꼬치 캐물을 일은 아니잖나?"

"그… 렇기는 하네요. 정말 말씀대로 인상이 보통이 아니더군요. 확실히 무공도 알고 있는 것 같고요."

"뭘 하던 사람인지 몰라도 신기하군. 사실 내심으로는 아직 그가 이곳에 있을 거라고 생각지 않았는데. 그런데 세월이라는 게 참… 그도 늙었더군. 머리에 흰머리가 많아. 그때는 몇 가닥 보이는 정도였는데."

"정확하게 얼마 만이에요?"

무한이 물었다.

"보자… 십육 년쯤 된 것 같은데?"

"그동안 여길 떠나지 않았다니… 무슨 사연이 있을까요?"

"글쎄. 그런데 그는 아마도 훨씬 오랜 시간 이곳에 머물렀을 거야. 내가 본 게 십육 년 전이고 그가 이곳에 머문 것은 그 이전부터니까. 아니, 어쩌면 여기서 태어났을까?"

"에이, 그럼 떠났겠죠. 이곳에서 평생 산다는 건 아무래도……."

무한이 그럴 리 없다는 듯 고개를 저었다.

그런데 그때, 발로 툭 차서 문을 열며 산장 주인이 들어왔다.

"왜, 이곳에서 평생 살면 괴물이라도 되는 거냐?"

무한을 보며 질문하는 산장 주인의 팔에는 거친 담요가 수북하게 들려 있었다.

턱!

자신의 목까지 쌓아 올린 담요들을 침상에 던진 산장 주인이 어깨를 한 번 돌리며 다시 무한을 바라봤다.

"어때, 내가 괴물 같은가?"

"아, 아뇨."

무한이 당황해 고개를 저으며 말했다.

"그렇지? 맞아. 난 괴물이 아닐세. 물론… 이곳에서 태어나지도 않았고."

"그럼 산장을 여신 지는 얼마나 되셨어요?"

산장 주인의 특이한 분위기에 주눅이 들었던 모습과 달리 무한이 당돌하게 물었다.

그러자 산장 주인이 물끄러미 무한을 바라봤다. 그러다가 불쑥 입을 열었다.

"무공을 수련하는군."

"…예."

숨길 일은 아니다. 무한은 이미 산장 주인이 무인인 것을 알고 있었다. 무인은 무인을 알아본다. 특히 산장 주인처럼 특별한 분위기를 만들어내는 자는 대체적으로 고수여서, 이런 인물에게 무공 수련을 숨기는 것은 어리석은 일이다.

더군다나 무한 혼자만 있는 것이 아니라 다른 소룡들과 석와룡, 두굴도 있었다. 이들이 모두 무공을 숨길 수는 없었다.

"온 길을 보면 서쪽으로 가는 것 같고. 서쪽 땅은 험한 땅인데 거길 뭐 하러 가나?"

산장 주인이 물었다.

무심하게 한 말이지만 소룡오대의 행선지를 정확하게 예측한 말이었다.

"뭐, 이런저런 이유로요. 그래서 어르신은 정말 얼마나 산장을 하셨어요?"

무한이 대화의 주도권을 가져오려고 재빨리 되물었다.

그러자 노인의 입가에 희미한 미소가 떠올랐다.

"똑똑한 소형제군. 대화의 흐름을 바꿀 줄도 알고. 서쪽으로 가는 이유를 말하기 힘들다는 뜻이 있겠지? 알겠네. 남의 일을 세세하게 묻는 것은 주인의 도리가 아니지. 더군다나 많이 알아 봐야 오히려 골치 아플 수도 있고. 그래도 얼추 내 말에 장단을 맞춰준 값으로 나도 소형제의 질문에 대답을 해주지. 내가 이곳 에서 산장을 한 것은 사십 년쯤 되었네."

"사십 년이요? 지금 몇 살이신데요?"

"글쎄… 환갑은 넘었을걸?"

나이를 자신도 확신할 수 없다는 듯 주인이 대답했다.

"어쩌다가 이곳에……?"

"이런, 질문이 너무 많군. 오늘 처음 본 사인데."

"불쾌하셨다면 죄송합니다."

무한이 얼른 고개를 숙였다.

그러자 산장 주인이 고개를 저으며 말했다.

"아닐세. 그 정도까지는 불편하지 않아. 가끔 손님들과 이야기 할 때면 말해주는 거니까. 내가 이 산장에 눌러앉게 된 건 내 스 승 때문이지."

"스승님 때문이라고요?"

"음, 내 사부가 이 산장의 전 주인이었어. 우연한 기회에 날 제자로 만들어서는 산장을 물려준 거지. 당시 나는 어린 나이부터 세상을 떠돌아 많이 지쳐 있었는데, 그만 사부의 달콤한 말에 코가 꿰인 거지. 그러니까 소형제도 조심해. 언제나 선의를 베푸는 사람은 소형제 인생의 발목을 잡을 수도 있으니까."

"…어르신의 스승께선 어떤 달콤한 말로 어르신을 잡으셨는데요?"

무한이 계속 질문을 해댔다.

그러자 산장 주인이 툭툭 손을 털며 말했다.

"자, 이 정도 담요면 손님들 모두 따뜻하게 잘 수 있을 거요. 반시진 후에 내려오시오. 오늘 잡아온 멧돼지를 구워놓을 테니. 그리고 소형제, 내 스승이 어떻게 날 꾀었냐고?"

"예."

"이렇게 말했지. 쉴 곳과 먹을 것, 그리고 누구에게도 무시당하지 않을 검 쓰는 법을 가르쳐 주겠다고. 뭐 거짓말을 한 것은 아니야. 다만, 그 검 쓰는 법으로 멧돼지 사냥이나 하고 있는 것이 문제지. 그걸 주는 대신 이 산장에 평생 머물러야 하는 약속을 한 것이… 손해일까? 이득일까?"

산장 주인이 나가는 문을 열며 무한에게 물었다.

"그… 글쎄요."

무한이 대답을 하지 못하고 말을 얼버무렸다.

"어려운 문제지? 흐흐, 사실 나도 답을 모르겠어. 스승과의 거래가 이득인지 손해인지. 뭐… 죽을 때가 되면 알겠지."

쿵!

산장 주인이 자신이 할 말만 툭 던져놓고는 문을 닫고 사라졌다.

산장 주인은 떠났지만 일행은 잠시 아무 말 없이 침묵을 지켰다.

산장 주인이 던진 질문, 무공을 얻는 대신 평생 이 외로운 산장을 지켜야 하는 운명이 득인지 손해인지를 묻는 질문이 묘한 감흥을 주었기 때문이다.

"득일까… 손해일까? 아니, 득실을 떠나서 이상한 스승이네. 이런 오지의 허름한 산장에서 뭘 하고 살라고 이곳을 떠나지 말라는 조건을 내세웠을까?"

두굴이 나직하게 중얼거렸다.

사람의 인생에는 정답이 없다. 흐른 시간은 후회해 봐야 되돌릴 수도 없다. 그렇게 보면 산장 주인의 질문은 쓸모없는 질문일 수도 있었다.

그럼에도 그 답 없는 질문에 일행은 반시진 이상을 허비했다. 이상하게 자신들도 그와 비슷한 운명인가 싶은 생각이 들었기 때문이다.

더군다나 두굴이 혼잣말로 중얼거린 문제, 대체 이 외진 땅에 있는 오래되고 허름한 산장이 뭐라고 산장 주인의 스승이 이곳을 지키는 것을 제자가 되는 조건으로 걸었는지에 대한 의문도 만만찮게 사람들의 생각을 붙잡았다.

그러나 어느 것 하나 시원하게 답을 들을 수 없는' 질문들이다. 사실 질문을 내놓은 사람은 산장 주인이지만, 또 그 답을 아는 사람 역시 산장 주인일 수밖에 없는 질문이었다.

그렇게 긴 여행 끝에 찾아든 산장에서 타인의 삶에 대한 이상한 질문에 사로잡혀 정신력을 낭비하고 있던 일행을 해방시켜 준 사람 역시 산장의 사람이었다.

"식사하러 오시랍니다."

조금은 무뚝뚝한 목소리가 문밖에서 들렸다.

"어? 벌써 그렇게 되었나?"

왕도문이 시간의 흐름에 놀란 듯 자리를 털고 일어나며 문을 열었다.

그러자 문밖에 이십 대 후반으로 보이는 사내가 서 있었다. 허름해 보이는 옷차림이지만 눈빛은 표범처럼 날카롭다. 무공을 수련 중인 사람이라는 의미다.

"누구⋯⋯?"

산장 주인이 아니라는 것은 목소리로 알고 있었지만, 나타난 사내의 기운이 워낙 강렬해서 왕도문이 자신도 모르게 물었다.

"당연히 이 산장에서 일하는 사람이지 않겠소?"

사내가 대답했다.

왕도문이 나이는 어리지만 그래도 손님이다. 그런데 사내의 말투가 손님을 대하는 말투가 아니다.

"아, 그렇군요. 난 어르신 혼자 산장을 지키시는 줄 알아서⋯⋯."

왕도문이 말꼬리를 흐렸다.

"모두 내려오십시오. 돼지가 다 익었습니다."

문 안쪽에 자신보다 나이가 많아 보이는 석와룡이 있기 때문인지, 그나마 사내가 정중하게 말하고는 왕도문은 상대도 하지 않고 몸을 돌려 일 층으로 이어진 허름하고 위태로운 계단을 따라 내려갔다.

"참 나… 주인이나 일하는 사람이나……"

왕도문이 뻘쭘한 표정으로 중얼거렸다. 무시를 당한 것에 대한 머쓱함 때문이었다.

"그냥 일하는 사람이겠어? 딱 보니 산장 주인의 제자 같은데."

사비옥이 사내의 퉁명스러움이 이해가 간다는 듯 말했다.

"그래도 그렇지. 제자이기 이전에 산장을 운영한다는 사람들이 참……"

"거슬리면 나가서 노숙을 하란 거지. 근방에 산장이 이곳 하나니 아쉬울 것 없을 거야. 아무튼 난 배고파. 가자."

하연이 사내처럼 왕도문의 어깨를 툭 치며 말했다.

"하긴… 벌써부터 배 속에서 아귀들이 난리다. 빨리 가자. 가만 보자… 이거 냄새가 여기까지 올라오네. 멧돼지 구이라. 흐흐."

기분 상한 것도 잠시, 왕도문이 고기 구워지는 냄새에 침을 흘리며 먼저 걸음을 옮겼다.

다른 양념은 없었다. 오직 굵게 잘라 구운 멧돼지 고기에 소금만을 내놨을 뿐이다. 그럼에도 일행은 세상에서 가장 귀한 요리를 먹는 것처럼 허겁지겁 구운 고기를 입에 넣었다.

어떻게 손질했는지, 아니면 특별하게 굽는 비법이 있는지, 질길 것 같은 멧돼지 고기들이 입에 들어가면 눈 녹듯이 녹아내렸다.

덕분에 식사가 차려진 산장 앞 산 중턱 공터는 한동안 조용했다. 오직 고기 씹는 소리와 산장 주인이 내놓은 독주를 홀짝이는 소리만 들렸다.

그렇게 얼마간의 식사가 끝난 후 일행은 만족한 미소를 지으며 식사를 끝냈다. 그들 앞에는 멧돼지 뼈들이 수북하게 쌓여 있었다.

"어, 잘 먹었다. 그런데 어르신, 이거 어떻게 구우신 겁니까?"

음식과 요리에 관심이 많은 왕도문이 산장 주인에게 물었다.

"숯을 피우고 그 위에 올려놓으면 그만이지."

산장 주인이 심드렁하게 대답했다.

"아뇨. 그것만으로는 이런 맛이 안 나죠. 분명 다른 비법이 있을 겁니다. 이런 험한 산에서 사는 멧돼지는 특히 고기가 질긴 법인데."

왕도문이 고개를 저었다. 무례할 수도 있는 모습이었지만, 요리에 대한 호기심 가득한 모습이 그 무례함을 무례하게 보이지 않게 만들었다.

"글쎄… 정말 특별한 비법은 없는데. 아, 하나 있다면 굽는 내내 술을 뿌려준 것 정도일까? 물론 굽기 전에도 잡내를 없애기 위해 독주를 충분히 뿌려주었고."

산장 주인이 일행이 식사 중에 마신 독주를 가리켰다.

"음… 그게 이유일 수도 있겠군요. 그런데 이 독주는 직접 담그신 겁니까?"

왕도문이 물었다. 특이한 주향이 나는 술이었기 때문이다.

"내가 그렇게 한가해 보이나?"

"그럼……?"

왕도문이 다시 묻자 산장 주인이 턱으로 산장 주변에 있는 토담집들을 가리켰다.

"아, 저기 사는 분들이 담그시는 거군요."

"그걸로 먹고살지."

산장 주인이 대답했다.

"저분들도 이 산장과 인연이 있는 분들인가요?"

왕도문의 질문이 끝이 없다.

그러자 산장 주인이 귀찮은 듯 대답했다.

"아닐세. 오기도 하고 떠나기도 하지. 그건 그렇고, 나도 하나 묻지. 대체 어디로 가려 하시오?"

여행의 행선지에 대한 질문은 앞서 객방에서도 있었지만, 일행의 대답을 듣지 못하고 넘어갔다. 그 질문을 산장 주인이 다시 던졌다. 질문의 상대는 무한의 일행 중에서 가장 나이가 많은 석와룡이었다.

그러자 석와룡이 잠시 망설이다가 입을 열었다.

"열화산까지 가보려고 합니다……."

"열화산! 거기까지 말이오?"

산장 주인이 조금 놀란 표정으로 되물었다. 지금까지 그가 보였던 반응 중에 가장 정색을 한 표정이었다.

"그렇습니다. 혹, 이곳에서 열화산까지 갈 수 있는 안전한 길을 알고 계십니까?"

석와룡이 마치 산장 주인은 반드시 그 길을 알고 있을 것 같다는 표정으로 물었다.

"열화산이라… 위험한 길이지."

산장 주인이 석와룡의 질문에 나직한 목소리로 중얼거렸다.

"그런데 거긴 왜?"

당연한 질문이 돌아왔다.

열화산은 파나류가 아니라 육주나 무산열도에 사는 사람들에겐 세상에서 가장 위험한 산 중 하나로 꼽히는 곳이었다.

그런 곳을 여행하려면 반드시 그럴 만한 이유가 있어야 했다. 그저 한번 구경 삼아 여행하기에는 너무 위험한 곳이었기 때문이다.

"찾아보려는 것이 있습니다만."

석와룡이 대답했다.

"뭘 찾으시려고?"

다시 산장 주인이 물었다.

"그건 말씀드리기 곤란하군요."

석와룡이 분명하게 대답을 거절했다.

그러자 산장 주인이 서운한 기색 없이 고개를 끄떡였다. 열화산 같은 곳에서 찾으려는 것이 범상한 것일 수 없고, 특별한 것을 찾는다면 그 일을 외부에 말하기 어렵다는 것을 알고 있는 것이다.

"열화산까지는 대략 보름 길… 아니, 말이 없으니 더 걸리겠군. 길은 거미줄처럼 엉켜 있고. 황량한 바위 사막과 깊은 계곡, 검은 숲들이 사방에 펼쳐져 있지. 마적들은 들끓고, 사람 죽이기 좋아하는 옛 마인들도 가득한 지역을 통과해야 하는데……."

"옛 마인들이라뇨?"

왕도문이 물었다.

"흑라의 시대 이후 도주한 자들이지 누구겠나."

산장 주인이 쓸데없는 걸 묻는다는 듯 퉁명스럽게 대답했다.

"그들이 거기 있나요?"

왕도문이 눈치도 없이 다시 물었다.

"…자넨 좀 조용히 하지. 어른들 말하는데."

산장 주인이 대놓고 왕도문의 입을 닫았다. 그러자 왕도문이 머쓱한 표정으로 입을 닫고 뒤로 물러나 앉았다.

"그 위험들을 피해 갈 길을 알고 계십니까?"

왕도문의 입을 막아버린 산장 주인에게 석와룡이 물었다.

"설명해 준들 제대로 찾아가긴 어려울 것이고, 길잡이는 어떻소?"

큰 기대를 하고 물었던 것은 아니다. 그런데 산장 주인의 입에서는 기대 이상의 대답이 흘러나왔다.

석와룡과 소룡들의 눈이 커졌다.

"길잡이라면… 혹 어르신께서?"

"난 이곳에 매인 몸이라지 않았소."

"그럼……?"

"쓰겠다면 소개해 줄 수는 있지."

"어떤 사람입니까?"

석와룡이 물었다. 아무나 길잡이로 쓸 수는 없다. 빛의 술사에 대해 관심 밖인 사람이어야 한다.

"어떤 사람을 원하시오?"

산장 주인이 되물었다.

"무공을 모르면 좋겠지요."

"흠……."

석와룡의 대답에 산장 주인이 실망한 표정으로 가벼운 한숨을 쉬었다.

"그런 사람은 없습니까?"

"없기는! 저 위 토담집에 사는 장 씨도 그 조건에 부합하다오."

"그런데 왜……?"

"저 쓸모없는 것들이 이번 기회에 금화 좀 벌어오나 싶었는데 그게 안 되니 아쉬워서 그렇소……."

산장 주인이 팔짱을 낀 채 소룡 일행을 바라보고 있던 두 명의 젊은 사내를 가리키며 말했다. 그중 한 명은 식사 시간을 알리려고 소룡오대를 찾아왔던 젊은이였다.

"제자분들 말씀이시군요."

"가뜩이나 손님도 없는데 산장에 머물면서 밥만 축내는 녀석들이라오. 쩝!"

산장 주인이 입맛을 다셨다.

"제자분들에게는 그 제약이 없나 보지요?"

"무슨 제약 말이오?"

"산장을 떠나면 안 된다는."

"아, 그거. 그거야 죽은 내 스승과 나의 약속이고. 난 저 녀석들에게 그런 강요는 하지 않소. 다만… 다른 몇 가지 조건들은 있지. 예를 들면… 먹을 건 스스로 구해야 한다는 것 같은 거. 그런데 영 제 구실들을 못 해. 쯔쯔……."

산장 주인이 두 제자를 보며 혀를 찼다.

"죄송한데… 이 산장이 그렇게 중요한 이유가 뭔가요?"

문득 무한이 물었다.

사실 일행 모두 궁금해하던 문제였다. 왜 그의 스승이 이 허름한 산장을 떠나지 말고 지키라고 했는지 도저히 이해할 수 없었기 때문이다.

"그러게. 왜 그런 약속을 강요했는지 나도 이해가 가지 않는군. 하지만 소형제, 사실 사람마다 중요한 것은 따로 있지 않겠어? 내게 중요한 것이 소형제에겐 아무 가치가 없을 수도 있는 거지. 내 스승에겐 이 산장이 그런 곳이었던 모양이야. 적어도 내가 살아 있는 동안에는 지켜졌으면 하는……."

"……."

무한이 알 듯 모를 듯한 주인의 대답에 묵묵히 고개를 끄떡였다.

"자, 아무튼, 그렇단 말이지? 그렇다면 내 장 씨를 내일 아침에 불러오겠소. 보고 마음에 들면 쓰고 아니면 그저 가는 길에 대해 몇 마디 조언 정도 하는 것으로."

산장 주인이 자리를 털고 일어나며 석와룡에게 말했다.

"신경 써주셔서 감사합니다."

석와룡이 얼른 일어서며 가볍게 고개를 숙여 보였다.

"아니, 고마워할 것 없소. 사실 우리 산장의 숙박비가 좀 비싼

편이오. 이 정도 편의는 포함된 것이라 생각하시오."

"알겠습니다."

석와룡이 가볍게 미소를 지으며 대답했다.

"자, 그럼 잘들 쉬시오. 내일 아침에 봅시다."

산장 주인의 말에 소룡들이 하나둘 자리에서 일어났다.

그런데 산장 주인이 자신의 거처로 걸음을 옮기다 말고 문득 일행을 돌아보며 말했다.

"아! 내가 깜박하고 말하지 않은 게 있소. 혹시 오늘 밤, 조금 소란해도 그러려니 하고 주무시오. 밖에 나오시지들 말고."

"무슨 일이라도……?"

석와룡이 물었다.

"뭐, 이런 산장을 지키다 보면 가끔 골치 아픈 일이 생긴다오. 아무튼 신경 쓰지 마시오. 사실 그렇게 시끄럽지도 않을 것이오. 아예 일이 없을 수도 있고. 그러니 신경들 쓰지 말고 주무시구려."

산장 주인이 수수께끼 같은 말을 남기고는 산장 안쪽으로 걸어가며 두 제자에게 소리쳤다.

"뒤처리는 네 녀석들이 해라. 난 그만 쉬어야겠다."

그러자 두 제자 중 한 명이 심드렁하게 대답했다.

"언젠 다른 사람이 했나요?"

*　　　　*　　　　*

참 묘한 말이었다. 밤이 잠깐 시끄러워도 신경 쓰지 말고 자라는 말은. 그래서 소룡오대의 젊은 무사들은 더욱 잠을 잘 수 없었다.

무한도 마찬가지였다. 대체 무슨 일이 일어날까 하는 생각에 눈만 말똥말똥할 뿐 잠이 오지 않았다. 그러나 자정이 지나도 아무 일도 일어나지 않았다. 어쩌면 산장 주인의 말처럼 오늘은 소란이 없을 수도 있었다.

그런 생각 때문인지 자정이 지나자 기다리는 것을 포기하고 잠을 청하는 사람이 나오기 시작했다. 하지만 무한은 잠들지 않았다. 그는 창가에 붙은 침상 모서리에 앉아 살짝 열린 창으로 무수한 별을 품은 밤하늘을 바라보고 있었다.

이 땅은 검은 대륙이라 불리는 두려운 땅이지만, 적어도 오늘 밤 이 청류산 자락에서 보는 밤하늘은 세상 어떤 곳보다도 아름다웠다.

그래서 무한은 그 하늘에 취해 자신이 잠을 자지 않고 깨어 있는 이유, 산장에 어떤 소란이 일어날까 하는 궁금증조차도 잊어버렸다.

밤을 새워도 좋을 것 같은 밤 풍경들 속에서 무한은 문득 사자림에서의 밤이 생각났다.

그곳의 밤도 이곳만큼이나 아름다웠다. 그러나 그때의 무한은 그 아름다움을 즐길 수 없었다. 오히려 그 찬란한 밤들이 고통스러웠다.

세상의 시선으로부터 자유롭지 못한 사람의 삶이란 어떤 상황에서도 고통스럽다. 아마 궁핍했던 사정이 아니었어도, 매일 아침 산해진미가 차려진 상을 받았어도 그 삶은 고통이었을 것이다.

사람들의 멸시와 호기심, 그리고 뿌리 깊은 경계심을 담은 시선이 화살처럼 꽂히던 시절이었다.

그래서 지금 청류산의 밤이 한층 더 아름다웠다. 충분히 그 아름다움을 눈 깊이 넣을 수 있었기 때문이다.

'영원했으면 좋겠네.'

무한이 가볍게 미소를 지으며 생각했다.

그런데 그 순간, 어이없게도 그 즐거움이 깨졌다.

창!

검이 뽑히는 소리다. 무한이 자리에서 일어났다.

아직 잠들지 않았던 소독과 사비옥, 그리고 하연도 자리에서 일어났다.

"시작된 건가?"

소독이 문가로 다가서며 중얼거렸다. 어느새 선잠에서 깬 왕도문과 이산도 곧 상황을 알아채고 다른 달려왔다.

소룡들이 조심스럽게 문을 열고 밖으로 나갔다. 길게 이어진 이 층의 복도 난간에 다가서자 저녁 식사를 한 공터가 눈에 들어왔다. 그곳에 한 무리의 사람들이 있었다.

"아직도 결심을 하지 못했소?"

"애초에 내줄 수 없다 하지 않았나?"

검은 전갑을 걸친 사내의 질문에 산장 주인 노인이 대답했다.

"이해할 수가 없구려. 대체 이 낡은 산장을 이렇게까지 지키려는 이유가 뭐요?"

검은 전갑의 사내가 물었다.

그러자 노인이 되물었다.

"그럼 당신들은 이 낡은 산장을 왜 그렇게 빼앗으려고 하는 건가?"

"빼앗는 게 아니라 사겠다는 거 아니요?"

"그러니까. 뭐 하러 이 낡은 산장을 그렇게 많은 금화까지 주고 사려고 하느냐 말이지."

노인이 정말 궁금한 듯 되물었다.

"그건 나도 모르겠소."

"그 말은 지금 다른 사람의 뜻에 의해 이곳에 왔다는 의미겠군."

"그렇소. 이 산장을 원하는 사람은 따로 있소. 우린 그 사람을 대신해 거래를 하려는 것이고."

"그가 누군가?"

"그건… 말해줄 수 없소. 노인장은 우리와 거래만 하면 되는 것이오."

전갑을 입은 사내가 투박하게 말했다.

그러자 노인이 고개를 저었다.

"아무튼 나도 팔지 않겠네. 그게 누가 되었든."

"후우… 우리가 반드시 거래를 통해서만 이 산장을 얻을 거라고는 생각지 마시오."

사내가 차가운 눈빛을 드러내며 말했다. 명백한 협박이다.

"힘이라도 쓰겠다는 건가?"

"필요하다면 그럴 생각이오. 그래서… 내 수하들을 데려온 것이고."

전갑의 사내가 손을 들어 그의 뒤에 서 있는 다섯 명의 전갑 전사들을 가리켰다. 어둠 속이지만 뿜어내는 기세가 만만찮은 자들이었다.

"마인(魔人)들 같지?"

사비옥이 소독에게 물었다.

"기운이 좋지는 않아."

소독이 고개를 끄떡였다. 전갑을 입은 자들의 기운이 어둡고 음습했다. 무종 중 마공 계열의 무종을 수련한 자들의 전형적인 모습이었다.

"대체 뭘 하는 자들일까? 왜 이 산장을 뺏으려 하지?"

왕도문이 고개를 갸웃하며 중얼거렸다.

"일단 두고 보자고."

소독이 다시 산장 앞 공터로 시선을 돌리며 말했다.

"자신은 있나?"

수하들까지 내세우며 위협을 하는 사내에게 산장 주인이 물었다. 전혀 기가 죽거나 겁을 내는 모습이 아니다.

"노인, 우리가… 누군지 알면 감히 그런 질문을 하지 못할 것이오."

사내가 중얼거렸다.

그러자 산장 주인이 대답했다.

"알지."

"우릴 안다고?"

사내가 놀란 표정으로 되물었다.

"내가 이곳에서 산장을 지켜온 지 사십 년이 넘었네. 그 시간 동안 수많은 사람들이 산장을 오갔지. 청류산에 사는 사람들은 물론 멀리 육주나 대마협 인근, 혹은 북해 너머 겨울 대륙에서 온 사람들까지 만나봤네. 그리고 그들이 하는 이야기들이 여기에 쌓였지."

노인이 자신의 손가락으로 머리를 가리켰다.

"그러니까 그동안 오가는 사람에게 들은 소리로 우리의 정체를 짐작했다는 뜻인데… 후후, 노인이 정말 우릴 안다면 내가 한 번은 살 기회를 더 드리리다. 그래, 우리가 누구요?"

중년 사내가 물었다.

그러자 노인이 대답했다.

"과거 파나류 북부 금령산 자락에 있는 작은 성에 틀어박혀 청부 살인으로 금자를 긁어모으던 자들이 있었지. 그들은 흑라의 마세가 파나류를 뒤덮자 스스로 흑라의 사냥개가 되길 자청했다지? 흑라의 충실한 사냥개로 날뛰어 검에 피가 마를 날이 없었다고 했던가? 그러다 흑라가 패망하자 육주 토벌대의 추격을 피해 성을 버리고 열화산을 넘어 파나류 서쪽 사막 지역으로 숨었지. 그들은 자신들의 성을 야왕성(夜王城)이라고 불렀다고 하던데. 맞나?"

노인이 전갑의 사내에게 물었다.

순간 전갑 사내의 얼굴이 딱딱하게 굳었다.

"대체… 당신은 누구요?"

"야왕성……!"
석와룡이 몸을 떨었다.
"아는 자들인가요?"
무한이 나직하게 물었다.
"한때 세상에서 가장 극악한 자들로 불렸지. 특히 흑라의 시대에는… 모르는 사람은 몰라도 아는 사람은 저들을 인간으로 취급하지 않았어. 처음부터 흑라를 추종했던 마인들보다 더 악독하게 사람들을 죽였지. 그때 긁어모은 재물들이 산을 이룬다고도 하고. 파나류 어딘가에 그 재물들을 숨겨놓고 도주했다고 했는데. 정말 그자들일까?"
석와룡은 여전히 믿을 수 없다는 표정이었다. 그러나 산장 앞 공터에서 벌어지는 상황을 보며 믿지 않을 수 없었다.

"맞나 보군."
산장 주인이 놀라는 불청객들을 보며 말했다.
"우릴 어떻게 알아봤느냐?"
사내의 말투가 변했다. 연장자에 대한 존중이나, 혹은 조용히 산장을 얻을 생각은 버린 것 같았다.
"처음 왔을 때는 몰랐어. 그런데 두 번째 왔을 때 네가 아까운 탁자를 잘라 버린 검법을 보고 의심했고, 오늘 네가 데려온 자들의 기운을 보고 확신했지. 야왕성의 무종인 교공(皎功)의 특징은 안력을 강화시켜 밤에도 낮처럼 움직일 수 있게 만들지. 내공을 형성하는 힘은 중상(中上) 정도, 그래서 반드시 날카로운 쾌검을 수련해야 밤의 살수로서 대성할 수 있는 무종. 맞지?"

산장 주인의 말에 사내가 더 이상 놀랄 것도 없다는 듯 멍한 표정으로 산장 주인을 바라봤다.

그러자 산장 주인이 다시 입을 열었다.

"내가 이렇게까지 너희들의 무종에 대해 자세히 알고 있다는 것은, 그리고 그럼에도 불구하고 전혀 두려워하지 않는다는 것이 어떤 의미인지 알고 있겠지? 그건 바로 너희들이 오늘 밤 여기서 죽을 거란 뜻이다. 이맥, 소의! 나와라. 밥값 할 시간이다."

노인이 산장 쪽을 보며 누군가를 불렀다. 그러자 산장 문이 열리면서 그의 두 제자이자 산장의 일꾼이기도 한 두 젊은이가 어슬렁거리며 앞으로 걸어 나왔다.

산장 주인의 두 제자, 이맥과 소의라고 불린 청년들은 느린 움직임에도 불구하고 순식간에 불청객들의 퇴로를 차단했다. 그러면서도 얼굴에는 귀찮은 기색이 역력하다.

"죽이면 되는 겁니까?"

야왕성 살수들의 퇴로를 차단한 후, 청년 중 한 명이 노인에게 물었다.

"살려둘 필요가 없는 종자들이지."

산장 주인이 대답했다.

"그래도 한 명은 살려두죠."

다른 청년이 말했다.

"어따 쓰게?"

산장 주인이 물었다.

"그… 일단 누가 이자들을 시켜 산장을 원하는지 알아야 하고, 이자들의 배후에 야왕성의 무리가 얼마나 있는지도 알아야 하고. 또… 산장에서 허드렛일을 할 일꾼 한 명쯤은……."

"에라, 이 게으른 놈! 결국 일하기 싫어서 노예 한 명 만들자는 소리냐?"

"겸사겸사 좋잖아요?"

청년이 대답했다.

"후… 내가 어쩌다 이렇게 게으른 녀석들을 제자로 들였을까! 좋아. 그렇게 할 수 있다면 허락하마. 하지만 쉽지 않을 거야. 야왕성 칼잡이들은 솜씨가 녹록지 않거든. 자칫하면 네놈들이 죽을 수도 있어."

"그야 뭐… 운명이죠."

청년 중 한 명이 어깨를 으쓱하며 대답했다. 하지만 결코 그 비극적인 운명이 자신에게 닥칠 리 없다고 확신하는 듯 보였다.

"이것들이… 결국 죽겠다는 것이군."

더 이상 못 들어주겠다는 듯 야왕성의 살수란 사내가 입을 열었다.

야왕성의 살수로 밝혀진 불청객들은 자신들의 정체를 산장 주인이 쉽게 알아내자 크게 당황했다. 그러나 시간이 흐르면서 산장 주인과 제자들이 자신들의 존재 자체를 무시하고 농담 섞인 대화를 이어가자, 당황이 사라지고 분노하기 시작했다.

"지루한가? 그럼 시작하지. 운명의 신이 누굴 저승으로 데려갈지 보자고!"

산장 주인이 홀쩍 몸을 날려 뒤로 물러나며 소리쳤다. 자신은 일단 싸움에서 빠지겠다는 의도로 보였다.

"겨우 이런 애송이들로 날 상대하겠다는 거냐?"

사내가 산장 주인을 보며 물었다.

"그 녀석들은 입으로 무공을 배웠어. 그래서 실전(實戰) 경험이 턱없이 부족하지. 오늘 좋은 경험이 될 거야. 물론… 죽을 수도 있겠지만."

산장 주인의 말에 사내가 다시 어이없는 표정을 지었다. 제자들을 사지로 몰아넣는 스승의 표정이 너무 태연했기 때문이다.

"제자가 죽어도 눈물 한 방울 흘리지 않겠군."

"그럴 필요 있나. 실력 없는 놈들은 죽는 거지. 난 다시 제자를 구하면 되는 거고. 그러니까 억울하면 살아남아라, 이놈들아. 하하하!"

산장 주인이 마지막에는 두 청년을 놀리듯 소리치며 웃음까지 터뜨렸다.

"나중에 늙어서 수발받을 생각은 아예 마세요!"

청년 중 한 명이 투덜거렸다.

"걱정 마라. 그 전에 누군가의 칼에 맞아 죽겠지. 자, 시작해. 그리고 얼른 끝내! 밤이 깊었다."

산장 주인이 두 제자를 재촉했다.

그러자 두 제자가 망설이지 않고 허리춤에서 짧고 가는 검을 빼 들었다.

"쾌검을 쓰는군."

산장 주인의 두 제자가 날렵한 모양의 검을 빼 들자 야왕성의 살수가 중얼거렸다.

"당신도 비슷한 것 같은데?"

"난 좀 다르지. 사람을 죽이는 게 특기니까."

"검이 사람 죽이는 거 말고 다른 데 쓸 일이 있나?"

청년이 피식거리며 대꾸했다.

"이런 산장에서 일하는 사람의 검은 고기를 손질할 때나 써야 하는 거다. 그렇지 않고 분에 넘치는 일을 하려다가는 너처럼 일찍 죽게 되는 거지. 스승이란 자를 잘못 만난 덕에!"

사내가 날카로운 검을 들어 청년을 겨누며 말했다.

"한 가지만 동의하지. 스승 잘못 만났다는 것. 다른 건 동의할 수 없어. 왜냐! 죽는 건 내가 아니라 당신일 테니까!"

"좋아, 애송이! 용감하다. 그래서 죽겠지만!"

야왕성의 사내가 청년을 향해 검을 뻗어내며 소리쳤다.

팟!

야왕성 살수의 검에서 한 줄기 빛이 화살처럼 뻗어 나왔다.

"웃!"

산장 주인이 이맥이라고 불렀던 청년이 놀란 음성을 뱉어내며 재빨리 몸을 틀었다.

삭!

야왕성 살수의 검에서 뻗어 나온 검날이 청년 이맥의 가슴 옷자락을 날카롭게 베고 지나갔다. 그러고는 그대로 그의 뒤에 있던 나무 탁자에 꽂혔다.

픽!

"뭐야?"

청년 이맥이 신경질적으로 소리쳤다.

그러자 멀리서 산장 주인이 심드렁하게 말했다.

"조심해. 야왕성 살수들은 편법에 능해. 검신이 두 개였던 모양이다. 위에 덮인 검신은 아마도 기습적인 공격에서 비검처럼 쓰이는 것이겠지? 재밌어."

"그런 거요?"

청년 이맥이 야왕성 사내에게 물었다.

"운이 좋구나. 내 비검을 피해내다니. 제법… 싸울 맛이 나겠어."

야왕성 사내가 소리치며 표범처럼 청년 이맥을 향해 뛰어들었다.

"젠장, 이거 어디 겁나서 싸울 수가 있나. 언제 어느 때 비열한 수법을 쓸지 모르니."

창!

청년 이맥이 경멸하는 듯한 말을 던지며 어느새 다가온 야왕성 사내의 검을 막았다.

"그런 실력으로 어떻게 우릴 죽이겠다는 거냐?"

차차창!

야왕성 살수가 천을 투과하는 빛살처럼 날카로운 검기로 청년 이맥을 공격하며 말했다.

청년 이맥은 소나기처럼 쏟아지는 사내의 공격에 연신 뒤로 물러나면서도 그 공격들을 모두 막아냈다.

상대의 변칙적 공격에 당황하기는 했지만, 그 공격들을 감당해 낼 충분한 능력이 있는 청년이었다. 그리고 그 변칙 공격에 익숙해지는 순간, 싸움에 반전이 일어나기 시작했다.

"됐어! 대충 파악했어. 당신 이제 큰일 난 거야!"

차차창!

한순간 청년 이맥이 뒤로 물러나던 걸음을 멈추고 앞으로 나아가며 상대의 검을 쳐내기 시작했다.

"흡!"

야왕성 사내가 갑작스러운 청년 이맥의 반격에 놀라 숨을 들이쉬며 서너 걸음 뒤로 물러났다.

그러나 이맥은 상대에게 약간의 여유도 주지 않았다.

파파팟!

이맥의 검이 무서운 속도로 사내의 전신을 찔러갔다. 적어도 검의 속도에 있어서 이맥의 검은 야왕성 사내의 검보다 배는 빨라 보였다.

보통 사람의 눈에는 거의 보이지도 않을 정도의 검속을 자랑하는 이맥의 공격에, 한 번 물러나기 시작한 야왕성 살수가 계속해서 궁지에 몰렸다.

그러자 사내를 따라온 자들이 움직였다.

"삼객 님을 도와!"

누군가의 말에 야왕성 살수들이 일제히 청년 이맥을 향해 달려들었다.

그런데 그런 그들 앞을 산장 주인이 소의라 부른 청년이 가로막았다.

"너희들은 내 몫이야!"

파르릉!

청년 소의의 검이 청아한 검음을 만들어냈다. 그 순간 그의 검이 어둠을 뚫고 나가 눈부신 빛을 일으켰다.

"헛!"

"욱!"

삼객이라 부른 야왕성 살수를 돕기 위해 나섰던 자들의 입에서 비명과 다급한 소리가 동시에 터져 나왔다.

쿠쿵!

그리고 순식간에 두 명의 살수가 피를 뿌리며 땅에 쓰러졌다. 그들의 상태로 보아 단번에 숨이 끊겼다는 것을 알 수 있었다.

"대… 체 네놈들은……?"

살아남은 세 명의 살수 중 한 명이 검을 들어 자신의 몸을 보호하며, 청년 소의를 향해 중얼거렸다.

"한 놈만 살려둘 거야. 그러니까 최선을 다해 버텨. 마지막까지 버티는 사람이 사는 거니까. 말하자면 너희들은 나와 싸우지만 그러면서도 너희들끼리 싸우는 것이 되겠지. 뭐… 그러다가 어렵다 싶으면 정말 옆의 동료를 죽이고 마지막 생존자가 되는 것도 나쁘지 않은 방법이고. 어때? 나와 싸우는 것보다 서로 싸우겠어?"

청년 소의가 야왕성의 살수들에게 물었다.

순간 살수들의 얼굴이 치욕으로 물들었다. 그리고 그 치욕은 강렬한 살의로 이어졌다.

"놈! 온몸을 찢어주마!"

살수 중 한 명이 늑대처럼 소리쳤다.

"좋아. 마음에 들어. 동료와는 싸우지 않겠다는 거지? 의리가 있네. 그런 의미에서 고통 없이 죽여주겠다."

청년 소의가 고개를 한 번 끄떡이고는 세 명의 살수를 향해 거침없이 달려들었다.

제3장

길잡이 장마산(長馬山)

어둠 속을 수놓은 섬광들, 먹물로 물들인 종이를 날카로운 검으로 베어내는 듯한 느낌의 검기. 그렇게 어둠이 빛에 베일 때마다 한 명씩 사람이 쓰러졌다.

찰나의 순간이었다. 야왕성 무리를 이끌고 온 삼객이라는 사람이라면 모를까, 그를 따라온 자들은 두 청년의 상대가 아니었다.

과거 파나류 북부 지방을 휩쓸던, 잔혹한 야왕성 살수들의 명성을 생각하면 어이없는 일이었다.

그러나 그 어이없는 일이 현실이 됐다.

청년 소의는 네 명의 야왕성 살수를 베고 공언한 대로 한 명만 살려두었다.

그러나 살아 있다고 해서 온전한 것은 아니었다. 청년 소의가 살려둔 야왕성의 살수 역시 오른쪽 다리가 크게 베여 힘줄과 뼈까지 상한 듯 보였다. 아마 살아남아도 한쪽 다리를 제대로 쓰기는 어려울 것이다.

그럼에도 역시 산 자는 죽은 자보다 운이 좋다.

쩡그렁!

홀로 살아남은 야왕성 살수의 손에서 검이 떨어졌다. 그러고는 마치 모든 것을 포기한 사람처럼 주저앉아 피가 질척이는 오른쪽 다리 상처를 손으로 눌렀다.

툭!

소요산장의 일꾼 청년 소의가 지혈하려고 애쓰는 사내에게 작은 주머니를 던졌다.

"상처를 아물게 하는 약이요. 바르면 지혈이 될 거요. 뭐 그렇다고 다리를 제대로 쓸 수 있을지는 모르겠소. 내 생각에는 치료를 해도 한쪽 다리는 절게 될 것이오. 하지만 그래도 산장 일을 하는 데는 전혀 문제가 없으니 걱정은 마시오."

청년 소의의 말에 살수가 어이없는 표정으로 그를 바라봤다. 이런 지경으로 만들어놓고 마치 남이 한 일을 대하듯 말하고 있는 청년 소의가 미친놈처럼 보이는 모양이었다.

"도망갈 생각은 마시오. 그 몸으로 어딜 도망가겠으며, 도망간다 한들 얼마 못 가 죽고 말 거요. 그러니까 얼른 상처나 치료하시오."

청년 소의의 말에 살수가 고개를 저으며 덜덜 떨리는 손으로 작은 주머니를 열어 가루약을 꺼냈다. 그는 가루약을 두 손에

다 털어낸 후 길게 베인 허벅지 상처에 모두 쏟아부었다.

"큭!"

가루약이 상처에 닿으며 생긴 통증에 사내가 인상을 찌푸리며 신음 소리를 냈다.

"거참… 살수라는 사람이 그 정도 고통도 참지 못하고! 딱 봐도 살수보다는 산장 일이 더 맞을 것 같구먼. 잘 살았소. 그 덕에 나도 좀 편해질 것 같으니."

청년 소의가 불구가 될 것이 확실한 사내에게 환영의 인사를 했다.

하지만 사내는 더 이상 소의의 말을 듣고 있지 않았다. 그는 자신의 상처를 지혈하는 데만 신경을 쓰고 있었다. 그 일이 급해서가 아니었다. 소의의 황당한 말들을 더 이상 듣고 싶지 않았기 때문이었다.

그러자 산장지기 청년도 사내에게 더 이상 말을 걸지 않고 청년 이맥의 싸움으로 시선을 돌렸다.

날카로운 검광 속에서 삼객이라 불린 야왕성의 살수는 자신의 핏방울이 땀과 섞여 허공으로 비산하는 것을 보았다.

그리고 뒤를 이어 팔 하나가 그의 시야에서 멀어졌다. 자신의 팔이었다.

쾅!

그의 가슴에서 강력한 파열음이 일어났다. 그러자 그의 몸이 허공으로 붕 떠오르더니 바람을 타듯 대여섯 걸음 뒤로 날아가 그대로 땅에 처박혔다.

쿵!

"욱!"

그제야 사내는 고통을 느꼈다. 팔이 잘리고, 산장지기 청년의 발이 가슴을 걷어찰 때도 느끼지 못했던 통증이 뒤늦게 온몸으로 퍼져 나간 것이다.

"끄으!"

고통 속에서도 사내가 급히 몸을 일으키려 남은 손에 쥐고 있던 검을 지팡이 삼아 무릎을 폈다.

그런데 그 순간, 다시 청년 이맥의 발이 그의 턱으로 날아들었다.

퍽!

"악!"

이번에는 맞는 순간 불에 덴 듯한 고통이 느껴졌다. 그의 입에서 몇 개의 이빨이 튀어나왔다. 뒤를 이어 피가 침과 함께 흘러내렸다.

"커억!"

사내가 중심을 잡지 못하고 몸을 허우적거리며 검을 휘둘렀다.

창!

청년 이맥이 가볍게 검을 휘둘러 사내의 검을 멀리 쳐내 버렸다. 그리고 검을 들어 사내의 목을 겨눴다.

"좋은 비무였어. 아! 비무가 아닌가? 어쨌든 내겐 좋은 기회였어. 그 대가로 고통 없이 죽여주지."

청년 이맥이 사내에게 말했다.

그러자 사내가 뭐 이런 작자가 있나 싶은 표정으로 청년을 바라봤다. 지금까지 자신에게 준 고통은 고통이 아니란 말인가. 지금 죽여도 사내는 자신이 이미 충분히 고통을 받고 죽는다고 생각했다.

　그런데 아쉽게도 그는 좀 더 고통을 받을 운명이었다. 지금까지 딴 사람 일처럼 멀리 물러나 있던 산장 주인 노인이 갑자기 두 사람 사이에 끼어들었기 때문이다.

　"잠깐 기다려라!"

　이맥이 검으로 사내의 목을 찌르려는 찰나, 노인이 청년을 말렸다.

　"왜요?"

　이맥이 일을 빨리 끝내고 싶은 마음인 듯 짜증스러운 표정으로 물었다. 확실히 보통의 스승과 제자 관계는 아니다.

　"그놈에게 뭐 좀 물어보려고."

　"그래서 한 놈 살려뒀잖아요?"

　이맥이 다리가 베인 채 소의 앞에 앉아 있는 사내를 가리키며 말했다.

　"급이 달라."

　"예?"

　"저놈과 이놈의 급이 다르다고. 저놈 입에서 듣지 못한 말을 이놈 입으로는 들을 수 있단 말이지. 저놈들이 이놈을 삼객이라고 불렀지?"

　"그렇게 불렀지요."

이맥이 대답했다.

"음, 본래 야왕성에는 뛰어난 살인 기법과 잔혹한 심성을 지닌 네 명의 대살수가 있었지. 그자들은 야수사객으로 불리며 야왕성 내에서 막강한 권력을 누렸다. 야왕성주를 제외하고는 가장 강력한 권력자들인 거지. 그런데 이놈이 삼객이라 불렸어."

"그럼 이자가 야수사객 중 한 명이란 건가요? 그럴 리가요. 그런 자가 이렇게 약해요?"

이맥이 고개를 저었다.

"약한 놈이 아냐. 차마 이런 말을 내 입으로 할 줄은 몰랐다만 네놈이 생각보다 강한 거지."

"제가요?"

이맥이 놀란 눈으로 되물었다.

"그래."

"그런데 왜 매일 스승께 얻어맞죠?"

"뭐, 이런 멍청한 놈이 있지? 이놈아, 그야 내가 네놈들보다 훨씬 세니까 그런 거지. 내가 이런 놈을 제자라고. 쯔쯔!"

노인이 혀를 찼다.

"아아, 알았어요. 알았고요! 우리 무종이 그렇게 강한 무종인가요?"

이맥이 얼른 화제를 돌렸다.

"그걸 여태 몰랐냐?"

"다른 사람을 상대로 싸워볼 기회가 있었어야죠."

"후우… 똥인지 된장인지 꼭 먹어봐야 아냐? 네놈들 수련이 고통스러웠던 이유는 무종이 그만큼 강하기 때문이지. 아니, 그

것 말고 기본적으로 황량한 파나류 북부에서 유일하게 쾌적한 이 청류산 산자락에 있는 산장을 수십 년, 아니, 수백 년 넘게 지키고 있는 걸 보면 모르겠냐? 이 자리는… 보다시피 모두가 탐내는 자리란 말이야."

"…그렇군요. 이런 요지를 수백 년 넘게 지키고 있었다면, 그것도 겨우 한두 사람의 힘으로 지키고 있었다면… 와! 소의와 내가 정말 대단한 무종을 배운 거군요?"

이맥이 진심으로 놀란 표정을 지었다.

"그러니까 항상 나한테 감사하는 마음으로 살란 말이다. 자, 더 이상 지껄이면 개소리고. 비켜봐. 이놈에게 들을 말이 있어."

산장 주인이 이맥을 밀어내며 야왕성 삼객 앞으로 다가섰다.

"대체… 당신은 누구요?"

산장 주인이 묻기 전에 피투성이의 야왕성 삼객이 물었다.

"그건 알 거 없고 내가 묻는 말에나 대답해라. 누구의 청부가 있었느냐? 정체를 모르겠다는 말은 하지 말거라. 야왕성 야수사객이면 성주가 받은 모든 청부의 청부자를 알 수 있다는 걸 안다. 더군다나 그 청부를 시행하러 온 자라면 더더욱."

"……"

산장 노인의 물음에 야왕성 삼객이 침묵을 지켰다.

"왜? 살수의 본분이라도 지키고 싶은 거냐?"

노인이 빈정거리며 물었다. 본래 청부 살수의 규칙 중에는 청부자의 신분을 밝히지 않는다는 전통도 있었다.

"말하면… 날 살려주겠소?"

야왕성 삼객이 물었다.

"거래를 하자고? 흐흐흐, 좋아. 뭐 거래하지. 그런데 널 살려 주는 건 어려워. 애초에 내 제자 놈들이 공언했잖아. 너희들 중 하나만 살려서 산장의 일꾼으로 쓰겠다고. 그런데 이미 그 운 좋은 놈은 결정이 됐거든."

산장 주인이 제자 소의에게 제압된 야왕성 살수를 손으로 가리켰다.

"…한 다리 못 쓰는 놈보다 내가 낫지 않겠소?"

야왕성 삼객이 물었다.

"흐흐흐, 이거 정말 개차반 같은 놈일세. 자기 부하를 죽이고 널 산장 일꾼으로 쓰란 말을 그렇게 쉽게 할 수 있다니……."

노인이 벌레 보듯 야왕성 삼객을 보며 말했다.

"특히 나에게는 쓸 만한 정보들이 제법 있소."

삼객이 끝까지 거래를 이어가려 했다.

"그래서 잠시 널 살려두는 거야. 그런데!"

"컥!"

한순간 야왕성 삼객의 입에서 고통에 숨이 막힌 듯한 목소리가 흘러나왔다.

"이대로 백을 세겠다. 이후에 다시 거래를 해보자."

야왕성 삼객의 가슴 왼쪽을 손가락으로 지그시 눌러놓은 노인이 훌쩍 상대에게서 물러났다.

"끄으으!"

야왕성 삼객이 격렬한 고통에 신음 소리도 제대로 내지 못하고 손을 내저었다. 그만 고통을 끝내달라는 애원이다.

그러나 산장 주인은 팔짱을 낀 채 야왕성 삼객의 고통을 지켜
볼 뿐 아무런 말이 없었다.

야왕성 삼객은 땅을 짓이기며 고통을 견뎌냈다. 그리고 느리
게 백을 헤아릴 때쯤 노인이 다시 움직였다.

툭!

산장 주인 노인이 발끝으로 야왕성 삼객의 겨드랑이를 찼다.

"후욱!"

야왕성 삼객이 크게 숨을 들이쉬자 얼굴에 혈색이 돌기 시작
했다.

"어때, 거래 좀 할까?"

산장 주인이 물었다.

"마, 말씀하시오."

"사주한 자는?"

산장 주인이 짧게 물었다.

"신마성!"

야왕성 삼객이 다시는 같은 고통을 겪고 싶지 않다는 듯 재빨
리 대답했다.

"신마성?"

"모르시오?"

야왕성 삼객이 되물었다. 이즈음 파나류 땅에서 신마성의 존
재를 모르는 사람은 거의 없었다. 그건 파나류 서북쪽 지역도
마찬가지였다.

만약 그들의 존재를 모르고 있다면 정말 이 산장 주인은 이곳

에서 한 발도 세상으로 나가지 않았다는 말이 된다. 물론 그래도 오고 가는 손님들에게 신마성의 출현을 듣지 못했다는 것은 불가능한 일이지만.

"알지."

역시 산장 주인은 신마성의 존재를 알고 있었다. 그러자 야왕성 삼객이 다시 입을 열었다.

"그들이 얼마나 무서운지도 알고 있소?"

"파나류의 새로운 지배자라든가. 누구는 과거 흑라와 비견하기도 하더군. 그런데 야왕성은 단지 그들의 청부를 받은 건가? 아니면 그들에게 복속한 것인가?"

"우린… 새로운 기회를 찾은 것이오."

"스스로 그들에게 굴복했다는 뜻이군."

"……"

산장 주인의 말에 야왕성 삼객이 침묵으로 긍정했다.

"흑라 때나 지금이나… 항상 안 좋은 선택을 하는군. 야왕성은."

산장 주인이 냉정하게 말했다.

"신마성은 생각보다 강하오. 그리고 오늘 우리가 실패했다 해도 내일 다른 사람들이 올 것이오. 결코 이곳을 지켜내지 못할 거요. 그러니 지금이라도……"

야왕성 삼객이 말꼬리를 흐렸다. 여전히 산장 주인에 대한 두려움이 남아 있었기 때문이다. 아무리 신마성의 힘이 대단해도 눈앞의 노인은 당장 자신에게 죽음보다 더 강한 고통을 줄 수 있는 존재였다.

"나도 신마성의 잠재력을 부정하지는 않아. 이리저리 들어본 바에 의하면 흑라까지는 아니어도 흑라에 버금갈 정도는 된다고 하더군. 더군다나 과거 흑라는 마정 부근 은거지에서 움직이지 않고 세상을 지배하려 했지만, 신마성주는 직접 움직이고 있다고 하고… 그건 정말 중요한 거지. 장수가 전장에 있는 것과 없는 것은 전세에 큰 영향을 미치니까. 하지만… 혹시 그거 아냐?"

"……?"

야왕성의 삼객이 침묵한 채 산장 주인을 바라봤다.

"과거 검은 마종 흑라라고 이 산장을 원하지 않았을까?"

"그… 그건……."

"그자도 내게서 이 산장을 빼앗지 못했다. 그러니까 내 걱정은 하지 않아도 돼. 아무튼 잘 들었어. 그 답례로 나도 보상을 해주지. 편할 거야."

"흡!"

어디를 건드렸는지 야왕성 삼객의 입에서 갑자기 숨을 들이켜는 소리가 흘러나왔다. 그리고 정말 산장 주인의 말처럼, 야왕성 삼객이 잠들 듯 숨을 거뒀다.

*   *   *

"뭐지? 대체 뭘 하는 사람이지?"

문을 닫고 방으로 들어온 왕도문이 어안이 벙벙한 표정으로 중얼거렸다.

다른 소룡들도 당황한 기색이 역력했다. 무공을 지니고 있다는 것은 이미 알고 있었다. 그것도 범상치 않은 수준의 무공을 소유한 인물이라는 것 역시 짐작하고 있었다.

그러나 야왕성의 살수들을 제압하는 그의 제자들의 무공은 소룡오대의 예상을 뛰어넘는 것이었다.

더군다나 그 스스로 한 말이 길게 여운에 남았다.

흑라조차도 나에게서 이 산장을 빼앗지 못했다.

얼마나 도도하고 오만한 말인가.

흑라는 세상의 모든 전사들이 힘을 모아 상대했던 자다. 최후에 십이영웅의 위대한 희생이 없었다면, 지금쯤 세상은 흑라의 어둠 속에 살고 있을 수도 있었다.

물론 그 흑라가 직접 이 산장에 오지는 않았을 것이다. 그러나 그 시대 흑라를 따르던 마인들 역시 두려운 자들이었다.

그 마인들조차도 자신에게서 산장을 빼앗지 못했다는 말, 그래서 신마성이든 누구든 이 산장을 가져갈 수 없다는 말은 지나치게 오만한 것이었다.

그런데 이상하게도 산장 주인 노인의 그 오만한 자신감이 믿겨졌다.

사실 실제로 그는 이 산장을 수십 년, 그의 스승으로부터 시작한다면 어쩌면 백 년 넘게 지켜내고 있었다.

과연 그게 가능할까 하는 의문은 당연히 무의미한 것이다. 현실에서 그가 이 산장을 지켜내고 있으니까.

그래서 다른 의문이 생길 수밖에 없었다.

그는 대체 누구인가.

오만하고 도도하면서도, 또 한편으로는 아무런 의욕이나 희망 없이 그저 산장이나 지키며 늙어가는 것 같은 이 산장 주인의 정체는 대체 뭘까 하는 의문이 생길 수밖에 없었다.

"그에 대해서 더 아시는 것은 없으세요?"

무한이 석와룡에게 물었다. 파나류의 사람들에 대해선 석와룡만큼 정통한 사람이 일행 중에는 없었다.

"글쎄… 나도 잘 모르겠군. 나로서도 그저 오래전 여행 중에 잠시 들렀던 산장이니까. 그때나 지금이나 별 의미를 두지 않았었는데. 정말… 무서운 무공과 심성을 가지고 있는 사람이네."

석와룡은 두려움을 느끼는 모양이었다. 그조차 그런데 다른 사람은 더 말할 것도 없었다.

"물어보면 대답해 줄까요?"

하연이 불쑥 말했다. 그렇다고 정신없이 한 소리는 아니었다. 그녀는 정말 내일 아침 산장 주인에게 정체를 물어보고 싶은 모양이었다.

"물어볼 수야 있지. 하지만 자신의 내력을 밝힐지는 모르겠다. 그런데 그의 정체보다 더 중요한 게 있어."

사비옥이 어두운 표정으로 말했다.

"그게 뭔데? 뭐가 그 양반 정체보다 더 중요하지?"

하연이 되물었다.

"신마성의 마수가 여기까지 뻗어왔다는 것, 그게 우리에겐 더 중요할 수도 있지."

"아……!"

하연이 뭔가 깨달은 듯 나직하게 탄성을 흘렸다. 그녀의 표정 역시 무척 심각하게 변했다.

"조심해야겠어."

하연이 중얼거렸다.

"그래야지. 만약 우리가 묵룡대선의 소룡들이고, 열화산으로 간다는 것이 신마성에 알려지면 분명 우리를 추격할 거야."

사비옥이 말했다.

"왜 우리를 추격해?"

왕도문이 의아한 표정으로 물었다.

"이 멍청아! 우리가 빛의 술사의 유적을 찾아왔다는 걸 알 테니까 당연히 추적하지."

하연이 타박하듯 말했다.

"그자들이 그걸 어떻게 알아?"

왕도문이 되물었다.

"후우… 북창의 촌장님을 구원하러 갔던 사람이 누구니?"

"그야 소룡일대의… 아! 그렇구나. 신마성주가 북창을 원한 이유가 촌장님이 알고 계시는 빛의 술사에 대한 기록 때문이었으니까. 우리 소룡들과 석 대장님이 이 먼 곳까지 온 것을 알게 된다면 당연히 그 일 때문이라고 생각하겠군. 음……"

왕도문이 그제야 심각한 표정으로 고개를 끄떡였다.

"어쩌면 그건 새삼스럽게 걱정할 일이 아닐지도 몰라."

문득 조용히 있던 소독이 침착하게 말했다.

"그건 또 무슨 소리냐?"

"그들이 이미 우리의 움직임을 알고 있을 수 있단 뜻이야."

"어떻게?"

"신마성이 파나류를 넘어 육주와 무산열도까지 지배할 생각이라면 봄섬에도 이미 그들의 눈이 있을 거야. 그럼 우리 소룡들의 움직임을 알 수도 있지."

"에이, 그건 불가능해. 난 묵룡대선의 형제들 중에 배신자가 있다는 말에는 조금도 동의 못 하겠다."

왕도문이 고개를 저었다.

"배신자라고 말하지는 않았어."

"그럼 그게 무슨 소리냐?"

"묵룡대선의 형제들 중 자신도 모르게 우리 여행을 타인에게 말하는 사람이 있을 수도 있단 거지. 신마성이라는 이름을 숨기면 얼마든지 알 수 있을걸? 예를 들면 봄섬에는 들어오지 못하지만 먼 외해에까지 와서 거래하는 상인들을 통해서도 알 수도 있는 것이고. 그런 의미에서 육주의 이왕사후나 십이신무종도 봄섬의 소식은 얼추 듣고 있을 거야. 다만……."

"다만 뭐?"

왕도문이 기분이 상한 얼굴로 다그치듯 물었다.

"그들이야 우리가 빛의 술사의 흔적을 찾아 여행을 떠났다고는 생각지 못하겠지. 조금 특별한 소룡들의 수련 여행으로 생각할 가능성이 커. 하지만 신마성주는 조금 다르게 생각할 수 있을 거야. 그리고 소식을 들으면 우릴 추격할 수도 있을 거고."

소독이 침착하게 말했다.

그런 소독의 말에 누구도 반박을 하지 못했다. 애초에 빛의 술사를 쫓고 있는 신마성주라면 북창과 묵룡대선의 관계를 알고 있는 이상 충분히 소룡들의 움직임을 의심할 만하기 때문이다.

"아아, 어렵다. 어려워. 아무튼 조심해야 한다는 거 아니야. 그 걱정 때문에 열화산으로 가지 않을 수도 없는 거고. 어쨌든 갈 거잖아?"

왕도문이 물었다.

"가야지."

소독이 단호하게 대답했다.

"그럼 이 시점에서 우리가 할 일은 하나군. 충분히 잠을 자두는 것! 밤늦게 싸움 구경하느라 너무 오래 깨어 있었어. 얼른 자자. 그래야 내일부터 다시 분주하게 움직이지."

왕도문이 침상으로 기어들어 가며 말했다.

"하긴… 걱정한들 지금 무슨 소용이야. 잠이나 자야지."

하연도 고개를 끄떡이며 침상으로 향했다.

그러자 일행 모두 늦은 잠자리에 들기 위해 움직이기 시작했다.

하지만 잠자리에 들었다고 쉽게 잠을 잘 수 있는 것은 아니었다. 무한도, 그리고 다른 일행도 오늘 본 산장 주인과 그 제자들의 놀라운 무공과, 어쩌면 이미 그들의 등 뒤에 다가와 있을 신마성의 위험에 대한 부담으로 쉽게 잠들 수 없는 밤이었다.

하룻밤이 지났을 뿐인데 산장의 공기는 뭔가 묘하게 변해 있었다.

어젯밤 야왕성의 살수들과의 싸움을 본 것은 무한 일행만이 아닌 듯했다. 그들에 앞서 산장에 들어온 손님 서너 명도 그 소란을 구경한 듯 보였다.

그래선지 그들은 산장 주인과 제자들을 무척 두려워하는 모습을 보이더니 아침밥도 먹지 않고 산장을 떠났다.

"제길, 소문나면 장사에 지장이 많은데… 쩝!"

산장 주인 노인이 아침 이슬을 맞으며 산장을 떠나는 손님들을 보며 투덜거렸다.

"언제는 손님이 많았나요?"

이맥이라 불리는 제자가 말했다.

"이놈아, 그나마 없는 손님 완전히 발이 끊길까 봐 그렇지."

산장 주인이 호통을 쳤다.

"걱정 마세요. 이 근방에 우리 산장 말고 쉬어 갈 곳이 없어요. 노숙을 할 수도 있지만 여기까지 온 사람들은 오랫동안 노숙을 했던 사람들이라 산장에서의 편안한 잠자리를 거부할 수 없다고요. 저 사람들처럼."

청년 이맥이 마침 이 층의 방을 나서는 무한 일행을 보며 말했다.

"역시 보통내기들이 아니군. 다른 사람들처럼 일찍 산장을 떠나지 않는 것을 보니. 행동하는 것도 여유가 있고……."

"딱 보면 알 수 있잖아요? 강한 젊은이들인 것을."

"그러니까 여기까지 왔겠지. 그나저나 의(意) 이놈은 죽은 거야? 왜 이렇게 안 와?"

"마산 아저씨가 거절하는 것 아닐까요?"

청년 이맥이 물었다.

"거절? 생각 좀 해라, 이놈아. 장마산 그 친구 집안에 쌀 떨어진 지 오래됐어. 나한테 빌려간 쌀이 한 가마니가 넘는다. 그런데 이런 일을 거부해? 지옥에라도 갈 거다."

"하지만… 열화산은 위험한 곳이지요. 마산 아저씨가 무공을 알고 있는 것도 아니고."

"후후, 네놈이 아직 장마산 그 친구를 제대로 모르는구나."

"설마 마산 아저씨가 무공을 알고 있다는 겁니까?"

이맥이 말도 안 되는 소리를 하냐는 듯 되물었다.

"물론 그 친구는 우리가 말하는 무공은 모른다. 하지만 무공을 지닌 자들을 충분히 상대할 실력이 있지."

"어떻게요? 내공을 지닌 무인과 일반인은 애초에 상대가 되지 않는데."

"그런 편견을 버려. 검을 들고 오랫동안 전장을 누빈 사람은 내공이 없어도 충분히 무공을 수련한 무인을 상대할 수 있다. 더군다나 장마산 그 친구는 천부적인 신체를 가지고 있어."

"마산 아저씨가 힘이 세긴 하죠."

청년 이맥이 고개를 끄떡였다.

"단순히 힘이 센 것만이 아니다. 표범처럼 빠르고 사냥개처럼 육감이 뛰어나지. 더군다나 그의 검술은 네놈도 상대하기 어려울 거다."

"마산 아저씨가 그렇게 대단한가요?"

"대단하지. 그의 혈통은……."

"갈륵족이어서 그렇다 거죠?"

"음."

산장 주인이 고개를 끄떡였다.

"참 이해할 수 없어요."

"뭐가?"

"그렇게 대단한 자질을 가진 갈륵족이 완전히 멸족했다는 것이요."

"…운명이 그런 거지. 인간이 아무리 잘나봐야 운명의 힘을 거스를 수 있겠느냐? 그리고… 혹라의 시대는 어떤 위대한 사람이나 종족도 감히 생존을 자신할 수 없었던 시대 아니냐."

"그렇긴 하지요."

이맥이 고개를 끄떡였다.

그사이 산장 밖으로 나가 신선한 아침 공기로 남은 잠을 털어낸 무한 일행이 다시 산장 안으로 들어왔다.

그리고 왕도문이 산장 주인에게 다가와 걸쭉한 목소리로 물었다.

"아침은 주나요?"

"당연히, 돈만 내면 드리지."

산장 주인이 대답했다.

"그럼 준비 좀 해주세요."

왕도문이 다시 말했다.

"그러지. 뭐 하냐?"

대답을 한 산장 주인이 멀뚱히 서 있는 이맥을 보며 말했다.

"아, 예. 준비할게요."

청년 이맥이 얼른 대답을 하고는 주방으로 달려갔다.

"잠깐만 기다리게. 아침이라 간단히 차릴 테니 오래 걸리지 않을 걸세."

"알겠습니다. 그나저나……."

"뭐, 달리 할 말이 있나?"

산장 주인이 왕도문을 보며 물었다.

"어젯밤 구경 잘했습니다."

"아, 그거! 뭐, 별일 아니지. 생각보다 좀 소란스럽긴 했지만. 그래서 잠들을 못 잤겠구먼."

"그래도 그런 구경은 할 만하지요. 그런데……."

다시 왕도문이 말꼬리를 흐렸다.

"또 뭔가?"

"혹, 어르신의 무종에 대해 알 수 있을까요? 정말 대단한 무공이어서 궁금해서요."

"말하면 알 수 있겠나?"

"그거야……."

"관심 갖지 말게. 산장지기의 무종이 대단하면 얼마나 대단하겠나. 아! 오는군."

산장 주인이 산장 뒤쪽으로 이어진 산길을 보며 말했다. 왕도문이 시선을 돌리자 그의 눈에 산길을 따라 내려오는 청년 소의(素意)와 더부룩한 옷차림의 중년 사내가 눈에 들어왔다.

"누구죠?"

왕도문이 나직하게 물었다.

"자네들 길잡이."

사내는 그리 친절해 보이지는 않았다. 덥수룩한 수염에 부리

부리한 눈빛 때문일 수도 있지만, 그보다는 얼굴에 나타나는 염세적인 표정이 더 큰 이유인 듯했다.

길잡이를 하겠다는 사람이 자신을 고용한 사람들을 소 닭 보듯이 하는 것도 은근히 거슬리는 면이 있었다.

그런데 이상하게도 그런 불친절한 모습이 오히려 길잡이로서의 믿음을 생기게 만들었다. 실력 없는 자에게서는 볼 수 없는 거만함이었기 때문이다.

"열화산까지 가신다고?"

그가 아침 식사를 하기 위해 식탁에 죽 둘러앉아 있던 무한 일행에게 다가와 처음으로 내뱉은 말이다.

"그렇소."

석와룡이 대답했다.

"그 지옥 같은 곳엔 왜……?"

사내가 선뜻 이해가 가지 않는다는 표정으로 다시 물었다.

"이유는 알 것 없고… 가시겠소?"

석와룡도 건조한 목소리로 되물었다.

"그래도 대충 가는 목적을 알아야 할 것 같은데, 목적에 따라 위험도가 달라지니까. 위험도가 달라지면 이것도 달라지고."

사내가 손가락을 동그랗게 말아 보였다. 길잡이의 값이 달라진다는 뜻이다.

"음… 열화산 인근의 한 곳에 들러보려는 것이오. 누구랑 싸우러 가는 것은 아니니, 우리가 원하는 장소까지만 안내를 하면 되오."

"단순히 열화산의 풍경을 구경 가는 것이란 말이오?"

"그건 아니오. 단순한 구경이 목적이 아니라, 우리에게 의미가 있는 장소가 있는데 그곳에 다녀오려는 것이오."

"말하자면 순례 여행 같은?"

사내가 다시 물었다.

"크게 다르지 않소."

석와룡이 대답했다.

"음… 그렇다면 뭐 그리 어렵지는 않겠군. 어르신!"

사내가 산장 주인을 불렀다.

"왜?"

"얼마에 거래하셨습니까?"

이미 무한 일행과 산장 주인 사이에 길잡이의 대가가 약속되었다고 생각한 모양이다.

"아직 정하지 않았네. 자네가 없는데 어떻게 그 값을 정하나."

"새삼스럽게… 다른 때는 어르신 마음대로 하지 않으셨습니까?"

이런 일이 한두 번이 아닌 모양이었다.

"이번엔 다르지. 열화산은 좀 특별하니까."

산장 주인이 대답했다.

"하긴… 다른 곳과 비교할 순 없지요. 금화 열 동 어떻소?"

사내가 석와룡에게 물었다.

"음… 열 동이라면 꽤 비싸구려."

석와룡이 망설였다.

사실 망설이지 않을 수 없는 요구였다. 금화 열 동이면 큰 성에 작은 상점이라도 낼 수 있는 값이었다. 단순히 길잡이 대가로는 쉽게 약속할 수 없는 액수였다.

"쩝, 너무 불렀나? 그럼 금화 다섯 동! 이게 끝이오."

사내가 갑자기 값을 반으로 깎았다. 한눈에 봐도 거래에 기술
이 없는 사람이 분명했다.

그런 사내의 모습이 못마땅했던지 산장 주인이 나섰다.

"열화산은 위험한 곳이오. 그리고 이 친구는 그곳 지리에 밝
은 사람이고, 금화 다섯 동 역할은 충분히 할 것이오."

산장 주인의 말에 석와룡이 일행을 돌아봤다.

그러자 석림도의 삼공자 두굴이 호기롭게 말했다.

"뭐, 그렇게 하지요. 여기!"

툭!

두굴이 어느새 품속에서 꺼내 들고 있던 금화 다섯 동을 탁
자 위에 내려놓았다.

"어? 선불이오?"

사내가 처음으로 얼굴에 미소를 지으며 물었다.

"길이나 잘 안내해 주십시오!"

두굴이 시원하게 말했다. 비록 길잡이로 고용하는 것이지만
사내의 나이가 적지 않아 보여 두굴은 나름대로 예의를 차리고
있었다.

"좋소! 길 안내는 걱정 마시오. 내 최선을 다할 테니. 아주…
젊은 공자가 통이 크구먼!"

사내는 두굴의 화통한 면이 마음에 든 모양이었다.

"우린 아침 식사 후 바로 떠날 생각이오. 그때까지 준비가 되
겠소?"

석와룡이 물었다.

"준비랄 것도 없소. 잠깐 집에 다녀오면 되니까. 그리고 어르신."

"왜?"

산장 주인이 물었다.

"식구들 양식과 필요한 것 좀 준비해 주세요. 내가 준비해 주고 떠날 시간은 없을 것 같으니까."

사내가 산장 주인에게 금화 두 동을 내밀며 말했다.

"알겠네. 그리하지."

산장 주인이 순순히 사내에게 금화를 받았다.

그러자 사내가 다시 석와룡을 보며 말했다.

"그럼 식사 끝나고 봅시다."

"알겠소."

석와룡이 대답하자 사내가 빠르게 걸음을 옮겨 산장을 나섰다.

사내가 떠나자 사비옥이 중얼거렸다.

"금화 다섯 동이나 주고 고용하는데 정작 저 사람 이름도 모르는군."

그러자 산장 주인이 대답했다.

"장마산이라고 하지."

"장마산… 어떤 분입니까?"

사비옥이 다시 물었다.

"혹, 갈륵족이라고 아나?"

"갈륵족… 글쎄요."

사비옥이 고개를 저었다.

그런데 석와룡은 갈륵족을 아는 모양이었다. 그가 놀란 표정으로 산장 주인에게 물었다.

"그가 갈륵족 사람입니까? 갈륵족은 흑라의 시대에 멸족하지 않았습니까?"

"마지막 후인이라고 할 수 있소. 아, 그의 아이들이 있으니 마지막 후인이 아니구려. 흑라 시대 갈륵족 마지막 생존자라고 하는 것이 정확하겠군. 아이들은 그 이후에 낳았으니까."

산장 주인이 길잡이 장마산에 대해 설명했다.

"갈륵족에 생존자가 있다니… 그렇다면 믿을 수 있지요."

석와룡이 대답했다.

"금화 다섯 동이 비싼 게 아니라는 걸 아시겠소?"

"당연히 그렇지요. 멸족하기 전의 갈륵족은 무척 비싼 몸값을 받았으니까요."

석와룡이 대답했다.

"그럼 됐군. 자, 이제 식사들 하시구려. 마침 음식이 나오는군."

이맥이 어느새 주방에서 간단한 아침 요깃거리를 만들어 들고 나왔다.

소의가 재빨리 움직여 음식을 나르는 일을 도왔다.

무한 일행은 서둘러 아침 식사를 끝냈다. 그리고 방에 넣어두었던 짐들을 산장 밖으로 꺼내 출발 준비를 하고 있을 때, 사내

장마산이 다시 산장으로 왔다.

그런데 그가 나타나는 순간 사람들이 당황한 시선으로 그를 바라봤다. 그가 혼자 온 것이 아니었기 때문이다.

아니, 정확하게는 사람이 아니라 한 마리의 동물과 함께 다시 나타난 장마산이었다.

"그건 뭡니까?"

궁금함을 참지 못한 무한이 물었다.

장마산은 소처럼 생겼지만 소라고 볼 수 없는 짐승을 타고 있었다. 집에서 길들인 짐승인 듯했는데, 첫눈에는 사나워 보였지만 장마산이 이끄는 대로 움직이는 것을 봐서 생각보다 유순한 동물 같았다.

"바욱!"

장마산이 대답했다.

"바욱이요? 그런 동물도 있나요?"

처음 보는 동물이라 무한은 장마산이 데려온 동물에 호기심이 생길 수밖에 없었다.

"아마 보지 못했을 걸세. 이놈들은 고산지대에서만 살거든. 설산 근처가 주 서식처지."

장마산이 대답했다.

그러자 석와룡이 입을 열었다.

"정말 갈륵족 출신이구려. 바욱을 길들여 타다니."

"어? 어르신이 그새 말을 한 모양이군. 맞소. 난 갈륵족이오."

"갈륵족에게 바욱은 상징과도 같은 동물이라고 알고 있소."

"견문이 넓으시군. 맞소. 갈륵족은 언제나 이 바욱의 도움을 받아 천하를 여행한다오. 그런데… 당신들은 그 흔한 말도 없소?"

장마산이 짐을 등에 지고 걸을 준비를 하고 있는 무한 일행을 보며 물었다.

"우린 도보로 여행하고 있소."

석와룡이 대답했다.

"후우… 그 먼 길을. 쉽지 않을 텐데. 아무리 무인들이라 해도."

무한 일행이 무인이라는 걸 알아보는 것은 어렵지 않았다. 일행의 허리와 등에 도검이 매달려 있었기 때문이다.

"말을 구할 곳을 찾지 못했소."

석와룡이 대답했다.

그의 말은 사실이었다. 일행은 배를 타고 무산해협을 건너 파나류 북부에 상륙한 이후 청류산에 도착할 때까지 노숙을 하며 사람들의 눈을 피해 걸었다. 때문에 말을 구할 마을을 찾지 못했다.

일행의 숫자가 적지 않으니 말을 구하려면 제법 큰 마을로 들어가야 했다. 파나류 북부에서 그런 규모의 마을을 찾는 것도 쉽지 않거니와, 십여 마리의 말을 구입하는 순간 사람들의 이목을 끌 수 있기에 힘들어도 도보 여행을 택했다.

"파나류 사람들이 아닌 모양이구려. 파나류 사람이라면 어떻게든 말을 구해 타고 왔을 텐데. 뭐, 그야 상관없고. 아무튼 열화산까지 가려면 말이 있어야 하오."

"구할 수 있소?"

석와룡이 물었다.

"이틀만 가면 말을 구할 만한 곳이 있소. 그곳까지는 어쩔 수 없이 걸어들 가서야겠구려."

"어차피 열화산까지 걸어갈 생각을 하고 있었는데 이틀 정도 야 상관없소."

석와룡이 대답했다.

그러자 장마산이 고개를 끄떡였다.

"알겠소. 준비는 끝났소?"

"모두 끝났소."

"그럼 출발합시다. 어르신, 다녀오겠습니다!"

장마산이 소요산장의 주인에게 소리쳤다.

"조심해서 다녀오게."

"걱정 마십시오. 우리 식구들 좀 잘 부탁드립니다."

"그건 걱정 말고. 모두 좋은 여행 하시구려."

산장 주인이 무한 일행에게도 인사를 건넸다.

"돌아올 때 다시 뵙지요. 잘 쉬고 갑니다."

석와룡이 일행을 대신해 인사를 하고는 이미 바욱에 올라타 길을 떠나고 있는 장마산의 뒤를 쫓아 걸음을 옮기기 시작했다.

그렇게 일행이 소요산장을 떠났다. 길잡이라는 사람은 짐승 바욱의 등에 편하게 타고 있고, 그를 고용한 사람들은 그 뒤를 따라 걸어가는 기이한 형태의 무리였다. 어찌 보면 마치 무한 일 행이 장마산에게 끌려가는 듯 보였다.

일행이 멀어지자 소요산장의 주인이 중얼거렸다.

"묵룡대선이라……."

"묵룡대선이라뇨?"

두 제자 중 이맥이란 이름의 청년이 물었다.

"다른 사람이 섞여 있기는 하지만, 저 젊은이들은 묵룡대선의 소룡들이다."

"그걸 어떻게……?"

"독안룡 탑살의 천년구공은 독특한 기운을 풍기지. 그 기운으로 알아볼 수도 있고, 또 그들이 지닌 검에도 묵룡대선의 표식이 있더구나."

"묵룡대선의 소룡들이 왜 열화산으로 가는 걸까요?"

이번에는 소의가 물었다.

"이유가 있겠지. 세상에 이유 없는 여행이란 없으니까."

산장 주인이 나직하게 중얼거렸다.

"신마성은 어쩌죠?"

청년 이맥이 물었다.

"또 오면 또 죽이지."

"그러다 대규모로 오면요?"

"그때는 잠깐 도망가면 되지. 이 소요산장은 대규모 인원이 오래 머물 수 없는 곳이다. 지키는 놈들 몇 남기고 돌아가면 그때 돌아와서 또 죽이고 빼앗으면 되지."

산장 주인이 별일 아니라는 듯 대답했다.

제4장

서막(序幕)

　과거 천록의 섬으로 불렸던, 그리고 무종의 역사가 시작된 이후에는 육주로 불린 거대한 땅 천섬에서 가장 화려한 곳은 송강 하구다.

　이왕사후가 육주 곳곳에 똬리를 틀고, 나름대로의 거대한 성과 시장을 가지고 있었지만, 그 어떤 성도 송강 하구의 화려함을 능가하지 못했다.

　이유는 그곳에 한 가문이 있기 때문이다.

　사해상가(四海商家)란 이름부터 도도하다. 육주를 둘러싼 네 방향의 바다를 아우르는, 그리고 그 바다 건너, 사람들이 여행해 보지 못한 곳까지 상선을 보낸다는 육주 최고의 상가, 사해상가가 바로 그 가문이었다.

　사해상가는 송강 하구에 거대한 시장을 만들어놓고 있었다.

바다 건너 세상에서 들어오는 모든 상품, 육주 내에서 생산되는 모든 물건들이 이 항구 시장으로 모여들었다. 그렇게 모인 상품들은 세상 곳곳에서 온 상인들에 의해 반대편 세상으로 다시 퍼져 나갔다.

그리고 그런 거래들이 이뤄질 때마다 사해상가로 황금이 흘러 들어 갔다.

물론 그렇다고 사해상가가 자신들의 형성한 송강 하구 시장에서의 거래에 이왕사후처럼 세금을 매기는 것은 아니었다.

대신 사해상가는 상선을 운용해 운송을 대행해 주고, 상인들이 쉬어갈 객관이나 음식점, 혹은 유흥을 즐길 수 있는 주점들을 운영해 막대한 수입을 올렸다.

바로 그런 점이 이왕사후가 재력으로는 사해상가를 따라올 수 없는 이유였다.

이왕사후의 성 주변에 형성된 시장에서 거래하는 상인들은 이왕사후에게 일정한 금액의 세금을 내야 한다. 반면 송강 하구의 시장은 세금을 내지 않아도 되니 상인들이 송강 하구로 몰려들 수밖에 없었다.

물론 사해상가 스스로 세상 곳곳에서 구해 오는 진귀하고 풍부한 상품들이 송강 하구로 천하의 상인들이 모여드는 다른 이유기도 했다.

그렇게 세상의 모든 물건들이 거래된다는 송강 하구에서 배로 한 시진 정도 떨어진 바다 위에 아름다운 섬이 있었다. 그 섬 위에 황금빛이 태양을 대신한다는 화려한 성이 있었다.

사해상가의 황금성이다.

송강 하구로 모인 천하의 금화들은 강물이 바다로 흐르듯, 바다에 떠 있는 아름다운 섬, 백양도 황금성으로 모여들었다.

그렇게 황금을 쏟아내기 위해 천하의 상인들이 모여드는 송강 하구에 두어 달 전부터 상인이 아닌 다른 사람들이 모여들기 시작했다.

그리고 그들이 모여들자 송강 하구는 하나의 거대한 왕국처럼 변해가기 시작했다. 다만 보통의 왕국과 다른 점은 그 왕국을 지배하는 자들이 한 명이 아니라 여러 명이라는 사실이었다.

펄럭펄럭!

신령스러운 뿔을 자랑하는 사슴이 새겨진 깃발들이 해안가를 따라 이어진 절벽 위에서 펄럭였다. 절벽 아래쪽으로는 큰길이 거대하고 화려한 항구의 시가지로 뻗어 있었다.

깃발의 숫자는 대략 오십여 개, 그중 사슴을 새긴 거대한 깃발 뒤에는 각기 다른 모양의 깃발 여섯 개가 일정한 간격을 두고 펄럭였다.

육주의 지배자들. 육주의 고귀한 지배자였던 천록의 왕국이 멸망한 이후, 흑라의 시대를 거치며 이 땅에서 가장 고귀한 자들이 된 이왕사후의 깃발이다.

그 깃발들 뒤로 끝없이 펼쳐진 초원 위에 수천 개의 천막이 세워져 있었다. 일정한 거리를 두고 세워진 천막들은 마치 잘 계획된 성의 도시 같아 보였다.

무리와 무리 사이에는 수많은 말과 마차들이 달려 단단해진 길이 형성되어 있었다.

그 거대한 천막의 군집이 바라보이는 언덕 위에 황금 실로 수놓인 한 채의 화려한 천막이 자리를 잡고 있었다.

천막 안에는 눈부신 갑옷을 차려입은 스무 명가량의 사람들이 모여 있었다.

만약 육주의 사정에 정통한 누군가가 그들을 보았다면, 그는 오늘 이곳에 육주의 모든 권력자들이 모였다고 말했을 것이다.

왜냐하면 천막 안에 모여 있는 사람들이 바로 육주의 왕들이기 때문이었다.

"모든 준비는 끝났습니다."

초로의 사내가 말했다.

사내는 투박한 검은색 갑옷과 거대한 검, 그리고 옆구리에는 갑옷과 같은 색의 오래된 투구를 끼고 있었다.

그가 말하자 앞에 앉아 있던 십여 명의 인물들이 고개를 끄떡였다.

하나같이 고귀한 분위기를 풍기는 그들은 육주의 지배자 이왕 사후와 그들에 버금가는 권력을 지닌 네 명의 성주들이었다.

그리고 그중에는 사해상가의 가주 노백도 포함되어 있었다.

"수고하셨소. 총사령, 선봉으로 출발하는 병력의 숫자는 몇이오?"

단지 입을 여는 것만으로도 좌중을 압도하는 기운을 풍기는 자가 말했다.

투박해 보이는 얼굴과 거친 손은 고귀한 신분이라고 생각하기 어렵지만, 그는 육주 최고의 세력가 이왕사후의 일인 북천성의 왕 천무확이다.

그리고 그의 앞에서 준비를 마쳤음을 알리고 있는 노장(老將)은 북천성 최고의 전사로 불리는 고타이였다.

그는 사해상가의 요구로 소집된 대신마성 원정대의 총사령을 맡고 있었다.

"송강 하구에 모인 병력은 모두 육천입니다. 그중 전선을 타고 금강 하구로 출발하는 일차 원정대의 숫자는 삼천으로 했습니다."

원정대 총사령 고타이가 대답했다.

"그 정도로 충분하겠소?"

머리색이 붉은 자가 물었다.

북천성과 더불어 이왕으로 불리는 남화성의 왕 적인황이다. 그의 혈족은 대대로 붉은빛의 머리를 가지고 있었다.

"그동안 수집한 정보로 신마성의 전력을 파악해 본 결과, 어떤 싸움에서든 그들은 일천 이상의 전력을 동원한 적이 없습니다. 물론 그 정도 숫자로 충분하기 때문에 그 이상의 병력을 동원하지 않았을 수도 있지만, 싸움이 아니더라도 일천 이상의 병력이 움직인 경우가 없었다고 합니다. 그렇게 보면 성을 지키는 자들 외에, 금하강 유역에서 활동하는 신마성 마인들의 숫자는 일천을 넘지 않을 것입니다."

고타이가 자신의 판단을 설명했다. 적인황이 그가 모시는 왕이 아니기 때문에 더욱 조심스럽게 상황을 설명하는 모습이다.

"일차 목표는 금하강이라고 하셨소?"

단단한 체구에 검은 듯한 피부를 가진 중년 사내가 물었다.

육주 북부의 강자 오사성의 성주 사중산이다. 그는 비록 총사령 고타이보다 열 살 이상 어리지만 사후의 한 명으로서 고타이의 존중을 받을 만한 신분이었다.

"그렇습니다. 일차 목표는 사해상가가 잃은 금하강의 철광산 마을들을 되찾는 것입니다. 상류에 있는 량산에 원정대의 진영을 구축하는 것으로 일차 원정대의 임무는 끝납니다. 이후 이차 원정대가 정비되면 그때는 소악산에 모습을 드러낸 신마성의 본성을 공격하는 것이 목표가 되겠지요. 물론… 그 결정은 이왕사후께서 하셔야 하겠지만……."

고타이가 원정 계획을 좀 더 멀리까지 설명했다.

그러자 사중산이 말했다.

"시작을 했으면 끝을 봐야 할 것이오."

"그래야겠지요. 하지만 일단은 금하강 상류에 진영을 구축하고 나서 이후의 상황을 살핍시다. 신마성의 뿌리는 여전히 드러나 있지 않으니까."

남화성의 왕 적인황이 침착하게 말했다.

"물론 그래야지요. 신마성의 뿌리가 정말 흑라와 닿아 있는지가 가장 큰 문제니까."

사중산이 고개를 끄떡였다.

사중산의 입에서 흑라의 이름이 나오는 순간 장내 고귀한 왕과 제후들의 표정이 굳었다.

그들에게 흑라는 거의 금기어 같았다. 이왕사후가 흑라의 시대를 거치면서 지금의 권력을 쟁취했지만, 그럼에도 그들은 흑라를 거론하는 것을 꺼렸다.

그 이유는 그들 역시 육주에 떠도는 한 가지 소문을 알고 있었기 때문이다.

소문이 사실이라는 것을 증명할 아무런 증거도 없었지만, 그들 역시 그 소문이 사실이 아니라는 것을 증명할 명확한 증거를 제시하지 못했다.

흑라를 제거하기 위한 십이영웅의 위대한 영웅행. 그 위대한 십이영웅 중 살아남은 사람은 없었다.

당시 이왕사후와 소수의 육주 최정예 전사들은 십이영웅의 뒤를 삼사 일 거리 차이로 따라갔었다. 만약의 경우 십이영웅을 구원하거나, 혹은 힘을 합쳐 흑라를 죽이기 위함이었다.

그러나 그들은 십이영웅을 돕지도 못했고, 흑라를 죽인 십이영웅의 시신조차 수습해 오지 못했다.

그 이유는 흑라가 죽으면서 그의 마기가 거처였던 마정 인근을 사람이 들어올 수 없는 완벽한 죽음의 땅으로 만들었기 때문이라고 알려져 있었다.

그런데 은밀히 전해지는 소문에 의하면, 당시 십이영웅과 흑라의 싸움은 이왕사후와 그들의 최정예 전사들이 현장에 도착할 때까지 끝나지 않았다고 한다.

그런데 그 처절한 파멸의 싸움터에 도착한 이왕사후는 흑라를 죽이면서 함께 죽어가는 십이영웅의 죽음을 지켜보았을 뿐 그들을 돕지 않았다는 말이 전해지고 있었다.

그 이유가 육주의 권력을 십이영웅과 나누고 싶지 않아서였다는 말도 있고, 흑라와 십이영웅이 싸우던 장소가 마기로 물들어 그들조차 목숨이 위태로울 수 있었기 때문이라는 말도 있었다.

그 소문이 사실일 수도, 그렇지 않을 수도 있었다.

그러나 진실이야 어쨌든 죽은 자들은 영웅이 되었고, 산 자는 의심의 눈초리를 받을 수밖에 없었다.

그래서 흑라의 사후 육주의 확고한 지배자가 되었음에도 불구하고 이왕사후는 비겁자라는 보이지 않는 오욕을 뒤집어쓰고 있었다.

그래서 그들은 흑라의 시대나 십이영웅에 대해서 입에 올리는 것을 꺼리는 것이다.

"그때 판단을 잘못했을 수도 있소."

문득 다른 사람들과 달리 부드러운 인상의 소유자가 입을 열었다.

육주의 남동쪽, 평주의 지배자이자 사후의 일인 백련성주 화검유다.

"그게 무슨 말씀이오? 우리가 무슨 잘못을 했단 말이오? 당시 모두의 동의하에 결정한 것 아니오?"

적인황이 따지듯 물었다.

"그 결정에 대해 말하는 것이 아니오."

화검유가 급히 고개를 저었다.

"그럼 무슨 결정 말이오?"

"그 일이 끝난 후의 결정 말이오. 흑라의 잔당을 추살하던 추살대를 너무 일찍 거둔 것이 아닌가 하는 생각에서 한 말이오.

오해 마시오."

"음, 그 말씀이었소? 내가 오해를 했구려. 그런데 당시 추살대를 더 움직이기에는 우리 쪽 피해가 너무 컸었소. 자칫하다가는 육주에 대한 장악력을 유지하기 힘들 만큼 말이오. 어쩔 수 없는 선택이지 않았소."

"그렇긴 하지만, 그래도 아쉬움은 어쩔 수 없구려. 만약 그때 뿌리를 뽑았다면, 지금처럼 새로운 세력이 출현할 때마다 의심할 필요는 없었을 텐데 말이오."

화검유가 담담하게 말했다.

"그야 뭐… 말해 뭣하겠소. 하지만 어쨌든 그 덕에 우리 이왕사후는 그간 최고의 전성기를 구가할 수 있지 않았소? 또한 이제는 우리 자신이 아니라면 그 누구도 넘볼 수 없는 강한 힘을 구축했고 말이오."

적인황이 말했다.

"음……."

화검유가 고개를 끄떡이면서도 더 이상 입을 열지 않았다.

그런데 적인황의 말에 이왕사후 중 몇몇 사람의 표정이 살짝 변했다.

그동안 철사자 무곤의 비석이 사해상가로 옮겨진 일, 또한 그로 인해 철사자 무곤의 외아들 무한이 스스로 자결한 일로 인해 육주의 패자(覇者)들 사이에는 보이지 않는 긴장감이 형성됐었다.

적인황의 말처럼 더 이상 커질 수 없는 힘, 그 힘이 육주의 내란으로 분출될 수 있다는 소문이 돌 정도였다.

특히 이왕에 대한 사후의 도전이 본격화되리란 것이 육주의 정세를 읽는 자들의 판단이었다.

그렇게 내전의 분위기가 서서히 시작되던 순간에, 파나류에서 신마성이 등장한 것이다.

신마성의 등장으로 이왕사후는 내전이 아니라 다시 한번 힘을 모아 신마성 대원정을 시도하게 되었다.

그러니 신마성의 등장이 화검유의 말처럼 육주의 지배자들에게 그리 나쁜 일만은 아니라고 생각하는 사람들도 있었던 것이다.

"모든 일은 동전의 양면처럼 좋은 점과 나쁜 점이 함께 있소. 그런 면에서 이번 원정은 우리에게 결코 나쁜 일이 아니오. 그러니 이 기회에 제대로 힘을 모아봅시다. 사실 우리가 그동안 구축한 힘을 생각하면 육주는 너무 좁소. 이젠… 흑라 이전의 시대, 파나류가 우리 육주의 거대한 부의 원천이던 때로 돌아갈 시간이 된 것이오. 그러니 총사령, 당부하건대 우리에게 파나류를 가져다주시오."

북천성의 왕 천무확이 원정대의 총사령 고타이를 보며 말했다.

그러자 고타이가 검을 들어 가슴에 대고 고개를 숙이며 대답했다.

"왕께서 원하시는 대로 될 것입니다."

*   *   *

둥둥둥둥!

고오오!

북소리가 파도를 일으킨다. 그 파도를 벽으로 삼아 여러 종류의 나팔 소리가 메아리치며 먼 바다까지 퍼져 나갔다.

그 소리가 이어지는 곳까지 전선도 이어져 있었다. 보급선까지 도합 오십 척, 그 전선에 타고 있는 전사들의 숫자가 삼천이다.

하나의 왕국을 세우기에 충분한 전력이다. 더군다나 그 안에 타고 있는 전사들은 이왕사후와, 그들의 권위에 도전하려는 야심을 가진 육주 각 지방 성주들이 보낸 최고의 전사들이었다.

전선들의 목적지는 파나류 중동부를 흐르는 금하강.

그들은 육주의 바다 중하부를 횡단할 것이다. 사자의 섬 남쪽을 경유하게 될 것이고, 이미 육주에서 마인들로 규정된, 신마성 전사들이 탈취한 파나류 중동부 금하강 유역의 사해상가 철광산 마을들을 회복하는 것이 전선에 탄 삼천 육주 전사들의 목표였다.

그 목적이 달성되면, 이번 일차 원정대의 임무는 끝이 난다. 그 이후에는 이차 원정대가 구성될 것이고, 그때는 아마도 이왕사후는 물론 육주 각 성의 성주들이 직접 원정에 참여하게 될 것이 분명했다.

왜냐하면 일차 원정의 성공은 신마성의 전력이 우려할 수준이 아니라는 것을 증명하는 것이고, 그렇다면 이차 원정은 본격적인 파나류 약탈전이 될 것이기 때문이었다.

이미 각 지방의 권역이 확고하게 정해진 육주와 달리 파나류는 주인이 없는 땅이다.

신마성 원정을 계기로 그 검은 대륙이 본격적으로 개척되기 시작한다면, 그곳에서 육주의 야심가들은 자신들의 새로운 영지를 만들 수 있었다.

육주의 어느 누구든 그 달콤한 유혹을 뿌리칠 사람은 없었다.

그래서 일차 원정대를 배웅하는 이왕사후와 육주 각 성의 성주들 눈에는 탐욕의 빛이 일렁이고 있었다.

"거대한 전쟁의 시작인가?"

탐욕스러운 눈으로 원정대의 출항을 지켜보고 있는 육주의 권력자들을 바라보는 노인, 이 원정대 구성의 시발점이 된 사해상가주 노백이 중얼거렸다.

"그렇습니다."

사해상가의 총관 나이만이 대답했다.

"큰 시장의 시작이기도 하겠군."

"모든 준비를 끝냈습니다. 다만……"

총관 나이만이 말꼬리를 흐렸다.

"걱정되는 게 있나?"

"다만, 일차 원정대가 금하강 유역의 본 가 철광산 마을을 회복했을 때, 과연 이왕사후가 순순히 그 광산들을 본 가에 넘길지 그게 걱정입니다. 파나류의 철광산들이 없으면 이 거대한 전쟁에서 소요되는 무기들을 공급하는 데 차질이 생깁니다. 그럼 당연히 이 전쟁의 이득도 다른 자들이 차지하게 되겠지요."

"그래서 노만을 보내는 것 아닌가? 왜? 노만이 못 미더운가?"

"그럴 리가요. 대공자님의 나이가 이미 사십이 넘었는데요. 다만, 이왕사후라는 자들의 욕심은… 아시지 않습니까?"

"욕심날 수는 있겠지. 하지만 적어도 금하강의 철광산들을 가지려 하지는 못할 걸세. 감히 사해상가를 적으로 돌릴 용기가 그들에게는 없을 테니까."

사해상가주 노백이 담담하게 말했다. 그의 표정으로 봐서는 이왕사후조차 안중에 없는 듯했다.

"사람이라 가끔 어리석은 결정을 할 때도 있는지라… 특히 욕심에 눈이 멀게 되면."

"그럼 좋은 기회가 되겠지. 우리 가문의 힘을 보여줄. 이왕사후 중 하나 정도 바꾸는 것, 재미있는 일 아닌가?"

노백이 가볍게 미소를 지으며 말했다.

"그런… 생각을 하셨습니까?"

"한 번쯤은 사해상가가 결코 그들의 아래가 아니라는 사실을 확인시켜 줘야 할 것이라고 생각하고 있었네. 특히 이번 원정대를 조직하면서 더욱 그럴 필요가 있다는 생각이 들더군."

"그렇긴 하지요. 그들의 오만함이란… 사해상가에 무엇이든 요구할 자격이 있다는 듯한 태도들이었습니다."

나이만이 지금 생각해도 화가 나는 듯 차갑게 말했다.

"후후, 그래서 더더욱 금하강의 철광산들을 그들이 갖겠다는 말을 하지 못할 거야. 그 광산들을 되찾기 위해 그들이 원하는 걸 모두 들어줬는데, 감히 광산들까지 갖겠다고 한다면 곧 사해상가와 싸우자는 말이 되는 거니까. 아무튼 이래도 좋고 저래도 좋은 일이야. 육주에 야심가들은 넘쳐나니까."

"알겠습니다. 가주께서 그리 생각하고 계시다면 걱정할 일이 아니군요. 다만, 대공자님의 안위는 조금 걱정됩니다."

"음… 금하강의 철광산을 욕심내는 자가 있다면 가장 먼저 큰 아이를 공격하겠지. 하지만 그 정도는 이겨내야지 않겠는가. 내 후계자가 되려면. 더군다나 오족의 전사들도 여럿 붙여주었고."

노백의 말에 나이만이 고개를 끄떡였다.

"저 역시 그들을 함께 보낼 수 있어서 그나마 안심을 하고 있습니다."

"그들이라면 만을 지킬 수 있을 거야. 사람 죽이는 게 일이니 사람 목숨도 잘 지키겠지."

"그렇겠지요."

나이만이 고개를 끄떡였다.

"원정대를 지원한다는 이유로 오족에 대한 지원을 줄이거나 하지는 말게."

"예, 가주님!"

"오족의 섬에 왕국을 세우는 일은 무슨 일이 있어도 멈추지 않을 거야."

"알겠습니다."

총관 나이만이 굳은 표정으로 대답했다.

*   *   *

파나류 중동부 바로 위쪽에선 파나류 중동부 금하강 하류에 진영을 구축한 신마성의 신마후 갈단과 룬이 급하게 자신들의 거처를 뛰쳐나왔다.

그리고 나는 듯이 달려 숙영지의 북쪽 관문에 도착했다. 그곳에는 이미 붉은 석양을 등지고 다섯 명의 호위무사를 거느린 신마성주가 도착해 있었다.

예정에 없는 방문이다. 그를 맞을 어떤 준비도 하지 못한 갈단과 룬이 황급하게 고개를 숙이며 입을 열었다.

"성주님! 감히 진영 안에서 성주님을 뵙는 죄를 범했습니다. 용서하십시오."

갈단이 정말 죽을죄를 지은 사람처럼 용서를 빌었다.

"조용히 금하강 유역의 점령지를 살펴보고 싶었다. 그래서 연락을 하지 않은 것이니 신경 쓸 필요 없다."

"알겠습니다. 안으로 모시겠습니다."

갈단의 말에 신마성주가 고개를 끄떡인 후 갈단의 안내를 받으며 신마성 전사들의 진영으로 걸어 들어갔다.

"이왕사후가 원정대를 출발시켰다."

갈단의 금장 천막으로 들어간 신마성주가 자리에 앉자마자 입을 열었다.

"언제······?"

갈단이 곤혹스러운 표정으로 물었다. 이런 소식이라면 자신이 먼저 알아서 신마성주에게 보고해야 했다. 육주의 소식에 소홀하지 않았는데 자신보다 먼저 신마성주가 육주 원정대의 출발

소식을 가져온 것이다.

자칫 그의 목숨이 위험할 수도 있는 일이었다.

"칠 일 전!"

"칠 일… 그런데 그걸 어찌……?"

신마성에서 육주에 나가 있는 신마성 전사들이 원정대의 출항 소식을 전하기에는 너무 짧은 시간이다. 대양이랄 수 있는 육주의 바다는 쾌속한 전선으로 달려도 한 달 가까이 걸리는 큰 바다다.

그 바다를 건너 오 일 안에 소식을 전하려면 세상에서 가장 빠른 전서구가 필요했다.

갈단이 운용하는 전서구로는 족히 십여 일은 걸려야 받을 수 있는 소식이었다.

"나에게 다른 눈이 있다."

신마성주가 무심하게 말했다.

"알겠습니다."

무조건적인 수긍이다. 어떤 질문이나 반문도 하지 않는 갈단이다.

신마성주가 신마후들이 육주에 보낸 첩자들과 달리 자신만의 특별한 전사들을 육주로 보냈다고 해서 감히 불만을 가질 수 없다.

"대략 한 달 정도 후면 전쟁이 시작될 것이다. 기습의 이점을 아는 자들이니 쉬지 않고 바다를 건널 것이다."

"준비하겠습니다."

"어떻게 할 것이냐? 이 전쟁을?"

이상한 질문이다. 그래서 갈단이나 신마후 룬이나 신마성주 전마 치우의 물음에 제대로 대답을 하지 못했다.

"첫 싸움에 대한 생각을 묻는 것이다."

신마성주가 재차 물었다.

"강 하구의 바다에서 해전으로 상대하기에는 전력이 부족합니다. 그들을 강 안쪽으로 끌어들여 화공을 할까 합니다."

갈단이 말했다.

애초에 그와 신마후 룬이 계획하고 있던 전략이었다. 전사들의 숫자가 적의 삼분지 일, 그렇다면 정면 대결에서는 승산이 없었다.

"이기려고?"

"……?"

또다시 이어진 이상한 질문에 갈단의 눈이 혼란스럽게 흔들렸다. 처음부터 쉽지 않은 주군이었다. 이렇게 종잡을 수 없는 질문을 할 때마다 그와 신마후들은 곤욕스러운 상황에 직면하곤 했었다.

"성주! 용서하십시오. 성주님의 뜻을 감히 짐작할 수가 없습니다."

"금하강을 둔 이 싸움, 이길 생각이냐고 물은 것이다."

"그야 당연히……."

갈단이 대답했다. 모든 전쟁은 승리가 목표다. 어떤 전쟁도 패배를 목표로 하는 경우는 없다.

"그대들이 육주의 원정대를 금하강에서 몰살하면… 이왕사후가 파나류로 올까?"

신마성주가 다시 물었다.

"그렇지 않겠습니까? 일차 원정대의 패배 소식을 들으면 그들이 직접 오지 않을 수 없을 겁니다."

듣고 있던 신마후 룬이 조심스럽게 대답했다.

그러자 신마성주가 고개를 저었다.

"룬! 그대는 아직도 그자들을 잘 모르는군."

"……"

신마후 룬 역시 갈단과 마찬가지로 신마성주의 마음을 알 수 없어 다시 침묵을 지켰다.

"그자들은 겁이 많은 자들이다. 지킬 것과 누릴 것이 많기 때문이지. 그래서 일차 원정대가 전멸한다면 더 많은 전사들을 보낼 수는 있어도 직접 오지는 않는다. 자신들의 목숨도 위험해질 수 있는 싸움이라는 것을 알게 될 테니까."

"…그럴 수도 있겠습니다. 그자들의 간교함이라면……"

갈단이 신마성주의 말에 수긍했다. 위압적인 신마성주의 권위 때문이 아니라 정말 그럴 수도 있겠다 생각하는 표정이다.

"그자들을 파나류로 오게 하려면 이 싸움에서 그들이 승리할 수 있다는 확신을 줘야 한다. 그래야 그자들이 이 거대한 땅 파나류에서 취할 수 있는 막대한 이득을 놓치지 않기 위해, 그리고 전사로서의 명예를 탈취하기 위해 스스로 이곳으로 올 것이다."

"성주님의 말씀이 옳습니다. 현명하신 판단입니다."

룬이 이제는 확신하는 표정으로 대답했다.

"그래서 그대들의 임무는 잘 패하는 것이다."

"······?"

다시 갈단과 룬이 침묵에 빠졌다.

전쟁에서의 패배는 어떤 패배든 뼈아프다. 동료가 죽고, 땅을 잃고, 어둠 속으로 도주해야 하기 때문이다.

그래서 잘 패한 전쟁이란 없다는 것이 전사들의 생각이었다.

"명을 주십시오."

갈단이 고개를 숙이며 말했다.

신마성주의 의중을 알 수 없을 때는 이렇게 명을 청하는 것이 최선이었다. 그게 오랜 세월 신마성주를 따른 그가 얻은 경험이었다.

"금하강을 내준다."

신마성주가 짧게 말했다.

"···후퇴하는 것입니까?"

"음, 하지만 전투에서는 이긴다!"

신마성주의 말에 갈단과 룬이 다시 짧은 혼란에 빠졌다. 그러나 노련한 전사들인 두 사람은 금세 신마성주의 말을 이해했다.

"성주님의 뜻, 이제야 알겠습니다."

갈단의 얼굴에 가벼운 미소가 지어졌다. 이제야 신마성주의 뜻을 온전히 이해한 것이다.

"어디까지 물러날까요?"

룬이 물었다.

"소악산!"

"성으로 물러나는 것입니까?"

소악산은 금하강 상류와 파나류 북동부를 가르는 거대한 산이다. 몇 개월 전부터 그곳의 오래된 고성이 신마성의 거대한 성으로 탈바꿈하고 있었다.

"그래야 그들이 모두 한곳에 모일 테니까. 그곳에서… 그들을 만나겠다."

"예, 성주!"

갈단과 룬이 동시에 대답했다.

"신마의 전사들의 피해를 최소화한다. 진정한 전쟁은 오룡의 회랑을 지나 소악산 초입에서 이뤄질 테니까, 전력을 보존하는 일이 중요해. 놈들에게 적당한 타격을 입힌 후에는 미련을 두지 말고 금하강을 떠나라."

"예, 성주!"

"그래도 물론 여전히 화공이겠지?"

"그럴 생각입니다. 화공 이후 신마 전사들을 동원한 백병전을 하려던 전략만 수정하겠습니다."

"기대하지."

신마성주가 고개를 끄떡이고는 자리에서 일어났다.

"오늘이 이곳에 머무시는 것이……."

갈단과 룬이 황급하게 일어서며 물었다.

"번잡함은 귀찮은 일이지."

신마성주가 고개를 젓고는 걸음을 옮겨 갈단의 천막을 떠났다.

그러자 갈단과 룬이 신마성주를 배웅하기 위해 황급하게 그의 뒤를 따르기 시작했다.

검은 전포를 입은 신마성주가 금하강 하류에 있는 신마후 갈단과 룬의 진영을 벗어난 후 향한 곳은 의외로 좀 더 동쪽이었다.

소악산 신마성의 성으로 돌아가려면 금하강을 거슬러 올라가야 한다. 그런데 그는 금하강 상류가 아니라 하류로 움직인 것이다.

그럼에도 뒤를 따르는 무표정한 표정의 무사들은 그의 예상치 않은 행보에 어떤 질문도 하지 않았다. 그들은 마치 신마성주의 그림자처럼 일정한 거리를 두고 신마성주를 따를 뿐이었다.

콰아아!

한순간 밤공기를 타고 강렬한 파도 소리가 들렸다. 어둠 속에서 가파른 절벽과 끊임없이 싸우고 있는 거대한 파도가 눈에 들어왔다.

파나류 중동부의 해안가가 모습을 드러낸 것이다.

이곳에서 배를 타고 십여 일 동진하면 사자의 섬 남쪽이 보이고, 다시 또 동쪽으로 배를 몰아 이십여 일을 항해하면 천섬 육주 중남부에 도착한다.

그러니까 육주와는 장애물 없는 하나의 바다로 연결되는 해안가였다.

그럼에도 불구하고 이 지역을 오가는 육주의 배는 거의 없었다. 사해상가가 비밀리에 금하강 유역에서 철광산을 운용할 수 있었던 것도 육주의 다른 상인들이 이 바다를 건너지 않기 때문이었다.

이유는 분명했다.

혹라의 시대를 대변한다고 할 수 있는 죽은 자들의 섬 남쪽 지역을 통과해야 하는데, 그 바다에는 적지 않은 해적들과 마도의 잔당들이 숨어 있었다.

사자의 섬 북쪽 바다, 무산열도로 들어서는 해역은 수호자들의 섬에 똬리를 튼 은갑전사단으로 인해 어느 정도 해상로의 안전이 보장되어 있었다.

반면, 사자의 섬 남쪽 바다는 오가는 여행자를 지켜줄 그 어떤 존재도 없었던 것이다.

또한 이 바다를 건너와 얻을 이익도 별로 없었다. 사해상가가 금하강 유역을 개척해 철광산을 개발할 수 있었던 것은 그들이 그곳에 존재하는 철산의 존재를 알았고, 그 철산들을 개발할 막대한 자금을 동원할 수 있기 때문이었다.

하지만 금하강 남쪽의 파나류는 거의 불모의 땅이었다. 특히 금하강에서 보름 길 정도 떨어진 라임강을 지나면 그곳부터는 강렬한 태양이 작렬하는 대사막이 펼쳐졌다.

그런 곳에서 얻을 수 있는 이득은 없다. 아니, 생존하는 것조차 어려운 땅이었다.

물론 그 대사막을 횡단하면 또 다른 파나류의 서남쪽 세계가 펼쳐지겠지만, 그곳까지 상단을 보내는 것은 불가능한 일이었다.

파나류 서남쪽으로 가자면 대사막 앞 바다를 지나야 하는데 대사막 앞바다는 세상에서 가장 위험한 괴물들이 가득하다고 알려진 야수해다.

고대에는 롭의 바다로 불렸다는 야수해는 바닷사람들에게 공포의 대상이었다.

누구도 실체를 제대로 보지 못했다는 바다 괴물들이 살고 있다고 알려진 바다다. 그 괴물들의 공격을 막아내고 야수해를 통과할 뱃사람이 세상에 존재하지 않는다는 것이 정설이었다.

그래서 과거 뛰어난 대모험가들도 파나류 남쪽을 여행하기 위해서는 룹의 바다가 아니라 그 동쪽 대양 위에 덩그러니 떠 있는 거대한 사막 섬, 열사의 섬 바깥쪽을 우회하는 항로를 택했다.

그러나 그 항로는 야수해를 통과하는 것보다 보름 이상 시간이 더 필요해서 육주로부터 항해해 온 상선에서는 보급품과 물이 떨어질 수밖에 없었다. 당연히 선원들은 그런 항해를 거부했다.

그래도 먼 옛날 용기를 낸 모험가 중 그 항로의 여행에 성공하고 돌아온 자가 있기는 했다. 다만 물론 역사상 손에 꼽을 정도의 숫자였지만.

그런 이유로 육주의 상선들은 사자의 섬 남쪽 바다를 여행하는 경우가 거의 없었다.

그런데 그 바닷길이 열리고 있었다. 검은 전쟁의 서막을 여는 것처럼……

신마성주는 조만간 수십 척의 배들이 들이닥칠 어둠의 바다를 마주하고 섰다.

강렬한 기운이 그의 등을 타고 밤하늘로 퍼져 나갔다. 그럼에도 왠지 그 뒷모습에서는 쓸쓸함이 묻어났다.

침묵하는 그와 침묵하는 호위전사들, 그리고 으르릉대며 파도를 밀어붙이는 밤바다가 묘하게 어우러졌다.

누군가 그 광경을 보았다면 세상에서 가장 우울한 자의 초상으로 기억했을 것이다.

그러다가 문득 파도 소리에 묻힌 듯 나지막한 신마성주의 목소리가 흘러나왔다.

"묵룡대선 소룡들을 따라간 세 신마후에게서 연락이 왔느냐?"

"아직입니다."

두 명의 수하 중 한 명이 조심스럽게 대답했다.

"재촉해. 어느 한 곳 놓치면 안 된다."

"예, 성주!"

"특히 파나류로 들어온 자들은 특별히 주시하라고 하라."

"가장 약한 자들 같습니다만."

수하 중 한 명이 처음으로 반문했다.

"그들 중에 북창의 경비대장이었던 자가 포함되어 있다지 않느냐. 그가 동행한다는 것은 나름대로 의미가 있지."

"…알겠습니다."

"내가… 이상한가?"

신마성주가 천천히 뒤로 돌아서며 물었다.

"무슨 말씀이신지……?"

"빛의 술사에 집착하는 내 모습이 말이다. 이상하다고 생각하느냐?"

"……"

수하들이 침묵으로 신마성주의 물음에 대답했다. 그의 말을 긍정한다는 뜻이다.

"그것이 단순히 전설이라고 생각하는 사람들에게는 그렇겠지. 하지만 나는 알고 있다. 빛의 술사의 실존과 그가 남긴 유산의 힘을. 사람이면 사람, 혹은 물건이면 물건이겠지만."

"감히 아룁니다."

수하가 어렵게 입을 열었다.

"말하라."

"저의 좁은 소견으로는… 이 세상에 성주님을 감당할 무인이나 무종은 존재하지 않을 것 같습니다만. 굳이……"

"굳이 빛의 술사를 찾아서 뭐 하느냐는 말이겠지?"

말꼬리를 흐리는 수하에게 신마성주가 물었다.

"그렇습니다."

"너의 말이 맞다. 세상에 날 상대할 인간은 없다. 그래서 내가 빛의 술사를 찾는 이유는 당연히 힘을 얻기 위해서가 아니다."

"그렇다면… 왜?"

수하가 두려운지 주저하면서 물었다.

"그라면 방법이 있을 것 같아서."

"……"

"그런 것이 있다. 내 안에 걷어내고 싶은 그림자 같은 것이 있는데, 그 방법을 빛의 술사는 알고 있을 것 같단 것이다."

"감히 다시 여쭈어도……."

"그만! 돌아간다!"

신마성주가 갑자기 수하의 말을 끊었다. 그러고는 조금의 여지도 주지 않고 해안을 떠나기 시작했다.

　그러자 침묵을 지키고 있던 수하들이 재빨리 동료의 팔을 끌며 신마성주의 뒤를 따르기 시작했다.

　　　　　*　　　　　　*　　　　　　*

　육주 최고의 전사들을 태운 원정대의 전선들이 금하강 하구먼 바다에 모습을 보이기 시작한 것은 신마성주가 신마후 갈단의 진영에 모습을 보였던 날로부터 정확히 이십 일이 지난 후였다.

　아무리 빨라도 한 달은 걸릴 것이라는 예상과 달리 육주의 원정대는 한 달이 되기 전에 육주의 바다를 횡단한 것이다. 놀라운 속도가 아닐 수 없었다.

　하루라도 시간을 단축하기 위해 전선에 탄 전사들은 모든 힘을 쏟아내 배를 움직였을 것이다. 다행이라면 지난 한 달간 이어진 순조로운 날씨였다.

　태풍이 없는 계절이기는 했지만, 동풍이 적당히 불어 육주의 전선들을 도왔던 것이다.

　첫날 한 척의 쾌속선이 해안가에 모습을 드러냈을 때, 신마성의 신마후 갈단과 룬은 즉시 그에 대한 보고를 받았다.

　그들은 그 직후 진영을 거두고 금하강 유역의 숲으로 숨어들었다.

　그리고 다음 날, 금하강 하구로 바다를 가득 메운 거대한 육주의 전선들이 밀려왔다. 그들은 과거 사해상가가 금하강 유역에서 생산한 철들을 육주로 실어 나르기 위해 만든 포구 인근에다 닻을 내렸다.

오십여 척의 전선들 중 대부분은 전사들을 실어 나르기 위해 만든 대선(大船)들이고, 일부는 혹시라도 모를 적의 공격에서 대선들을 보호하기 위해 출항한 쾌속한 전선들이었다.

쾌속선들은 육주의 전선들이 차례로 포구에 전사들을 쏟아내는 동안에도, 빠르게 주위를 항해하면서 적의 공격에 대비했다.

그 모습이 혼란스럽지 않고 절도가 있어 보이는 것은 그들을 지휘하는 자의 능력이 그만큼 뛰어나다는 의미였다.

그래서 그 모습을 숲에서 지켜보는 신마후 갈단과 룬의 표정도 밝지 못했다.

"북천성 최고의 전사라고 했지요?"

강한 태양이 내리꽂히는 해안선과 극명한 대조를 이루는 어두운 숲의 경계에서 신마후 룬이 말했다.

"그렇소. 나도 그를 알고 있소."

"갈단 신마후께서도요?"

"오래전 그를 본 적이 있소."

"그럼… 그가 신마후 님을 알아볼 수도 있겠군요?"

룬의 물음에 걱정이 서려 있다. 아마도 갈단의 정체가 드러나는 것이 문제가 될 수도 있는 모양이었다.

"아니, 알아보지 못할 거요."

갈단이 확신했다.

"그가 기억할 정도의 만남은 아니었다는 뜻인가요?"

"그건 아니오. 제법 이야기도 나눈 사이니까. 하지만… 난 예전의 내가 아니오."

"…그렇군요. 잊고 있었습니다. 죄송합니다."

"아니오. 죄송할 것까지야. 이젠 이게 나인 것을."

갈단이 고개를 저었다.

"그런데 사람이 외모가 변했다고 해도 타고난 기운이 변하는 것은 아닌데, 고타이 정도의 고수라면 그래도 갈단 님을 알아보지 않을까요?"

"나의 겉모습만 변한 것 같소? 성주님의 은혜로 무공도 달라졌고, 그로 인해 내 몸의 기운도 변했소. 이런 말은 그렇지만 과거의 나는 지금과 많이 달랐소. 그때는……."

갈단이 말꼬리를 흐렸다.

그러자 룬이 잠시 갈단을 바라보고는 더 이상 그의 과거에 대해 묻지 않았다. 대신 전사들을 포구에 쏟아내고 있는 육주의 전선들로 관심을 돌렸다.

"그가 아무리 뛰어난 전사라 해도, 그래서 대규모 전선들을 규율 있게 움직인다고 해도, 오늘 밤 우리의 공격을 막아내기 쉽지 않을 겁니다."

잠시 침묵하던 룬이 말했다.

"맞소. 그는 오늘 밤 우리의 공격을 전혀 예상치 못할 것이오. 하선과 함께 사방으로 보낸 경계병들의 시야는 십 리를 벗어나지 않을 테니. 십 리 밖에서야 설마 기습을 한다 한들 충분히 준비할 시간이 있다고 생각할 것이오."

갈단이 고개를 끄떡였다.

"썰물 때를 맞추면… 더 강력한 공격이 가능하겠지요. 금하강의 유속이 빨라질 테니까."

신마후 룬이 대답했다.

"문제는 정확한 시점에 퇴각을 해야 한다는 것이오. 저들의 반격이 제대로 시작되는 바로 그 시점에 말이오. 빠르면 의심할 것이고, 늦으면 우리 쪽 피해가 크겠지."

"그 결정은 역시 갈단 님께서."

룬이 갈단을 보며 말했다.

"룬 신마후의 판단도 반드시 필요하오. 난 싸움이 벌어지면 가끔 이성을 잃는 터라……."

갈단이 차가운 살기가 묻어나는 미소를 지으며 말했다.

제5장

불타는 금하

노전사 고타이는 방심하지 않았다.

그는 출신이 서로 다른 원정대를 마치 하나의 왕국에서 나온 전사들처럼 다뤘다.

그렇다고 강압적인 방법을 사용하는 것도 아니었다. 이미 수백 번의 전쟁을 치르며 쌓아 올린 그의 명성은, 아무것도 하지 않아도 그에 대한 존경과 위엄을 만들어냈다.

고타이는 자신이 가진 권위로 전사들을 강압하는 대신 노련한 통솔력으로 여러 곳에서 차출된 전사들을 하나의 전력으로 묶어냈다.

그래서 그가 사해상가가 사용하던 포구에 전사들을 상륙시킨 후 포구를 중심으로 강력한 경계선을 세우자고 했을 때도 육주의 전사들은 아무런 불만 없이 그의 말에 따랐다.

각 성에서 차출된 전사들의 우두머리들 역시 최고의 수준에 있는 전사들이었으므로, 갓 상륙한 원정대를 향해 적의 기습이 있을 수 있다는 것을 알고 있었다.

그래서 그들은 고타이의 부드러운 명 한마디에도 방어선을 만드는 데 열중했다. 그 방어선이 자신과 자신의 동료들에게 안전한 휴식처를 제공해 줄 것을 알고 있었기 때문이다.

전사들을 실어 온 선박들은 포구의 접안대에 굵은 나무기둥을 여러 개 박아 넣은 후 어른 팔뚝만 한 굵기의 노끈들로 연이어 이어 맸다.

평온한 금하강 하구지만, 밀물과 썰물이 교차할 때는 자칫 배들이 썰물을 타고 바다 한가운데로 밀려 나갈 수 있기 때문이었다.

더불어 전사들을 태운 배들을 호위하던 쾌속한 전선들은 포구 주변의 바다를 주기적으로 이동하며 바다로부터의 기습적인 공격을 대비했다.

그렇게 땅과 바다의 경계선이 구축되자 포구는 가히 난공불락의 진영으로 변했다.

그렇게 단단한 진영을 무리 없이 구축한 고타이에 대한 믿음은 그래서 더욱 강해졌다. 하지만 위험은 고타이나 다른 노련한 원정대 수뇌들이 예상하지 않은 방향에서 다가왔다.

나무로 만든 기름통을 실은 뗏목에는 오직 두 명의 마전사가 탔다. 그중 한 명은 뗏목의 앞쪽에서 자신과 동료의 몸을 모두 가릴 수 있는 검은색 거대한 방패를 들고 있었고, 다른 한 명은 뗏목에 가득 실은 기름통을 살피면서 빠르게 흐르는 강물을 따라 뗏목을 조종했다.

시간이 지날수록 금하상 하구의 유속이 빨라졌다. 썰물의 시간이 온 것이다.

밤은 깊어서 겨우 손톱만큼 남은 달만이 흐릿한 빛을 흘리고 있었다. 강물에 반사되는 달빛조차 존재하지 않는 어두운 밤이었다.

콰아아!

유속이 빨라지면서 바다로 흘러드는 물소리도 거칠어졌다.

일백여 개에 이르는 뗏목은 포구로부터 십여 리가량 떨어진 지점을 통과하면서부터 사람이 통제하기 어려울 정도의 속도를 냈다.

그래서 그 지점까지 경계를 나와 있던 육주 원정대 전사들의 눈에 뗏목들이 발견되었을 때는 이미 백여 개의 뗏목이 그들의 눈앞을 거의 관통한 이후였다.

뿌우우!

요란한 나팔 소리가 잠든 포구를 흔들어 깨웠다. 경계를 나간 전사들로부터 들려오는 나팔 소리다. 그리고 그건 적의 기습이 시작됐다는 의미였다.

늦게까지 잠들지 않고 앞으로의 전략을 고민하던 북천성의 대전사 고타이도 잠깐 선잠에서 깨어나 숙소 밖으로 뛰어 나왔다.

"어디냐?"

고타이가 수하에게 물었다.

"금하강 쪽입니다."

"금하강? 강변을 따라 내려온다는 뜻이냐?"

"그건 아직! 정확한 적의 경로는 경계를 나간 전사들이 와야 알 것 같습니다."

"알겠다. 명을 전한다. 모든 전사들은 포구 외곽에 설치한 방책 앞에 집결한다!"

"예, 총사령!"

고타이를 그림자처럼 따르는 수하 무사들이 일제히 대답을 하고는 원정대 각 진영에 고타이의 명을 전하기 위해 달려갔다.

"강입니다!"

포구 외곽으로 경계를 나갔던 전사가 죽을힘을 다해 달려와 전한 말이다.

"강?"

보고하는 전사의 말에 고타이가 시선을 금하강 쪽으로 돌렸다.

해안선을 따라 검은 숲이 펼쳐져 있고, 그 숲 너머에 금하강의 하구가 나타났다.

어둠 속에서도 빠르게 밀려드는 강물이 바닷물과 섞이는 소리가 요란하게 들려오는 곳이다. 그러나 고타이의 눈에 적의 모습이 쉽사리 들어오지 않았다.

"어디냐?"

고타이가 다시 물었다.

그러자 소식을 전한 전사가 아니라 옆에 서 있던 원정대 부사령 남화성의 우량이 말했다.

"이미 바다로 들어왔소이다."

우량의 말에 고타이가 강 하구와 이어진 바다를 바라봤다. 과연 그곳에 크고 작은 백여 개의 검은 점들이 아련하게 보였다.

"저들인가?"

고타이가 물었다.

그러자 보고를 한 전사가 대답했다.

"그렇습니다. 줄곧 그들을 따라 달려왔습니다. 썰물 때라 바다로 빠져나가는 금하강 물줄기가 워낙 빨랐습니다. 때문에 그들에 앞서 보고드리지 못했습니다. 죄송합니다."

전사가 고개를 숙였다.

"아닐세. 고생했네. 그런데 이상한 일이군. 내가 금하강을 타고 오는 기습을 염두에 두지 않았던 것은 강으로 이동시킬 수 있는 병력의 숫자가 적기 때문이었지. 그 예측대로 강을 따라온 자들의 숫자가 뗏목 백여 개… 겨우 저 숫자로 뭘 할 수 있다는 거지? 우리 원정대의 전선 서너 척만으로 저 뗏목들은 충분히 전멸시킬 수 있을 텐데……."

고타이가 중얼거렸다.

그의 말을 증명하듯 포구 외곽 바다를 지키던 전선들이 배인지 뗏목인지 제대로 구분도 가지 않을 만큼 작은 크기의 신마성 기습자들을 단번에 밀어버릴 기세로 진격하고 있었다.

뿌우우 뿌우우!

거칠게 울려대는 나팔 소리들, 그에 맞춰 전투를 준비하는 전선 위 전사들의 병장기 부딪히는 소리가 포구까지 들려왔다.

적들을 향해 다가가는 전선의 숫자는 셋. 숫자는 백여 개에 달하지만 크기가 너무 작아서 굳이 싸울 필요도 없이 전선으로 밀어버리면 끝날 것 같은 상황이었다.

"뭔가… 이상하구려."

부사령 우량이 미심쩍은 표정으로 중얼거렸다.

"기다려 봅시다. 전선을 이끄는 사람이 해신성의 척 대전사요. 걱정할 필요가 없지 않소?"

"하긴 바다에서 척조경이라는 이름은 제왕의 이름이지요."

우량이 불안해하면서도 고개를 끄떡였다.

이왕사후 중 사후의 한자리를 차지하는 육주 남해의 해신성은 오래전부터 해상 전력에 있어서 천하제일을 자처하는 제후국이었다.

그런 해신성을 대표해 원정대에 합류한 척조경은 해전에 관한 한 해신성주를 능가하는 실력자로 알려져 있었다.

그러므로 그에겐 작은 점들에 지나지 않는 신마성의 기습자들은 가소로운 놀잇감에 지나지 않았다.

그러나 세상 일에는 항상 변수가 생기고, 그 변수가 가장 빈번한 곳이 전쟁터였다. 그리고 그 변수가 척조경에게도 찾아왔다.

화르륵!

하나의 뗏목에서 불길이 일어났다. 그러자 마치 불의 고리가 연결된 것처럼 순식간에 백여 개의 뗏목으로 불이 옮겨붙었다.

뗏목들은 빠르게 흐르는 조류를 따라 원정대의 전선들을 향해 흘러가고 있었다.

그런데 갑자기 불타기 시작하는 신마성의 뗏목에 경계심을 끌어올리던 육주의 원정대가 예상치 못한 일이 또다시 일어났다.

갑자기 뗏목에서 시작된 불길들이 바다 위로 번지기 시작한 것이다.

쿠오오!

바다로 번진 불길은 해수면 위로 화산처럼 타오르더니 육주의 전선들을 향해 뗏목보다 몇 배 빠른 속도로 뻗어가기 시작했다.

"배를 물려라! 바다에 기름이 있다!"

척조경이 침착하지만 강한 목소리로 명을 내렸다.

자신의 예상과 다른 전개지만, 그는 빠르게 지금 일어나고 있는 일의 전말을 알아챘다.

신마성의 마전사들은 처음부터 뗏목에 기름을 싣고 금하강을 내려왔을 것이다. 그들은 육주 전선들과의 거리가 가까워지자 바다에 기름을 부었고, 기름은 썰물로 인해 빨라진 조류를 타고 뗏목에 앞서 육주 전선들이 모여 있는 곳까지 흘러왔다.

뗏목에서 떨어져 나와 바다를 떠다니고 있는 기름통이 바로 그 증거였다. 처음부터 신마성 전사들은 바다 위 화공을 준비하고 있었던 것이다.

불의 광란이었다.

신마성의 마전사들이 타고 온 뗏목에서 일어난 불길이 바다 위로 번지는 순간, 기름이 퍼진 포구 앞바다가 화염의 지옥으로 변하는 것은 당연한 수순이었다.

불길이 일직선으로 육주 전선들을 향해 뻗어나가는 사이, 뗏목을 몰고 온 신마성의 마전사들이 바다로 뛰어들었다.

이후 육주의 전사들은 더 이상 그들의 모습을 볼 수 없었다. 하나의 뗏목에 두 사람씩 타고 내려온 이백여 명의 마전사들이 흔적도 없이 사라진 것이다.

그들이 화염의 광란 속에서 장렬하게 타죽었는지, 혹은 다른 비책을 준비해 무사히 탈출했는지는 알 수 없었다. 그들을 찾는 것보다 전선에 붙은 불을 끄는 것이 먼저인 육주의 원정대에게 사라진 이들을 찾는 일은 사치였다.

"절반만 방어선에 남는다. 나머지 전사들은 배들을 구하라. 최대한 빨리 움직여라!"

육주 원정대의 총사령 고타이가 침착하게 명을 내렸다. 그러자 육주의 전사들이 썰물처럼 방어선에서 빠지기 시작했다.

"남은 사람들은 모두 전투태세를 갖춰라. 놈들이 혼란한 틈을 타 기습할 수도 있다."

노련한 고타이가 제이의 기습을 대비시켰다.

그러자 방어선에 남은 육주의 전사들이 병장기를 빼 들고 그들 앞에 펼쳐진 어두운 숲을 응시했다.

바다가 불타고 있음에도 숲은 여전히 어두웠다. 아무리 대단한 화염이라도 수백 년 묵은 숲 안쪽으로는 빛을 보낼 수 없었다.

방어선에 남은 육주 전사들의 날카로운 시선이 닿은 숲은 어둠만큼이나 조용했다. 그곳에서는 어떤 인기척도 느껴지지 않았다.

"더 이상의 기습은 없을 것 같소."

부사령 우량이 말했다.

그러자 고타이가 고개를 저었다.

"그렇지 않소."

"…뭔가 발견하셨소?"

우량이 되물었다. 그 역시 고타이 못지않은 대전사다. 그런 자신의 의견을 바로 반박할 정도면 고타이가 뭔가를 발견했다는 의미다.

"밤새들이… 울지 않고 있소."

"밤새?"

우량이 반문하며 고개를 갸웃했다. 그러다가 금세 고타이의 말을 이해했다.

"음… 정말 그렇구려. 화공이 시작되기 전에는 밤새 소리가 제법 요란했는데, 생각해 보니 숲이 너무 조용하구려. 이런 침묵은 인위적일 수밖에 없는 것이고……."

노련한 우량이 숲에 일어난 변화가 뭘 의미하는지 알아챘다. 숲에 사람이 없다면 이런 침묵은 불가능한 것이다.

"다만 저들이 공격을 할 것인지, 아니면 우리 쪽 피해를 살피기 위해 숨어 있는 것인지 그걸 모르겠구려."

고타이가 말했다.

"선공은 어떻소?"

우량이 전의(戰意)를 드러내며 물었다.

그러자 고타이가 고개를 저었다.

"숲에 있는 적의 숫자를 모르는 상황에서는 쉽지 않소. 어쩌면 우리가 오길 기다리고 있을지도 모르고… 오늘은 방어가 최선이오."

고타이가 단호하게 말했다. 총사령으로서 오늘 밤 적을 상대할 전략을 이미 정해놓은 것이다.

그런 고타이의 의견에 우량도 반대하지 않았다. 적에 대한 적개심이 끓어올랐지만 그 역시 지금 공격에 나서는 것이 얼마나 위험한 일인지 알고 있었다.

"모두 방심하지 마라. 놈들이 숲에 있다!"

우량이 고타이의 전략에 수긍하면서 육주의 전사들을 향해 경고했다. 육주의 전사들이 칼과 방패를 재차 단단히 움켜쥐었다.

그 순간, 마치 기다렸다는 듯이 적의 공격이 시작됐다.

파파팟!

숲에서 솟구쳐 오른 것은 울기를 멈춘 밤새가 아니었다. 그건 수백 대의 화살이었다.

그리고 밤하늘을 수놓은 화살촉은 불타고 있었다.

"화공이다. 방패를 들어 대비하라. 불꽃이 막사에 옮겨붙지 않게 하라!"

불화살이 하늘로 솟구쳐 오르는 것을 목격한 고타이가 큰 목소리로 외쳤다.

그의 명에 따라 방어선에 나와 있는 전사들과 원정대 각 진영을 지키던 전사들 모두 방패를 들고 몸을 숙였다.

퍼퍼퍽!

날카로운 소리를 내며 하늘을 날아온 화살들이 육주 원정대의 방어선과 막사에 꽂혀들었다.

그러자 한순간에 곳곳에서 불길이 일어났다. 화살 중에는 불을 붙이지 않고 작은 기름 주머니를 촉에 매단 것도 있었는데, 그 화살들이 막사 곳곳에 떨어지는 순간 기름이 퍼지고 불화살의 불씨가 옮겨붙어 삽시간에 막사를 태우기 시작한 것이다.

원거리에서는 절대 날릴 수 없는 화살들이다. 그만큼 신마성의 마전사들이 원정대 가까이 접근해 있다는 증거였다.

하지만 고타이는 숲으로의 공격을 명할 수 없었다. 당장 막사를 태우는 불길을 잡는 것이 먼저였다.

더군다나 전력을 쪼개 전사들을 숲으로 보낸다 한들 지리에 익숙한 신마성의 마전사들을 상대로 승리를 거둔다는 보장이 없었다.

가장 중요한 것은 도대체 얼마나 많은 적이 숲에 모여 있는지 모른다는 것이었다.

그래서 고타이와 우량 등 원정대 수뇌들은 방어선을 철저히 단속하고 막사에 불이 번지는 것을 최대한 억제하는 데 온 힘을 기울이고 있었다.

그런데 그때, 또 다른 공격이 시작됐다.

두두두!

어두운 숲이 흔들렸다. 울음을 멈췄던 밤새들이 요란한 울음과 함께 하늘로 날아올랐다.

그 어둠 속에서 지옥의 사자들 같은 모습인 수백의 마전사들이 검은 천으로 얼굴을 가린 채 말을 몰고 왔다.

우우우!

말 위의 마전사들이 음울하면서도 소름 끼치는 소리를 만들어 냈다. 적으로 하여금 본능적인 두려움을 느끼게 만드는 소리다.

방어선을 지키는 육주의 전사들이 자연스럽게 급조한 방책 뒤로 몸을 숨겼다.

"활을 준비한다. 창수들은 궁수들 뒤쪽에서 대기하라."

고타이가 침착하게 명을 내렸다.

명이 떨어지자 당황하던 육주의 전사들이 급히 진영을 재편했다.

그런 그들을 향해 다시 화살이 쏟아졌다. 말을 타고 달려 나오면서 신마성의 마전사들이 쏟아내는 화살들이다.

"욱!"

"큭!"

방책에 몸을 숨기고 방패로 화살을 막았지만, 그래도 어둠 속에서 날아오는 강전에 맞아 부상을 입거나 죽는 사람이 생겼다.

"궁수, 응사한다!"

고타이가 벼락처럼 명을 내렸다.

그러자 방책 뒤에 몸을 숨기고 있던 원정대 궁수들이 동료의 방패에 의지하며 몸을 일으켜, 달려오는 신마성의 마전사들을 향해 활을 쐈다.

쿠쿠쿵.

어둠을 날아간 화살들이 말과 사람을 관통하자, 신마성의 신마성 기마 전사들 중 일부가 말과 함께 무너졌다.

하지만 빠르게 어둠 속을 달리는 자들이라 화살의 명중률은 그리 높지 않았다.

두두두!

동료들이 쓰러져도 신마성의 기마 전사들은 진격을 멈추지 않았다. 그들은 순식간에 육주 원정대의 방어선 삼사십여 장 앞까지 다가오더니 무겁고 긴 창을 원정대를 향해 던졌다.

쿠오오!

무공을 지닌 마전사들이 던지는 창은 전장의 일반 병사들이 던지는 창과는 그 위력에서 차원이 달랐다.

날아오는 거리, 속도, 힘 모두 일반 병사가 던지는 창의 수배의 위력을 지니고 있었다. 그렇게 강력한 힘을 가진 장창들이 원정대 방어선에 내리꽂혔다.

"악!"

"억!"

곳곳에서 방패를 뚫고 들어온 창에 꽂힌 병사들의 비명 소리가 터져 나왔다.

그 위력이 얼마나 강한지 순식간에 방어선이 와해될 정도였다.

"정신 차려라. 창수들 투창(投槍)!"

고타이가 전사들을 독려했다.

그러자 궁수들 뒤에 대기하고 있던 창수들이 위험을 무릅쓰고 일어나 적을 향해 창을 던지기 시작했다.

콰아아!

수백 개의 창이 파도처럼 신마성의 기마 전사들을 향해 날아갔다.

그러나 그 반격은 처참하게 실패했다. 어느새 신마성의 기마 전사들이 창이 닿지 않는 거리로 물러나 있었던 것이다.

그들은 자신들 먼발치에 떨어지는 창들을 묵묵히 지켜본 후 갑자기 다시 달리기 시작했다. 그런데 그들의 돌격 방향은 육주 원정대 진영이 아니었다.

신마성의 기마 전사들이 길게 이어진 육주 원정대의 방어선을 따라 횡으로 달리기 시작했다.

그러면서도 말 위에서 몸을 틀어 방어선을 지키는 육주의 전사들을 향해 활을 쏴 댔다.

오랫동안 마상 궁술을 수련한 자들의 능숙한 활 솜씨로 인해, 그들이 지나치는 곳에서는 어김없이 육주 전사들의 비명 소리가 터져 나왔다.

"이놈들……!"

일정한 거리를 둔 화살 공격에 속절없이 당하고 있는 육주 전사들을 보며 고타이가 이를 갈았다.

"나가 싸웁시다."

그의 옆에서 우량이 말했다.

수하 전사들의 죽음 때문에 감정이 격해져서 한 말이 아니었다. 지금 상황에서는 적인 기마 전사들에게 거리 싸움에서 패할 수밖에 없다는 것을 깨달았기 때문에 하는 말이었다.

"어쩔 수 없구려."

상황에 대한 인식은 고타이도 같았다.

이젠 방어선 밖으로 나가 적을 직접 공격해야 할 때였다. 근접전이 아니면 적의 기동력을 감당할 수 없기 때문이다.

"내가 나가지요."

우량이 고개를 숙여 보이고는 뒤쪽으로 달려 나가며 소리쳤다.

"적을 공격한다. 선봉대에 뽑힌 자들은 나를 따르라!"

우량의 말에 수백 명의 육주 전사들이 곳곳에서 달려 나와 우량의 뒤쪽에 도열했다.

애초에 고타이와 우량 등 원정대의 수뇌들은 삼천의 전사들 중에서 고른 뛰어난 삼백 명의 전사들을 선봉대로 구성해 놓고 있었다. 적과의 전면전에 대비해 싸움을 앞에서 이끌 강한 전사들을 준비한 것이었는데, 바로 지금이 그 선봉대의 힘이 필요한 시점이었다.

"접전이 벌어지면 놈들의 말부터 먼저 베라! 놈들의 속도를 먼저 잡아야 한다. 이후 말에서 떨어진 자들은 가차 없이 숨통을 끊는다. 가자!"

미처 삼백의 선봉대가 다 모이기도 전에 우량이 앞서서 방어선을 뚫고 나갔다. 그리고 횡으로 움직이며 화살을 쏴 대는 적의 기마 전사들을 향해 돌진했다.

우량이 선두에서 진격하자 삼백의 선봉대는 두려움 없이 그를 따랐다.

적어도 무공에 있어서만은 자신감을 갖고 있는 삼백 선봉대였다. 그런 그들의 진격은 말을 타고 질주하는 신마성 마전사들의 속도에 견주어도 전혀 뒤지지 않았다.

그렇게 광풍 같은 질주로 전장을 내달린 원정대의 선봉대가 드디어 방어선 동쪽 끝자락인 해안가에서 속력을 줄이고 있는 적의 기마 전사들을 따라붙었다.

그런데 그 순간, 갑자기 신마성의 기마 전사들이 다시 한번 예상치 못한 움직임을 보였다.

"숲으로 물러난다!"
기마 전사들 사이에서 누군가의 음울한 목소리가 들렸다.
그러자 신마성의 기마 전사들이 자신들을 향해 달려오는 육주 전사들을 피해 금하강 하구로 이어지는 해안선을 따라 서진하기 시작했다.
"간교한 것들!"
우량의 입에서 욕설이 흘러나왔다.
누가 봐도 신마성의 기마 전사들이 자신들을 유인하려 한다는 것을 알 수 있었기 때문이다. 하지만 그렇다고 이대로 공격을 멈추기에는 아쉬웠다.
우량이 눈을 들어 어둠 속을 바라봤다. 그러고는 한 지점을 가리키며 소리쳤다.
"해안가 초원이 끝나는 지점, 금하강 유역의 숲이 시작되는 곳까지 추격한다. 한 놈이라도 벤다. 따르라!"
선봉대 전사들에게 명을 내린 우량이 무서운 속도로 신마성 기마 전사들을 추격하기 시작했다.

콰아아!
우량의 몸에서 광풍 같은 소음이 일어났다. 모든 내공을 쏟아부은 그의 무공은 경악할 정도로 놀라웠다.
그가 육주의 이왕으로 꼽히는 남화성의 대전사임을 모르는 사람은 없지만, 그의 무공이 달리는 말을 순식간에 따라잡을 수 있을 정도라고 생각한 사람은 많지 않았다.

그러나 그는 모두의 예상을 벗어난 무공을 지니고 있었다. 우량이 후미에서 달리고 있는 신마성 마전사 등 뒤로 다가왔다. 그 순간, 그가 허공으로 도약했다.

팟!

"죽어라!"

쿠웅!

묵직한 검이 신마성 마전사의 등에 떨어졌다.

"악!"

단말마의 비명 소리와 함께 신마성의 마전사가 타고 있던 말에서 떨어졌다. 그의 발이 발걸이에 묶여 있었기에, 옆으로 떨어진 신마성 마전사는 자신이 타고 있던 말에 매달려 초원 위로 끌려갔다.

주인의 낙마에 놀란 말이 다른 신마성 기마들이 달리는 방향과 다른 방향으로 질주하기 시작했다.

그사이 우량이 다시 다른 마전사가 탄 말의 뒷다리를 베고 있었다.

"히힝!"

애처로운 울음소리와 함께 뒷다리가 잘린 말이 초원에 고꾸라졌다.

"욱!"

말에 타고 있던 마전사가 급히 말에서 뛰어내려 땅을 굴렀다. 그러고는 재빨리 일어나 적을 찾으려는 순간, 그의 눈에 절망

감이 떠올랐다. 우량의 뒤를 따라온 육주의 전사들이 파도처럼 밀려들었기 때문이다.

"컥!"

누구 칼에 베었는지 알 수조차 없었다.

육주의 전사들이 갈대를 휩쓸고 지나가는 폭풍처럼 말에서 떨어진 마전사를 지나쳤다.

그들이 지나갔을 때, 말에서 떨어진 마전사의 몸은 형체를 알아보기 힘든 상태로 초원에 누워 있었다.

"말을 베라! 모두 죽여라!"

드디어 적의 피를 보기 시작한 육주 선봉대 전사들의 전의가 무섭게 끓어올랐다.

그중 일부가 검을 앞으로 집어 던졌다. 그러자 화살처럼 허공을 날아간 검이 도주하는 신마성 기마의 엉덩이와 다리에 꽂혔다.

히히힝!

"악!"

말의 비명과 사람의 비명 소리가 동시에 터져 나오면서 십여 필의 말이 다시 땅에 고꾸라졌다. 그리고 말에서 떨어진 마전사들을 향해 육주의 전사들이 메뚜기 떼처럼 달려들었다.

육주 전사들의 공격을 받은 마전사들은 하나같이 참혹한 상태로 죽음을 맞이했다.

그런데 그렇게 동료들이 죽어감에도 불구하고, 신마성 기마 전사들은 돌아서서 싸울 생각을 하지 않았다.

그들을 추격하는 육주의 전사들 숫자는 겨우 삼백. 신마성 기마 전사들의 숫자 역시 그 정도는 되었다. 그렇다면 도주를 멈추고 돌아서서 건곤일척의 승부를 노려볼 만했지만 신마성의 기마대는 동료의 죽음을 뒤로하고 계속해서 금하 강변의 숲을 향해 도주했다.

그리고 그렇게 무서운 속도로 도주한 신마성의 기마대가 드디어 금하강과 바다가 만나는 지점부터 시작되는 숲에 도달했다.

신마성의 기마 전사들은 망설이지 않고 숲으로 말을 몰았다.

본래 기마 전사들은 위력은 초원에서 온전히 발휘되지만, 신마성 기마 전사들은 초원을 버리고 숲으로 들어간 것이다.

그런데 그 순간, 육주의 전사들을 이끌고 적을 추격해 온 남화성의 대전사 우량이 질주를 멈췄다.

"정지!"

우량이 손을 들어 육주 전사들의 진격을 막았다.

"부사령님, 숲에 들어가면 오히려 놈들의 속도가 줄어들 겁니다. 계속 추격하시지요?"

숲에서는 말의 속도가 준다는 것을 알고 있는 전사 하나가 소리쳤다.

"그만, 여기까지다. 놈들이 숲에 아무런 준비 없이 들어갔겠느냐?"

"…함정이 있다는 말씀이십니까?"

"눈으로 봐야 모든 것을 아는 것은 아니다. 오늘의 싸움은 여기까지다. 놈들이 물러갔으니 진영을 정비하고 제대로 준비를 한 후 내일부터 추격을 시작한다. 이참에 금하강 상류까지 단번에 밀어붙이는 것도 괜찮겠지."

"…알겠습니다."

육주의 전사가 아쉬운 듯한 표정을 지으면서도 우량의 말에 복종했다.

그러자 우량이 자신을 따라온 선봉대 전사들을 둘러보며 말했다.

"모두 수고했다. 애초에 이곳까지가 추격의 한계였다. 기습의 위험을 제거했으니 오늘은 이 정도로 만족한다. 적에 대한 적의는 가슴에 담아둬라. 내일부터… 그 적의를 쏟아내야 할 테니까."

"예, 부사령님!"

육주의 전사들이 일제히 대답했다.

*   *   *

신마후 갈단은 큰 궁전의 기둥처럼 굵은 나무들 사이로 적이 물러가는 모습을 지켜보고 있었다.

"노련한 자군요."

갈단의 옆에 서 있던 신마후 룬이 말했다.

"부사령으로 온 남화성의 우량이라는 자라고 했소."

갈단이 말했다.

"들어본 이름이네요. 남화성주 적인황이 가장 신뢰하는 대전사라고 하더군요."

"그가 신뢰할 만한 인물이구려."

갈단이 무겁게 말했다.

"쉬운 상대들이 아닌 것은 분명하군요. 총사령 고타이도 그렇고… 우리 기습이 특별해서 크게 당황할 줄 알았는데 침착하게 상황에 대처하는 것을 보면."

룬이 상대에게 감탄했다는 듯 말했다.

"흑라의 시대를 거치면서 백전을 쌓은 대전사들이오. 무공을 떠나 전쟁의 경험 자체가 큰 능력인 사람들이오. 이런 정도의 대응은 충분히 예상했소. 다만, 우량이란 자가 숲에 조금이라도 전진해 주기를 바랐는데… 덕분에 룬 신마후께서 준비하신 것들이 허사가 되었구려."

"어쩔 수 없지요. 그럼 일단 물러날까요?"

신마후 룬이 물었다.

"그렇게 합시다. 어쨌든 일차적인 목표는 달성했으니까. 아마도… 저들은 내일부터 추격을 시작할 것이오. 그리고 사해상가의 상인들이 따라왔다고는 해도 이곳 지리에 밝지 않으니, 오늘 총사령 고타이의 신중한 모습으로 보면 낮에만 진격을 할 것이오."

"그렇겠군요. 신중한 자니까."

"저들의 일차 목표가 금하성의 철광산을 다시 찾는 일이라고 했소. 그렇다면 무리할 필요는 없다는 것이지. 하지만… 우리가 저들의 의도대로 해줄 필요는 없을 것이오. 이후 저들의 낮은 평온하겠지만 밤은 결코 평온하지 못할 것이오."

갈단이 차갑게 말했다.

"후후, 그렇겠군요. 갈단 님의 기마 전사들이 저들을 잠재우지 않을 테니까요."

신마후 룬이 가볍게 미소를 지으며 말했다.

*   *   *

매캐한 그을음 냄새가 포구를 떠돌았다.

아침이 오고 태양이 뜬 후에야 그 냄새들이 허공으로 사라지기 시작했다.

하지만 지난밤 화마의 흔적들은 쉽게 사라지지 않았다. 타버린 막사와 바다에 반쯤 침몰해 있는 전선들은 어떻게 처리할 방법이 없었다. 눈부신 태양 아래에서도 그 풍경은 을씨년스러웠다.

아마도 그래서 고타이와 우량이 이끄는 육주의 원정대가 조금이라도 빨리 적을 추격하려는 듯했다.

이왕사후 대변자들의 회합은 총사령 고타이의 막사 앞에서 열렸다.

고타이를 비롯해, 부사령 우량, 전선들을 총괄하는 해신성의 척조경, 그리고 사후의 대변자들이자 각 성의 대전사들로 추앙받는 오사성 호무덕, 백련성 광천보, 화림성 도첨이 한자리에 모였다.

비록 총사령은 고타이가 맡고 있지만, 이들 육인의 동의가 없다면 육주의 원정대는 단 일 보도 적을 향해 전진할 수 없었다.

거기에 한 명이 더해졌다. 이 원정이 시작된 이유인 사해상가의 대공자 노만도 수뇌의 한 사람으로서 자리를 차지하고 있었다.

"낮에 진격하고 밤에 휴식할 것이오."

고타이가 말했다. 그의 앞에는 금하강 유역을 그린 큰 지도가 펼쳐져 있었다.

지도를 제공한 곳은 사해상가. 그들은 금하강 유역의 철광산들을 운용하는 과정에서 이 지역의 지형을 제법 자세하게 파악하고 있었다.

"야간 이동이 위험하긴 하오."

부사령 우량이 동의했다.

이미 육인의 수뇌들은 오늘 중으로 적에 대한 추격을 시작하는 것에는 동의한 상태였다.

"하지만 그래서는 적을 따라잡기가 어려울 것이오."

오사성이 대전사 호무덕이 말했다. 육주 북방 지역 특유의 강인한 체구와 형형한 눈빛을 자랑하는 대전사다.

"그 말씀도 맞소. 낮에만 진격하는 것은 적을 추격해 전멸시키기는 어려운 전술이오. 하지만 호무덕 대전사께서도 아시다시피 우리 선봉대의 일차적 목표는 신마성을 전멸시키는 것이 아니오. 우린 금하강 유역의 지배권을 되찾고, 금하강 상류 량산에 육주 원정대의 본영을 구축하는 것이 목표요."

고타이가 육주 일차 원정대의 목표를 다시 한번 명확하게 일깨웠다.

그러자 호무덕이 고개를 끄떡였다.

"그렇긴 하지요. 좋소이다. 나 역시 이 전술에 동의하오."

"다른 분들은?"

고타이가 해신성의 척조경과 백련성의 광천보, 그리고 화림성의 도첨을 죽 둘러보며 물었다.

"총사령의 뜻대로 하시지요. 반대할 사람은 없을 겁니다."

침착한 성정의 화림성 도첨이 가라앉은 목소리로 말했다. 그러자 다른 사람들도 모두 고개를 끄떡여 그의 말에 동의했다.

"좋소. 그럼 그렇게 하기로 합시다. 그리고 이곳은… 역시 해신성에서 맡아주시는 것이……."

고타이가 망설이며 척조경에게 물었다.

육주 원정대에 포함된 각 성의 전사들은 하나의 세력이지만, 또한 각자의 전공을 다투는 경쟁자들이기도 했다.

그런 상황에서 해신성의 전사들만 포구에 남는다는 것은 전공을 세울 기회를 아예 갖지 못한다는 것을 의미한다.

그래서 총사령 고타이조차도 이런 제안은 조심스러울 수밖에 없었다.

"저는 그래도 좋겠지만 본 성의 전사들이 쉽게 동의하지 않을 겁니다."

척조경이 직설적으로 대답했다.

호쾌한 바닷사람인 척조경은 둘러말하는 법이 없는 사람이었다.

"역시… 그렇겠지요? 그럼 어떻게 하면 좋겠소? 이 포구를 비울 수도 없고, 전선들 역시 지켜야 하는데. 더 이상의 전선 손실은 만약의 경우 우릴 이곳에 고립시킬 수 있소. 남은 전선(戰船)을 지킬 전사들은 반드시 필요하오."

고타이가 단호한 표정으로 말했다.

만약 원정군이 파나류를 떠나야 하는 일이 생기면, 남은 전선들은 원정군에게 생명줄이나 다름없었다. 그래서 전선을 지키는 일은 신마성의 마전사들을 추격하는 일 이상으로 중요했다.

그리고 그 일에 가장 적합한 전사들은 해신성의 전사들이었다. 그들이라면 어떤 상황에서도 전선을 지켜낼 능력이 있었기 때문이다. 적어도 바다에서 해신성의 전사들은 천하무적을 자랑하는 이들이었다.

하지만 전선을 지키는 일은 드러나지 않는 일이고, 적을 추격해 금하강 상류에 육주 원정군의 본영을 구축하는 것은 명확하게 그 전공이 드러나는 일이었다.

해신성의 전사들로서는 많은 손해를 감수해야 하는 일인 것이다. 하지만 해신성의 척조경은 현실적인 사람이었다. 그라고 전선을 지키는 일이 중요하다는 것을 모르지 않았다.

그래서 그는 고타이의 부탁을 거절하는 대신, 다른 조건을 내세웠다.

"모두 아시겠지만 원정대에 참가한 각 성의 전사들은 모두 전공을 세워 그 이름을 세상에 알리고 싶은 마음들이 있소. 우리 해신성의 전사들 역시 마찬가지요. 그래서 본 성의 전사들만 이곳에 남아 전선을 지키라고 명할 수는 없소. 그래서 한 가지 제안을 하겠소."

"말씀해 보시오."

고타이가 말했다.

"본 성의 전사들 절반을 이곳에 남기겠소. 그들이 남은 전선들을 지킬 것이오. 하지만 그 정도 숫자로는 전선과 포구의 진영을 지키는 데 부족한 숫자라는 것을 모두 아실 것이오. 그러니 그 부족한 전력은 각 성의 전사들 일부를 남겨 보충하도록 합시다. 그래도 본 성의 전사들이 가장 많이 남게 될 테니 모두 불만은 없으실 것이오."

척조경의 말에 고타이가 고개를 끄떡였다.

"좋은 방법이오. 모두 이에 동의하시오? 각 성의 전사들 일부가 남아 적어도 자신들이 타고 이동할 배를 지키자는 것이니 불만은 없을 것 같은데?"

고타이의 물음에 수뇌들이 저마다 고개를 끄떡여 동의했다.

그러자 고타이가 다시 입을 열었다.

"좋소. 그럼 그렇게 합시다. 정확하게 일천의 전력을 이곳에 남기겠소. 나머지 이천은 금하강 상류를 향해 진격하게 될 것이오. 선봉은 오늘 오후에 출발할 것이니, 서둘러 준비해 주시오."

"이미 결정이 된 일이지만 조금 급한 것이 아닐지요?"

고타이의 말에 백련성의 대전사 광천보가 걱정스러운 표정으로 되물었다.

확실히 너무 급한 출발 같았다. 금하강 상류에 이르는 길은 육로를 택하면 아무런 방해가 없어도 보름 이상 걸린다. 만약 곳곳에서 신마성의 저항에 부딪히면 한 달 이상의 대장정이 될 수도 있었다.

그렇다면 준비해 가야 할 보급품만 해도 적지 않았다. 그만큼 준비 시간이 필요한 것이다.

"저들에게 시간을 줄 수 없소."

고타이가 말했다.

"그럼 보급품은……?"

광천보가 다시 물었다. 그러자 고타이가 사해상가의 대공자 노만을 보며 물었다.

"후방에서 보급을 책임져 줄 수 있겠소?"

그러자 노만이 잠시 생각에 잠겼다가 말했다.

"해신성의 전사들을 일부 내어주신다면 배로 금하강을 따라 가지요."

"배? 아, 그런 방법이 있었구려?"

고타이가 잊고 있었다는 듯 무릎을 쳤다.

"하지만 배로 가는 것은 위험한 일 아니오? 놈들이 어디서든 공격할 수 있을 텐데?"

광천보가 걱정스러운 표정으로 말했다.

그러자 노만이 담담하게 대답했다.

"그래서 해신성의 뛰어난 전사들이 필요한 것입니다. 그리고 배의 속도를 원정대의 속도에 맞출 겁니다. 원정대의 뒤를 따라 천천히 이동할 것이니 적의 기습을 걱정할 필요는 없을 겁니다. 원정대가 지나간 자리에 적이 남아 있을 리는 없을 테니까요."

노만의 말이 그의 성정을 말해준다. 주도면밀한 상인의 특성이 그대로 드러났다.

"그렇게 하면 되겠군. 그럼 뒤는 노만 대공자에게 맡기고 우린 오후에 출발합시다."

고타이가 수뇌들을 보며 말했다.

"알겠소이다. 그렇게 준비하지요. 모두 서두릅시다."

우량이 대답을 한 후 다른 대전사들을 돌아보며 말했다.

그러자 대전사들이 전사들을 준비시키기 위해 서둘러 고타이의 전막을 벗어났다.

원정대 방어선 방책 앞에 불탄 자리가 여전히 검게 남아 있는 그리 넓지 않은 풀밭, 어젯밤 신마성의 기마 전사들이 광풍처럼 달리던 그 풀밭에 이번에는 육주의 전사들이 모여들었다.

모두 이천에 이르는 전사들. 그들 중 일부는 육주에서부터 배에 실어온 말을 타고 있었다.

간밤 적의 기습으로 적지 않은 피해를 보았지만 육주 전사들의 사기는 충만했다. 기습을 당한 것에 대한 분노, 이 원정이 그들에게 줄 수 있는 이득에 대한 탐욕이 뒤섞여 적에 대한 두려움을 잊게 만들었다.

그런 그들 앞에 원정대를 총괄하는 노전사 고타이가 말에 탄채 서 있었다. 고타이는 모든 전사들이 준비를 마칠 때까지 산처럼 무겁게 한자리를 지켰다.

그리고 모든 준비가 끝나자 그가 호랑이 같은 음성으로 일갈했다.

"모두 들어라. 이 원정이 끝나면 그대들의 용맹함이 세상에 알려질 것이다. 또한 그대들의 위대한 이름이 육주의 역사에 새겨질 것이다."

쿵쿵쿵!

육주의 전사들이 발을 굴러 고타이의 선언에 호응했다.

"새로운 역사의 시작이다. 두려워 말고 전진하라. 출발하라!"

고타이의 입에서 진격의 명령이 떨어졌다. 그러자 우량이 이끄는 선봉대를 선두로 육주의 전사들이 금하강 상류를 향해 진격하기 시작했다.

제6장

뜻밖의 죽음

얼마나 오래 사용했는지 알 수 없는 철곤을 든 사내가 작은 산장을 눈앞에 두고 망설였다.

그의 앞에 검은 옷을 입고 검은 두건을 쓴 자가 고개를 숙이고 있었다.

"그러니까, 정확하게 누구에게 죽었는지는 알 수 없다?"

"그렇습니다."

"그런데 간 놈들 중 한 놈은 산장에서 허드렛일을 하고 있고?"

"……."

"그럼 당연히 산장 주인에게 당한 것 아닌가?"

철곤을 든 사내가 철곤만큼이나 무거운 음성으로 말했다.

"하지만……."

"하지만 야왕성의 사객이 일개 산장 주인에게 당할 수는 없다는 건가?"

"……"

"모든 일은 결과로 증명된다. 결과적으로 그대들이 자랑하는 야왕사객 중 한 명인 오루문이 죽었다. 그 수하는 산장의 일꾼 노릇을 하고 있고. 결과를 부인할 수는 없다."

"…저로서는 다만 산장 주인이 아니라 그들이……."

"그러니까 묵룡대선 소룡들의 도움을 받았을 것 같다?"

철곤을 든 사내가 물었다.

"그렇게 생각하는 것이 이치에 맞는 것 같습니다만."

"후후, 그대도 자존심이 강하군. 하지만 현실을 냉정하게 볼 필요가 있어. 만약 그랬다면 묵룡대선 소룡들이 떠난 이후 산장 주인이 태연하게 저곳에서 장사를 하고 있을 수 있을까? 오루문이 야왕성 사람이란 것을 밝혔을 텐데. 아니, 그가 말하지 못하고 죽었다고 해도 일꾼 노릇을 하는 자는 말했을 것 아닌가?"

"……"

검은 옷의 사내가 철곤을 든 자의 질문에 대답을 하지 못했다.

"산장 주인이 계속 산장에 머물면서 오루문의 수하를 일꾼으로 쓰는 것은 이런 의미다. 올 테면 와봐라. 야왕성 따위……."

순간 검은 무복을 입고 있던 자의 얼굴이 붉게 달아올랐다. 얼굴에 침을 뱉은 것 같은 모욕감을 느끼는 것 같았다.

"제가… 가보겠습니다."

검은 무복을 입은 자가 말했다.

"같이 가겠다."

"일단 제가……."

"야왕성의 명예를 회복할 기회를 달라는 건가? 그야 주지. 같이 가서 일단 그대에게 산장 주인을 처리하는 일을 맡기겠다. 하지만 그렇다고 내가 뒤로 물러나 있을 여유는 없다. 이곳까지는 본 성의 눈과 귀가 있어 그들을 추격할 수 있었지만 청류산을 떠난 후부터는 그럴 수 없으니까. 산장 주인에게 그들의 행방을 알아내는 것이 내겐 무엇보다 중요하다."

"반드시 그의 입을 열겠습니다."

"부디 그러길 바란다. 아무튼 나도 함께 간다."

"알겠습니다."

검은 옷을 입은 사내가 고개를 숙여 보이고는 차가운 살기를 드러내며 산장을 향해 걸음을 옮기기 시작했다.

"누가 와요!"

소요산장의 점원이자 산장 주인 이공의 제자인 이맥과 소의가 산장 마당에서 할 일 없이 파리나 쫓고 있다가 산장 쪽으로 다가오는 사람들을 보고 자리에서 일어났다.

산장 안에 있는 이공에게 소리를 질러 사람들이 오고 있음을 알린 이는 이맥이었다.

"누가?"

산장 안에서 이공의 목소리가 들렸다.

"그야 모르죠. 그런데… 기운들이 심상치가 않아요."

"손님이면 정중히 맞이하고 도둑놈들이면 두들겨 패서 보내."

이공이 여전히 모습을 보이지 않고 말했다.

"그런데… 사부가 나오셔야겠는데요!"

"왜?"

"우리가 감당할 수 없는 자가 있는 것 같아요."

"…쓸모없는 놈들! 싸워보지도 않고 겁을 집어 처먹다니. 에 잇! 제자를 갈아버리든지 해야지!"

쾅!

소요산장의 주인 이공이 화가 났는지 산장 문이 부서져라 열 어젖히며 마당으로 나왔다.

마당에 나선 이공이 산장을 향해 다가오는 자들에게서 눈을 떼지 않으며 두 제자 옆으로 다가왔다.

"겨우 둘이네."

두 제자 옆으로 다가온 이공이 말했다.

"그래도 만만찮아 보이잖아요?"

"…음, 철곤을 든 자는 위험해 보이는군."

"그러니까요."

사부를 부른 것이 결코 과한 일이 아니라는 듯 이맥이 말했 다.

"그래도 일단 싸워보고 도움을 청해야지. 사내란 놈이!"

"그러다 죽으면요?"

"아이고, 이렇게 겁이 많아서야 어떻게……."

"산장을 맡기고 싶지 않으시면 그래도 좋아요. 보내주시면 우 리야 좋죠. 사부님은 좀 더 잘난 제자를 얻으면 되니까요."

이맥이 심드렁하게 말했다.

"그럼 그럴까? 그런데 떠날 때는 내게 받은 것을 놓고 가야 한다는 건 알지?"

이공이 이맥과 소의를 보며 말했다.

그러자 이맥의 표정이 변했다.

"아이 뭐, 농담한 걸 가지고 왜 그러세요. 우리가 어떻게 연로하신 사부님을 두고 떠나겠습니까? 그럴 일 없습니다. 걱정 마십시오."

"걱정은 무슨! 아무 걱정 없으니 가고 싶으면 언제든지 가거라. 그나저나 아무튼 저자 정말 심상찮네."

이공이 어느새 십여 장 앞으로 다가온 두 사람 중 철곤을 든 자를 보며 중얼거렸다.

"너, 이리 와라!"

소요산장에 들어서자마자 검은 무복을 입은 자가 손을 들어, 어느새 산장 문 앞에 나와 겁에 질린 모습으로 서 있는 일꾼을 불렀다.

얼마 전 야왕성의 삼객 오루문이라는 자를 따라 소요산장을 접수하러 왔다가 한쪽 다리에 부상을 입고 산장 주인에게 붙잡혀 일꾼 노릇을 하고 있던 자였다.

검은 옷을 입은 자가 부르자, 사내가 다리를 절뚝이면서 그 앞으로 다가왔다.

"사객님!"

사내가 검은 옷을 입은 자 앞에 도달하자 그 자리에 무릎을 꿇고 앉았다.

"누구냐? 널 이렇게 만든 자가?"

검은 옷을 입은 자가 물었다. 그러자 사내가 눈으로 산장 주인 이공을 가리켰다.

"저 늙은이가 확실한 것이냐?"

"예, 사객님!"

"삼객 형님은?"

검은 옷의 사내가 다시 물었다.

"도… 돌아가셨습니다."

"역시 저 늙은이의 짓이냐?"

"…예."

사내가 기어 들어가는 목소리로 대답했다.

"후우… 정말이군. 정말 일개 산장지기에게……."

사객이라 불린 검은 옷을 입은 사내의 얼굴이 수치심으로 물들었다.

그런데 그런 사내를 보며 산장 주인 이공이 퉁명스럽게 물었다.

"뉘시오?"

가뜩이나 수치심으로 물들어 있던 검은 옷의 사내, 야왕성 사객의 얼굴이 이번에는 분노로 물들었다.

이미 산장지기에게 잡혀 일꾼 노릇을 하고 있던 수하와의 대화로 자신이 누구인지 알 수 있었음에도 불구하고 태연하게 자신의 정체를 묻는 산장지기의 행동이 조롱하는 것처럼 느껴졌기 때문이다.

"감히 날 조롱하느냐?"

철곤을 든 사내 앞에서 보였던 신중함과 조심스러움은 찾아볼 수 없는 모습이다.

"당신에게 물은 게 아니야."

산장 주인 이공이 차분하게 야왕성 사객을 보며 말했다.

"뭣?"

야왕성 사객이 화를 참기 힘들다는 듯 검을 빼내려다 문득 산장지기의 시선이 자신의 뒤를 향해 있는 것을 보고는, 그의 뒤에 서 있는 철곤을 든 자를 바라봤다.

"물러나 있지."

철곤을 든 사내가 야왕성 사객에게 말했다.

"제가……."

"그만, 그대의 상대가 아닌 것 같군."

철곤을 든 자가 손을 들어 야왕성 사객의 말을 막으며 말했다.

"…기회를 주신다면."

야왕성 사객이 고집을 부렸다. 그가 지금까지 철곤을 든 사내를 대하던 모습을 생각하면 거의 항명에 가까운 모습이다.

"어리석군."

철곤을 든 자가 말했다.

"죄송합니다."

"아니, 내 말을 듣지 않는 것을 탓하는 것이 아니라 자신의 목숨을 가볍게 생각하는 것 같아서. 저자와 싸우려면 목숨을 걸어야 할 거야."

철곤을 든 자가 산장 주인 이공을 가리키며 말했다.

그러자 야왕성 사객이 어금니를 살짝 물며 대답했다.

"지금까지 저희들의 삶이란 것이 언제나 목숨을 건 싸움과 같은 것이었습니다."

"음… 야왕성 살수의 삶이니 그렇겠군. 좋아. 그대에게 기회를 주지. 무공은 몰라도 사람 죽이는 데는 탁월한 그대들이니까. 어쩌면……."

철곤을 든 자가 고개를 끄덕였다.

"감사합니다."

야왕성 사객이 고개를 숙여 보이고 다시 산장 주인 이공을 향해 몸을 돌렸다.

"난 야왕성 사객 추상이라 한다."

"뭐… 그래서?"

이공이 심드렁하게 되물었다.

"네가 삼객 형님을 죽였느냐?"

"그게, 결과적으로는."

야왕성 삼객 오루문을 상대한 사람은 그의 두 제자였다. 그러나 그의 최후는 이공의 손에 의해 끝났으니 부인할 일은 아니었다.

"그 빚 갚아야겠다."

"후우, 아니, 이 조그만 산장이 뭐라고들… 참 나."

"이젠 산장이 문제가 아니다. 넌… 야왕성 전체를 적으로 둔 것이다."

"어쨌거나 그 시작이 이 산장을 빼앗으려던 것 때문이었지 않나? 결국 산장이 문제인 거지. 망할 사부, 이런 골치 아픈 산장을 물려주고 평생 지키라고 유언을 하다니."

산장 주인 이공이 투덜거렸다.

"그 지루한 운명 오늘 내가 끝내주마. 이 산장도, 너도!"

야왕성 사객 추상이 차가운 살기가 묻어나는 목소리로 말했다.

"후우… 좀 귀찮군. 불청객들을 상대하는 일은! 그래서 오늘은 나도 조금 독하게 굴어야겠어. 그리고! 이후 야왕성은 세상에 존재하지 않을 거야. 매번 이렇게 복수하겠다고 찾아올 텐데, 아예 내가 가서 싹을 잘라 버리는 게 편하지. 와라. 너희들이 어떤 선택을 했는지 알려주마!"

한순간 이공이 변했다.

갑자기 그의 몸에서 노인의 기운이 사라졌다. 대신 강렬한 무인의 모습으로 변했고, 검을 뽑아 든 그의 등 뒤에서 후광이 일어나는 것 같았다.

그 강력한 변화에 야왕성 사객 추상이 자신도 모르게 뒤로 물러났다.

그 순간 이공의 몸이 빛에 동화되듯 투명해지는가 싶더니 한순간 추상 앞에 모습을 드러냈다. 그리고 어느새 그의 검이 추상의 가슴을 찌르고 있었다.

"헉!"

차가운 빛으로 밀려드는 상대의 검에 놀란 추상이 당혹스러운 음성을 토해내며 급히 검을 쳐올렸다.

그러자 검을 잡지 않은 이공의 다른 손이 자신의 검을 쳐내려는 추상의 검을 감아 잡았다. 그러고는 문을 열어젖히듯 추상의 검을 옆으로 제치며, 그대로 빛무리에 휩싸인 자신의 검을 추상의 가슴에 찔러 넣었다.

스르륵!

추상이 잠이 들듯 땅 위에 쓰러졌다. 큰 소리도 나지 않았다.

여전히 이공의 손은 그의 검을 잡고 있었는데, 검날을 쥐고 있음에도 피 한 방울 나지 않는 손의 힘이 추상을 부드럽게 쓰러지도록 만든 것 같았다.

하지만 모든 것이 끝나고 나서는 결국 비참한 죽음이 땅 위에 남았다.

이공이 추상에게서 대여섯 걸음 뒤로 물러나자, 가슴에 붉은 꽃처럼 핏빛 혈흔이 남아 있는 추상의 시신만이 우울하게 남은 것이다.

*   *   *

"당신은 대체 누구인가?"

이 질문을 할 수밖에 없었다. 상대가 자신과 함께 온 사람을 죽였음에도, 질문에는 상대에 대한 존중심이 깃들어 있었다.

"산장지기."

이공이 짧게 대답했다.

"그 이상의 대답을 듣고 싶다면……?"

철곤의 주인이 물었다.

"당신이 누구인지가 중요하겠지. 더 많은 이야기를 듣고 싶다면."

산장 주인 이공이 대답했다.

"난… 신마성의 신마후 석중귀라고 하오."

철곤의 주인이 대답했다.

"신마성… 그렇군. 새로운 파나류의 패자(霸者)라지? 그런데 왜 이 산장을 원하는 건가? 이 산장은 그야말로 볼품없는 작은 산장일 뿐인데?"

이공이 물었다.

그러자 석중귀가 잠시 침묵을 지키다가 대답했다.

"처음에 야왕성을 움직여 이 산장을 얻으려고 한 것은 이곳이 전략적인 요충지기 때문이었소. 청류산 서쪽에 숨어 사는 마도인들을 통제하기 위해선 이 정도 위치에 산성 하나 정도 있는 것이 좋다고 생각했던 거지. 그런데……."

석중귀가 잠깐 말을 멈췄다. 그리고 날카로운 눈으로 이공을 응시했다.

"음, 신마성에 계책에 밝은 사람이 있군. 이곳의 가치를 알아채다니. 아무튼 그런데?"

"오늘 나는 조금 다른 이유로 이곳을 찾아왔소."

"다른 이유라. 뭐지?"

두 사람의 대화를 들어보면 이공이 완전히 우위를 점한 듯한 상황이었다.

대신마성의 신마후 석중귀가 이공과 싸우는 것을 꺼려 한다는 것이 한눈에 느껴지는 대화다.

"난 한 무리의 여행자들을 뒤쫓고 있소. 이곳까지는 신마성의 전사들이 그들의 흔적을 추격했으나 이곳 이후부터는 행적을 알 수 없기 때문에, 당신에게서 그들의 행방을 들을 수 있을 거라 생각한 거요."

"음… 누굴까? 대신마성이 추격하고 있는 자들이?"

"젊은 무인들 몇몇이 포함된 무리인데 기억하시오? 얼마 전에 이곳을 떠났을 것 같은데."

"물론 기억하지. 손님이 거의 없는 산장에 제법 많은 금화를 남기고 떠났으니까."

"그들의 목적지가 어딘지 아시오?"

석중귀가 다시 물었다.

그러자 이공이 중얼거렸다.

"열화산으로 간다고 한 것 같은데……."

"열화산, 역시 그렇군."

석중귀가 역시 혼잣말로 중얼거렸다. 그러자 이공이 석중귀에게 물었다.

"그들을 쫓아갈 생각인가?"

"그렇소."

"그냥 갈 수는 없는데?"

이공이 팔짱을 끼고 석중귀를 보며 말했다.

"날 막겠다는 거요?"

석중귀가 얼굴을 굳히며 물었다.

"한 번이라면 모를까, 두 번이나 산장을 공격했어. 그런데 그냥 참으라고? 그럼 아마 세 번째도 오겠지."

"…신마성의 사람이 되는 것은 어떻소? 그대 정도라면……."

"하하하!"

갑자기 이공이 너털웃음을 터뜨렸다.

순간 석중귀의 얼굴에 여러 감정이 나타났다. 당혹감, 혹은 모멸감… 거기에 더해 분노까지.

산장지기 이공의 무공이 대단하다는 것은 이미 자신의 눈으로 확인한 바다. 하지만 그렇다고 대신마성의 신마후인 자신의 제안을 조롱하는 행동은 용납할 수 없었다.

상대의 무공이 뛰어나고, 이 산장 역시 여러모로 신마성에 도움이 되는 곳이라 좋은 말로 그를 초대하려 한 석중귀였다.

그런데 상대는 호의를 조롱기 가득한 웃음으로 응대하고 있었다. 석중귀로서는 큰 모욕이 아닐 수 없었다.

"거절이오?"

석중귀가 정색을 한 표정으로 물었다.

그러자 이공의 표정도 변했다. 그가 갑자기 두 제자를 불렀다.

"이맥과 소의는 이리 와라!"

엄격하고 서릿발 같은 부름이다.

다른 때라면 투덜거리거나 심드렁한 반응을 보였을 그의 두 제자, 이맥과 소의가 바람처럼 달려왔다.

"왜요? 사부!"

대답은 그래도 예의 없다.

"감히 신마성의 마졸 따위가 신성한 종파의 후인을 모욕했다. 그 대가가 무엇이냐?"

"죽어야지요."

이맥이 스스럼없이 대답했다.

"그럼 죽여라!"

이공이 차갑게 말하고는 뒤로 물러났다.

그러자 이맥과 소의가 어깨를 한 번 으쓱하고는 석중귀 앞으로 걸어갔다.

"이것들이 정말……."

석중귀의 표정이 일그러졌다. 물론 자신의 제안을 거절할 수도 있었다. 또한 소요산장의 주인이 세상에 알려지지 않은 종파의 고수일 수도 있었다.

그러나 그럼에도 불구하고 감히 대신마성의 신마후인 자신을 이렇게 모욕할 수는 없었다. 그 자신도 아닌 제자들을 내세우다니.

"잠시 길을 늦추더라도 오늘 이 낡은 산장을 쓸어버리겠다."

석중귀가 강렬한 분노를 담은 음성으로 중얼거렸다.

"그런 사람 참 많았지요."

어느새 석중귀 앞에 다가온 이맥이 씩 웃으며 대답했다. 그 순간, 칼은 그의 옆에 있던 소의가 먼저 뽑았다.

번쩍!

한 줄기 투명한 빛이 사선으로 치솟았다.

"흡!"

순간 석중귀의 입에서 다급한 숨소리가 토해졌다.

쾅!

뒤로 물러나며 휘두른 석중귀의 철곤에 빛이 부딪히며 강력한 소음을 일으켰다.

그러자 틈을 주지 않고, 이맥이 측면으로 돌아 들어가며 물러나는 석중귀의 옆구리를 공격했다.

"이놈들이!"

석중귀가 물러나면서도 불꽃 튀는 분노의 안광을 토해내며 철곤을 바람개비처럼 돌렸다.

콰콰쾅!

순식간에 대여섯 번의 격돌이 폭풍처럼 일어났다.

그리고 그 폭풍이 끝나자 석중귀과 이맥, 소의 세 사람의 거리가 사오 장으로 벌어졌다.

"음······!"

가까스로 상대와 거리를 벌린 석중귀의 입에서 나직한 침음성이 흘러나왔다.

그의 옷자락이 고산 중턱에 부는 바람에 펄럭였다. 상대의 검에 날카롭게 베인 옷자락들이었다.

큰 부상을 입은 것은 아니었다. 하지만 대신마성 신마후라는 위치를 생각하면 석중귀의 모습은 모욕적인 것이었다.

"너희들은… 절대 용서할 수 없구나!"

석중귀가 나직하게 중얼거리더니 문득 한 팔을 들어 올렸다.

그러자 산비탈의 숲에서 세 사람이 모습을 드러냈다.

모두 경장의 갑옷을 걸친 자들이다. 오지인 청류산 자락에서 고립되어 산장지기를 하던 사람들은 알 수 없는 일이지만, 석중귀의 부름을 받고 나타난 자들의 모습은 전형적인 신마 전사들 복장이었다.

"역시 혼자가 아니었군. 어쩌죠?"

석중귀와 함께 온 자들이 모습을 드러내자 이맥이 고개를 돌려 산장 주인 이공에게 물었다.

"너희들은 그자나 집중해서 상대해. 귀한 자다. 너희들이 상대한 자들 중 가장 강할 테니, 좋은 경험이 될 거다. 저놈들은 내가 처리하지."

이공이 말을 하고는 가볍게 걸음을 옮겼다.

"……!"

산장을 향해 다가오던 신마 전사들이 급하게 걸음을 멈췄다.

이들은 오랫동안 신마후 석중귀를 따르던 자들이었다. 신마성이 세상을 향해 걸음을 내디딜 때부터 그를 곁에서 호위하던 자들이었기에 능력 역시 보통의 신마성 전사들과 달랐다.

그런데 그런 그들조차 이공의 움직임에 두려움을 느끼고 걸음을 멈춘 것이다.

이공은 걷지 않는 것처럼 걸었다. 분명 발과 다리를 움직여 걸었음에도 그의 발자국은 땅에 남지 않았다.

또한 보폭이 겨우 한 자 정도에 불과했음에도, 그 한 걸음으로 이동하는 거리는 일 장이 넘었다. ·

이런 류의 움직임을 신마 전사들은 본 적이 없었다. 신마후들의 무공을 가끔 보았지만, 그들 역시 이렇게 맨 땅을 미끄러지듯 움직이지는 않았다.

신마후들이 산장지기에 비해 무공이 부족하다고 단정할 수는 없지만, 적어도 산장지기처럼 신비로운 움직임을 보여주지는 못했다.

그럼에도 그들은 한 가지 분명한 확신을 가지고 있었다. 이곳을 지키는 산장지기가 어떤 대단한 무공을 보유하고 있더라도, 그가 신마성주 전마 치우를 상대할 수는 없을 거란 확신이었다.

그래서 그들은 산장지기의 무공에 두려움을 느끼면서도 도주할 생각을 하지 않았다.

왜냐하면 신마후 석중귀를 두고 도주하는 것은 곧 신마성주에 대한 배신이고, 그 배신의 대가는 죽음보다 가혹할 것이기 때문이다.

신마성주 전마 치우가 패배는 용납해도 배신은 용납하지 않는 인물이라는 것을 누구보다 잘 아는 그들이었다.

"너희들은… 안타깝구나. 다른 때라면 도망자들은 살려주었겠지만 오늘은 어렵다. 우리 본모습을 너무 많이 보았으니."

세 신마성 전사 앞에 다가선 산장지기 이공이 나직하게 말했다.

그의 말투에선 정말 상대에 대한 안타까움이 느껴졌다.

"신마성의 전사들은 물러나는 법을 모른다."

신마성 전사들 중 하나가 차갑게 말했다.

"…특별하군. 보통 마졸들은 자신의 목숨을 가장 소중하게 생각하는데……."

"마졸… 세상이 그렇게 부를지 모르지만 우리 신마성의 전사들은 절대 우리 자신을 마인으로 생각지 않는다."

"위험하군. 신마성주… 수하들의 마음까지 장악한 것인가?"

산장지기가 어두운 얼굴로 중얼거렸다.

신마성의 전사들이 그가 알고 있는 마인들과는 조금 다른 모습이었기 때문이다.

"당신이 선택할 수 있는 최선의 길은 신마후 님의 말씀처럼 신마성에 복속하는 길이다. 그렇지 않다면 오늘 우리가 이곳에서 죽는다 해도 성주께서 당신과 당신의 뿌리까지 세상에서 걷어내 멸절시킬 것이다."

신마성의 전사가 확신을 가지고 말했다.

"그래… 그렇게 믿을 수도 있겠지. 하지만 그런 일은 결코 일어나지 않는다. 왜냐하면 그 누구도 나의 뿌리가 가진 힘을 감당할 수 없으니까. 아무튼 신마성을 위해 죽는 것이 영광이라면, 이제 그만 너희들을 그 영광스러운 죽음으로 보내주겠다. 죽음을 영광으로 생각하니 나에 대한 원망도 없겠지."

산장 주인 이공이 조금 우울한 표정으로 말하며 검을 들어 올렸다. 그 직후 검광이 노을처럼 퍼져 나갔다.

콰아아!

산장 주인 이공의 검이 허공에 원을 그릴 때마다 검광이 파도처럼 너울거렸다.

그 검광의 파도는 처음에는 투명한 백색이었다가 세 명의 신마성 전사에게 이르러서는 옅은 노을 색으로 변했다.

그래서 신마성 전사들은 이공의 검광에서 노을을 느꼈다. 그리고 아름다운 검광의 노을이 자신들의 목숨을 노리고 있다는 사실을 깨닫는 순간 급히 검을 들어 올렸다.

카카캉!

아름다움 속에서 소름 끼치는 굉음이 일어났다.

검광의 노을이 세 신마성 전사를 동시에 공격하고, 신마성 전사들이 그 검광에 대항해 병장기를 휘두른 시간은 찰나에 지나지 않았다.

그런데 싸움이 그 찰나의 순간 끝나 버렸다.

웅웅!

잘린 검날들이 벌 떼 우는 소리를 내며 허공으로 날아갔다. 그렇게 날아간 검날이 산장 주위 나무와 땅에 박혔다.

퍼퍼퍽!

투박한 소리를 내며 검날이 박히는 소리가 날 때, 검날의 주인들은 사신을 맞이하고 있었다.

스슥!

산장 주인 이공이 세 신마성 전사 사이를 산보하듯 지나쳤다.

여전히 검은 그의 손에서 느리게 회전하고 있었고, 노을 같은 검광은 모두를 한 번에 휘어 감고 있었다.

쿠쿵!

그가 신마 전사들 사이를 부드럽게 관통하고 나가자, 세 명의 신마 전사들이 썩은 나무처럼 땅에 무너졌다.

그리고 모든 것이 본래의 색을 되찾았다.

이공의 검이 만들어내던 투명한 홍색의 노을이 사라졌다. 노을을 만들어내던 백색의 검광도 사라졌다. 어느새 이공은 다시 허름한 산장 주인으로 돌아가 있었다.

비록 땅에 죽은 채로 너부러져 있었지만, 삼인의 신마성 전사들 역시 피 한 방울 보이지 않고 편안한 모습으로 누워 있었다.

죽음이 이렇게 평온할 수 있을까. 누구나 가끔 죽는 것이 사는 것보다 낫겠다고 투덜거리지만, 죽음은, 특히 전장에서의 죽음은 모두 비참한 것이다.

그런데 신마 전사들의 죽은 모습은 정말 평온해 보였다. 그들은 마치 죽은 것이 아니라 잠들어 있는 것처럼 보였다.

그러나 그 평온한 죽음을 세상에서 가장 두려운 죽음으로 느끼는 사람이 있었다. 산장 주인 이공의 두 제자와의 싸움을 잠시 멈추고, 자신의 수하들이 단 일 초도 견디지 못하고 죽어가는 모습을 믿기지 않는 표정으로 바라보고 있던 신마후 석중귀였다.

그는 산장 주인과의 싸움에서 어떤 반격도 하지 못하고 평온하게 죽어가는 세 수하들의 죽음을 보며, 지금껏 느끼지 못했던 새로운 종류의 두려움을 느꼈다.

그리고 그런 그에게 산장 주인의 두 제자가 말을 건넸다.

"저기… 정신없는 것 같은데 미안하지만 우리도 그만 끝냅시다. 외롭지는 않을 거요. 수하들이 먼저 가서 기다리고 있으니까."

자신의 수하들을 아름다운 죽음으로 이끈 산장 주인 이공의 경악스러운 무공에 놀라 싸움도 잊고 있던 석중귀에게 이맥이

미안한 표정으로 말했다.

"이놈……."

순간 석중귀는 수치심을 느꼈다. 자신을 바라보는 이맥과 소의의 얼굴에서 조롱 이상의 그 무엇, 이 싸움에 대한 무료함을 보았던 것이다.

그건 석중귀와 같은 고수가 경험할 수 없는 모멸감이었다. 그 자신이 이들에게 아무런 영향도 줄 수 없는 존재처럼 느껴졌기 때문이다.

"모두 죽여주겠다."

석중귀의 우물거리듯 중얼거렸다. 상대에게 하는 말이 아니라 자기 자신에게 다짐하는 말이었다.

"그러니까, 이젠 끝내자는 말이오."

이맥이 다시 말하고는 석중귀를 향해 달려들었다.

파파팟!

이맥과 소의의 검이 날카롭게 공기를 가른다. 그들의 검법은 그들의 스승 이공에게 배운 것이지만, 이공의 검법과는 상당한 차이가 있었다.

이공은 주변의 모든 사물들을 아름답게 느끼게 만들 정도로 부드럽고 온화한 검법을 펼쳤다. 물론 그 끝은 완벽한 죽음이니, 그 아름다움들은 결국 살기를 숨기고 있는 것이라고 할 수 있었다.

반면 이맥과 소의 두 사람의 검법은 날카로움을 숨기지 않았다. 그들의 검 끝을 따라 흐르는 공기는 살기가 충만했고, 번뜩이는 검광은 죽음의 그림자를 만들었다. 대결하는 상대에게는 본능적으로 죽음의 공포를 만들어내는 검법이었다.

사실은 그래서 신마후 석중귀도 싸울 의지가 생겼다. 이공의 아름다운 검법을 상대했으면 아마 그는 전의를 잃어버렸을지도 모른다.

쿠우우!

석중귀의 철곤이 회전을 시작하자 태풍이 몰려오는 것 같은 소리가 만들어졌다.

그리고 그 소리를 따라 철곤의 검은 그림자들이 촘촘하게 일어나, 마치 방패를 든 것과 같은 모습으로 변했다.

석중귀는 그 무형의 방패로 이맥과 소의를 상대했다.

차차창!

이맥과 소의의 날카로운 쾌검이 끊임없이 석중귀의 급소를 노리고 닥쳐들었다.

그러나 그들의 검은 단 한 초식도 석중귀가 철곤으로 형성한 무형의 방패를 뚫지 못했다. 오히려 간간이 석중귀의 반격이 이어질 때마다 위험에 빠지는 것은 이맥과 소의 두 사람이었다.

그러나 그럼에도 불구하고, 싸움을 지켜보는 이공에게는 여유가 있었다.

무공으로 보자면 이맥과 소의 두 제자의 무공이 석중귀에 미치지 못하는 것은 분명했다. 하지만 싸움이 결국 자신의 제자들 승리로 끝날 것을 확신하는 듯했다.

"싸움판은 냉정하지. 본래 하나는 둘을 이기지 못하는 법이야."

이공이 심드렁하게 말하고는 걸음을 옮겨 산장 쪽으로 가기 시작했다. 그러면서 큰 소리로 외쳤다.

"끝나면 깨끗하게 정리하고 들어와라. 난 피곤해서 잠을 좀 자야겠다."

"망할 사부!"

"그러게. 좀 도와주면 쉽게 끝날 텐데!"

열리지 않는 문을 계속 두드리듯 뚫리지 않는 석중귀의 방어막을 뚫기 위해 땀을 흘리면서 이맥과 소의가 투덜거렸다.

그들의 얼굴은 벌겋게 상기되어 있었고, 옷은 땀에 젖어 있었다.

그만큼 치열한 싸움이 이어졌다.

그런데 이공의 예상처럼 시간이 흐르면서 싸움은 조금씩 이맥과 소의 쪽으로 기울어지기 시작했다. 둘을 혼자 상대하는 석중귀가 지쳐가기 시작한 것이다.

철곤의 그림자로 무형의 방패를 만들어내는 것은 막대한 공력이 필요한 수법이었다. 어떤 고수도 그런 공력을 무한정 만들어낼 수는 없었다.

자연스럽게, 완벽해 보이던 석중귀의 방어막이 조금씩 옅어졌다.

그러자 이맥과 소의의 검이 간혹 방어막을 뚫고 석중귀의 몸에 접근했다. 그러자 석중귀는 이제 반격조차 할 수 없는 지경에 처했다. 온 신경을 적의 공격을 막는 데 쓸 수밖에 없게 된 것이다.

팟!

드디어 이맥의 검이 처음으로 석중귀의 방어막을 완전히 뚫고 들어와 그의 옆구리에 가벼운 상처를 남겼다.

"음!"

석중귀의 입에서 나직한 신음 소리가 흘러나왔다. 검에 의해 생긴 상처의 통증 때문에 흘린 신음이 아니었다. 작은 피해지만 이것을 시작으로 더 위험한 공격들이 이어질 것이란 생각에서 흘린 소리였다.

그리고 그의 예상대로 이맥과 소의가 더욱 강렬한 공격을 퍼부어댔다.

카카캉!

흐트러지기 시작한 방어막을 뚫고 들어오는 이맥과 소의의 검을 석중귀가 어지럽게 쳐냈다.

그러나 한 번 뚫린 둑은 더 이상 물을 막지 못하듯, 석중귀의 철곤은 더 이상 두 사람의 공격을 막지 못했다.

팟!
삭!

거의 동시에 이맥과 소의의 검이 석중귀의 다리와 어깨를 베었다.

이번에는 베어진 상처가 제법 깊어서 붉은 피가 석중귀의 옷자락을 적셨다.

그 순간 석중귀의 눈에 갈등의 빛이 서렸다. 탈출을 하려면 지금이 마지막 기회임을 알고 있었다.

더 이상 부상을 입으면 도주조차 할 수 없을 것이다. 다른 신마성의 전사들과 달리 신마후 석중귀는 도주를 했다 해서 신마성주가 벌을 내리지도 않을 것이다.

석중귀 정도의 고수가 탈출을 선택했다면, 그건 자신의 목숨 하나 살리자고 한 선택이 아니라는 걸 알기 때문이었다.

당장 석중귀가 지금 탈출을 생각하는 이유도 자신의 목숨 때문이 아니었다.

그가 탈출을 생각하는 것은 이 뜬금없는 절대강자의 존재, 허름한 산장 주인의 실체를 신마성에 알려야 한다고 생각했기 때문이다.

파나류를 넘어 세상을 손에 넣고자 하는 신마성이다. 그런 신마성의 행보에 이런 숨은 고수의 존재는 큰 장애물이 될 수 있었다.

특히 산장 주인 이공의 무공은 그가 생각하기에 신마성에서도 상대할 수 있는 사람이 거의 없었다.

완전한 승리를 자신할 수 있는 사람은 겨우 신마성주 정도뿐이었다. 더군다나 산장 주인은 신마성에 대해 적의를 가지고 있었다.

이런 적의 존재를 모르고 있다는 것은 신마성에 큰 위협이 될 소지가 다분했다.

"어쩔 수 없지."

길게 고민할 여유가 없었다. 그리고 일단 결심을 한 이상 석중귀의 행동은 단호했다.

콰앙!

석중귀가 달려드는 이맥과 소의를 향해 강력하게 철곤을 휘둘렀다.

쩌저적!

철곤이 지나간 자리에서 바위가 갈라지는 듯한 파공음이 일어났다. 정말 석중귀의 철곤으로부터 벽력이 치는 것 같은 빛줄기가 생겨나기도 했다.

모든 공력을 모은 공격, 그 최후의 반격에 이맥과 소의는 저도 모르게 어쩔 수 없이 뒤로 물러나면서 검을 휘둘렀다.

콰앙!

하나의 철곤과 두 개의 검이 격돌하면서 지진이라도 난 것 같은 굉음이 터져 나왔다. 산장이 있던 산비탈이 작게나마 흔들리는 것 같기도 했다.

푸스스!

땅도 충돌에 반응해 뿌연 먼지를 일으켰다. 그리고 그 먼지 속에서 석중귀의 목소리가 들렸다.

"다시 오겠다. 그때는 이 산장이 세상에 존재하지 않을 것이다!"

"젠장!"

손으로 눈을 가리는 먼지를 날려 버리면서 이맥이 욕설을 터뜨렸다.

석중귀가 도주한다는 것을 알아차렸으나, 먼지 때문에 바로 추격을 하지 못했던 것이다. 먼지를 헤치고 그의 위치를 파악했을 때는 이미 너무 멀리까지 가버린 뒤였다.

석중귀는 이미 그의 수하들이 숨어 있던 숲 앞에 이르러 있었다.

그리고 이 정도 거리면 설혹 산장 사람들이 추격한다고 해도 충분히 도주할 수 있을 거라 생각했는지 걸음을 멈추고 두 사람을 노려봤다.

"어이! 설마 신마성의 신마후라는 사람이 도망을 가는 거야? 수하들은 다 죽었는데?"

이맥이 조롱하듯 소리쳤다.

그러자 석중귀가 낮게 깔려오는 목소리로 대답했다.

"그들의 죽음에 대한 빚을 받으러 오겠다. 그때… 너희들과 너희들의 배후에 있는 자들은 단 한 명도 살아남지 못할 것이다. 약속하마!"

"핏! 도망치는 주제에 큰소리는……."

이맥이 비웃음을 흘렸다.

"그 웃음 기억해 두마!"

석중귀가 상대의 조롱에도 아랑곳하지 않고 차분하게 대답했다.

"제길… 좀 걱정되긴 하네. 신마성 전체가 공격해 오면 어쩌지?"

이맥이 중얼거렸다.

"뭘 어째? 사부님 말씀처럼 잠깐 피했다가 다시 오면 되지."

소의가 대답했다.

"하긴 그렇지. 어이, 그럼 잘 가쇼! 다시 오면 우린 없을지도 몰라!"

이맥이 마지막으로 석중귀의 신경을 건드렸다.

"세상 어디에 숨든 결국 너희들을 찾아낼 것이다. 그래서 반드시 오늘의 빚을… 헉!"

한순간 석중귀의 입에서 헛바람이 터져 나왔다.

삭!

석중귀가 이맥의 말에 대꾸하던 그 순간, 한 줄기 미세한 파공음이 이맥과 소의의 머리 위를 지나갔다.

그와 거의 동시에 헛바람을 토해낸 석중귀가 급히 철곤을 들어 올렸다.

그런데 그가 미처 철곤을 들어 몸을 가리기도 전에, 한 줄기 빛이 그의 심장에 닿았다.

퍽!

"억!"

빛이 그의 심장을 관통하는 순간, 석중귀의 몸이 허공으로 붕 떠올랐다. 그리고 그의 거대한 몸이 뒤쪽으로 날아가더니, 그대로 아름드리 굵기의 나무에 박혔다.

"후우……."

이맥이 길게 한숨을 내쉬었다.

"제길… 정말 무서운 양반이야."

소의도 의기소침한 표정으로 고개를 저으며 중얼거렸다.

그들의 눈에 석중귀를 꿰뚫고 큰 나무에 박아 넣은 은빛 화살이 보였다.

그들은 이 화살을 쏜 사람이 누군지 알고 있었다. 이런 신기에 가까운 궁술을 가진 사람은 세상에 오직 한 명뿐이다.

바로 그들의 스승. 평소에는 무료한 늙은이처럼 보이는 그 스승은 이토록 무서운 사람이었다. 필요하다면 눈 한 번 깜빡이지 않고 사람을 죽일 수 있는 독한 심기와 능력이 있는…….

"뭣들 하는 거냐? 제대로 일을 하지 못했으면 뒤처리라도 깔끔하게 해야지! 얼른 그들을 묻어주고, 산장 주변을 깨끗하게 청소해라."

산장에서 이공의 호통 소리가 들려왔다.

"예, 사부!"

"그리고 오늘 저녁은 없다. 변변치 못한 놈들! 둘이서 하나를 제압하지 못하다니. 부끄러운 줄 알아라!"

제7장

대협곡 황벽

　땅이 점점 검게 변했다. 청류산의 녹음이 아득한 과거의 일처럼 느껴졌다. 그 아득한 기억 속의 청류산이 꿈속에 나타날 정도로 험악한 풍경이 이어지고 있었다.

　사람들은 공기가 있어도 공기가 부족하다는 느낌을 받았다.

　그래서 한 시진만 이동해도 무공을 수련한 무인의 호흡마저 거칠어졌다. 그것도 말을 타고 이동하고 있음에도 일어나는 현상이었다.

　"후욱!"

　무한이 깊게 숨을 들이마셨다.

　무한의 앞뒤에서 다른 소룡들의 거친 숨소리가 연이어 들려왔다.

　"쉬어가겠소?"

문득 다른 사람들과 달리 아무런 불편도 느끼지 않는 표정으로 장마산이 물었다. 그는 마치 청류산에 있는 것처럼 편안한 표정이었다.

물론 그와 무한 일행은 다른 점이 있었다. 무한 일행은 장마산이 작은 유목민 마을에 들러 비싼 값으로 구입한 말을 타고 있었지만, 장마산 자신은 청류산에서부터 타고 온 바욱을 타고 있었다.

이 기괴한 짐승 바욱은 말처럼 빠르게 달리지는 못하지만, 지구력 면에서는 타의 추종을 불허했다. 고산지대에서 살아서 그런지 폐활량도 대단했고, 아무리 오래 걸어도 지치지를 않았다.

큰 체구의 장마산을 태우고, 거기에 더해 천막과 식량을 등에 얹은 상태임에도 불구하고 바욱은 태산처럼 단단하게 걸음을 옮겼다. 그야말로 움직이는 마차 같은 힘을 가진 짐승이었다.

반면 무한 일행이 탄 말들은 두어 시진 이상을 걷기 힘들어했다. 비록 사람을 태운 상태라지만 다른 지역에서보다 훨씬 빨리 지쳐갔다.

그래서 일행은 자주 쉴 수밖에 없었다. 사람과 말이 동시에 지쳐서 어느 쪽이든 의지해 가기 힘들었기 때문이다.

"쉬어갑시다."

석와룡이 일행의 지친 상태를 보며 장마산의 물음에 대답했다.

"그럼 저쪽이 좋겠구려. 동풍이 부는 곳이니 열화산의 열기가 반대로 흐를 것이오."

장마산이 남서쪽을 향해 열린 산비탈을 가리키며 말했다.

"그럽시다."

길 위에서 일행은 장마산의 의견에 반대하는 경우가 거의 없었다. 그 결과도 나쁘지 않았다. 장마산의 말대로만 하면 지친 사람이나 말도 금세 원기를 회복해 다시 길을 떠날 수 있었던 것이다.

무한 일행이 장마산의 지목한 지점으로 이동해 키 작은 관목에 말을 묶어놓고, 나무 그늘막에 둥그렇게 둘러앉았다.

무한이 재빨리 말에서 물주머니를 내려 동료들에게 건넸다. 무한은 이런 잔심부름을 여행 내내 하고 있었다.

막내여서 당연하다고 할 수도 있지만 모두 지친 상황에서 군소리 없이 잔일을 해내는 무한에게 일행은 무척 고마워하고 있었다.

물론 가끔 그 일을 말려보기도 했지만 무한은 그것이 마치 자기에게 주어진 의무인 것처럼 일을 놓지 않았다.

"너도 좀 쉬어. 매일 이렇게 물이나 가져오지 말고."

물주머니를 건네는 무한에게 하연이 말했다.

"얼마나 힘든 일이라고요. 그리고 전 팔팔해요."

그러자 곁에서 사비옥이 갑자기 궁금해진 표정으로 물었다.

"가만. 그러고 보니 칸, 너는 정말 지친 기색이 없구나. 정말 피곤하지 않은 거야? 아니면 피곤하지 않은 척하는 거냐?"

놀리거나 따지는 것이 아니었다. 사비옥은 무한이 정말 피곤을 느끼지 않는지 궁금했다.

"전 정말 괜찮아요."

무한이 대답했다.

"정말? 어떻게?"

이번에는 하연이 물었다.

"뭐가 어떻게예요. 피곤하지 않으니까 피곤하지 않은 거지."

"다들 이렇게 지쳐 있는데 너만 팔팔한 게 이상하지 않아?"

하연이 다시 물었다.

그러자 무한이 갑자기 머리를 긁적였다.

"듣고 보니 그건 이상하군요. 난 사형들보다 무공도 약한데…
그런데 사실 이상한 건 제가 아니라 사형들 아닌가요?"

"우리가 뭐?"

왕도문이 불쑥 대화에 끼어들었다.

"우리가 걸은 시간이 겨우 한 시진이에요. 그런데 벌써 이렇게
지치셨다는 게… 나이 탓인가?"

"야! 죽고 싶냐?"

"이 자식이 정말 스무 살도 넘기지 못하게 만드는 수가 있어!"

하연과 왕도문이 눈을 부라리며 무한에게 욕설을 해댔다.

"하하하, 농담이에요. 농담! 뭘 그렇게 흥분하세요. 그런데 정
말 이상하잖아요? 수련할 때를 생각하면 벌써 이렇게 지친다는
것이……."

"그거야 환경 탓이지. 이 검은 하늘과 검은 땅… 그리고 막막
한 공기까지. 이런 환경에서는 누구든 빨리 지쳐. 그래서 네놈이
이상한 거지. 네 눈에는 이 풍경이 거슬리지 않냐?"

사비옥이 그들이 쉬고 있는 산비탈과 함께 멀리 끊어질 듯 이

어진 길 주변의 잿빛 땅과 하늘을 가리키며 말했다.

"답답하기는 하죠. 그렇다고 지칠 것까지야……."

"후우, 이제 보니 네 녀석은 성품이 아주 음흉한 녀석이었구면. 이런 풍경을 마음에 들어 하는 걸 보니."

하연이 눈을 가늘게 뜨고 무한을 노려보며 말했다.

"누가 좋다고 했어요?"

"그게 그거지 뭐. 아무튼 네가 우리 시중을 드는 일이 미안했는데 이젠 그러지 말아야겠다. 팔팔한 젊은 놈이 늙은 사형들 시중드는 거야 당연하지."

하연이 팔을 엮어 어깨를 풀며 말했다.

"그게 말이다. 앞으로 잘 부탁한다!"

왕도문도 너스레를 떨었다.

"알았어요. 걱정 마세요. 잘 모실 테니까."

"허! 그놈 참, 이젠 변죽도 늘고……."

힘겨운 여행 중에 무한을 두고 하는 농담들이 소룡들의 기분을 좋게 만들었는지 그들 얼굴에 미소가 떠올랐다.

그런데 그때, 문득 길잡이 장마산이 입을 열었다.

"이제 정확한 목적지를 가르쳐 줄 때가 되지 않았소?"

장마산의 시선이 석와룡에게 닿아 있었다. 보름 가까이 이어진 여행으로 장마산 역시 이 일행이 어떤 부류의 사람들인지 알게 되었다.

그래서 일행의 행로를 정하는 것이 석와룡이라는 사실도 알고 있었다.

"열화산은 얼마나 남았소?"

석와룡이 되물었다.

"열화산 최고봉으로 따지면 아직 닷새는 더 가야겠지만, 열화산 권역으로 본다면 우린 이미 열화산에 들어섰소. 이곳에서부터는 목적지에 따라 길이 달라지기 때문에 정확한 목적지를 알 필요가 있소. 그렇지 않으면 엉뚱한 방향으로 갈 수도 있으니까."

장마산이 지금 목적지를 말해줘야 하는 이유를 설명했다.

"알겠소. 혹, 열화산 서남쪽에 황벽이란 곳이 있소?"

"황벽! 설마 거길 가는 거요?"

"그렇소만… 무슨 문제라도 있소?"

"제길… 제길… 미리 알았으면 금화를 올려 받는 건데……."

장마산이 혼잣말로 투덜거렸다.

"위험한 곳이오?"

석와룡이 다시 물었다.

그러자 장마산이 썩은 음식을 먹은 표정으로 말했다.

"웬만하면 안 가는 게 어떻겠소?"

"이유가 뭐요?"

석와룡이 다시 물었다.

"첫째… 지형이 너무 위험하오. 황벽이란 이름은 그곳의 절벽들이 붉은 기운을 띠기 때문인데, 그 이유는 계곡 곳곳에 무저갱 같은 깊은 동굴들이 있고, 그곳을 통해 열화산 지저에 흐르는 용암이 내뿜는 기운이 흘러나오기 때문이오. 그 기운들에 포함된 유황의 성분이 황벽을 붉게 보이도록 만드는 것이오. 다시 말해 터져 넘치지는 않지만 용암을 품고 있는 협곡이란 뜻이오."

"그럼 화산이군요?"

무한이 물었다.

"이보게, 어린 친구. 열화산 자체가 화산이야. 황벽은 그 화산의 본모습이 얼핏 드러나는 곳이고."

"…그렇군요."

무한이 머쓱한 표정으로 대답했다.

"단지 그 이유라면 애초에 열화산 여행 자체가 위험한 것 아니었소?"

석와룡이 침착하게 물었다.

"용암만이 문제가 아니라 그 용암이 만들어내는 탁한 공기로 인해 여행자들이 그곳에서 숨쉬기가 어렵다는 게 문제요. 지금도 호흡하기 힘들어들 하는데. 황벽의 공기를 생각하면 여긴 아주 맑은 공기라고 할 수 있소."

"음, 오래 머물 수 없는 곳이란 뜻이구려?"

"그렇소. 아마도 하루 이상 버티기 힘들 것이오. 그런데도 거길 갈 생각이오?"

"아마도……."

석와룡이 대답했다.

애초에 황벽은 북창의 촌장 염호가 그려준 지도에서 빛의 술사의 유적을 찾기 위한 출발점이었다. 그러니 반드시 가야 할 곳이다.

"후우, 그럼 어쩔 수 없군."

장마산이 결국 가야 할 곳이라는 것을 인정한 듯 고개를 끄떡였다.

"다른 위험은 뭐요?"

석와룡이 다시 물었다.

"황벽 주변에 과거 흑라의 시대가 끝난 후 도주한 마인들이 제법 많이 숨어 있다는 거요. 그들이 그런 척박한 곳에 숨은 이유는 당연히 육주의 추격대를 피하기 위한 것이었지만, 지금은 척박한 환경에서 살아가기 위해 마적질을 하고 있소. 애초에 먹을 거든 입을 거든 생산해 낼 수가 없는 땅이기 때문이오."

"음… 그건 좀 문제가 되겠구려. 그런데 그들이 큰 세력을 형성하고 있소?"

"그건 아니오. 큰 세력이 모이기에는 너무 척박한 곳이어서 많아야 십여 명 남짓이 한 무리를 이루고 있소. 큰 무리들은 육주의 추격대가 활동을 끝낸 후 생존이 가능한 파나류 각지로 떠나갔고……."

"그럼 문제가 될 것 같지는 않은데……."

장마산이 말을 끝내자 왕도문이 중얼거렸다. 십여 명 내외로 움직이는 마적들이야 소룡오대가 충분히 상대할 수 있었다.

"한 번은 몰라도 두 번, 세 번 공격을 당하면 쉽지 않을 거요."

장마산이 경고했다.

"서로 다른 무리가 끊임없이 공격할 거란 말이군요."

왕도문이 물었다.

"워낙 먹고 입을 것이 없는 곳이라 다른 마적들이 죽어도 겁을 먹지 않고 달려들 것이오."

"결국 그곳을 최대한 빨리 벗어나야 한다는 뜻이구려."

석와룡이 침착한 표정으로 말했다.

"맞소이다."

"음… 그럼 이걸 좀 보시겠소?"

석와룡이 장마산에게 북창의 촌장 염호가 기억으로 그린 지도를 건넸다.

그 순간 소룡들이 살짝 놀란 표정을 지었으나, 어차피 장마산이 보게 될 지도였으므로 이내 담담하게 장마산의 표정을 살폈다.

장마산은 한동안 석와룡이 건네준 지도를 바라보고 있다가 길게 한숨을 쉬었다.

"설상가상이군."

"또 문제가 있소?"

"이 지도가 가리키는 곳은 열화산 넘어 한열지의 어느 한 곳이오."

"한열지… 역시 그렇구려."

석와룡이 고개를 끄떡였다.

"그곳이 어떤 곳인지 알고 있소?"

"나도 파나류 사람이오."

장마산의 물음에 석와룡이 대답했다.

"그럼 그 거대한 사막에서 사람이 살지 못한다는 것도 알겠구려."

"물론……."

석와룡이 말꼬리를 흐렸다.

"그래도 가야겠소?"

장마산이 이쯤에서 돌아가는 것이 어떠냐는 듯 물었다.

"이 길은 반드시 가야 하오."

"대체 뭘 찾고 있는 거요? 그냥 단순한 여행이라는 말은 하지 마쇼. 나도 눈치가 있으니까."

"그건 말해줄 수 없소."

석와룡이 고개를 저었다.

"내가 여기서 돌아간다 해도 말이오?"

장마산이 협박 아닌 협박을 했다.

"그렇다면 금자는 돌아가는 길에 되돌려 받겠소. 물론 여기까지 안내한 값은 빼고 말이오."

석와룡이 단호하게 말했다.

그러자 장마산이 두 손을 들어 올리며 고개를 절레절레 흔들었다.

"아이고야, 내가 정말 독한 손님들을 만났구나. 좋수다. 갑시다. 뭐, 죽기야 하겠소? 처음 가보는 곳도 아니고."

"한열지에 가봤단 말입니까?"

듣고 있던 사비옥이 놀란 표정으로 물었다.

"가보지 않은 곳을 어떻게 안내하겠나. 다만… 황벽을 통과해서 가보지는 않았네. 열화산을 북북쪽으로 우회해 갔던 것인데."

"그럼 우리도 우회하면 되지 않나요?"

이번에는 무한이 물었다.

그러자 장마산이 고개를 저었다.

"그럴 수 없네. 이 지도에서 가리키는 목적지로 가려면 반드시 황벽을 통과해야 해. 열화산을 우회하면… 목적지에 도착할 수 있는 길이 없네. 왜냐하면 한열지 북쪽으로 진입하면 목적지까지 족히 한 달은 걸릴 테니까. 사막에서, 특히 한열지 같은 사막에서 아무 준비 없이 그 시간을 견딜 인간은 없네."

장마산이 차분하게 황벽을 통과해야 하는 이유를 설명했다.

"그렇군요. 생각보다 먼 곳이군요."

무한이 고개를 끄떡였다.

"오직… 황벽을 통과해야만 도착할 수 있는 곳이라고 할 수 있네. 아무튼… 그만 갑시다. 이곳에서 밤을 새울 수는 없으니까."

장마산이 마음이 급한 사람처럼 자리에서 일어났다.

장마산을 따라 일행이 다시 지루한 여행을 시작했다.

무한은 자신이 지옥 입구에 도착한 것이 아닌가 생각했다.

사람이 살 수 없는 거대한 절곡들이 뜨거운 열기와 그 열기를 흡수한 뿌연 연무를 쏟아내고 있었다.

계곡 위쪽으로는 붉게 달궈진 듯한 황색의 절벽이 높이 솟구쳐 있었다.

"젠장… 저길 들어가야 한다고?"

왕도문이 욕설을 뱉어냈다.

"가야 한다잖아!"

사비옥이 신경질적으로 말했다.

그 역시 이 지옥 같은 계곡을 관통하는 것이 걱정이 되는 모양이었다.

그런데 그들이 걱정해야 할 것은 열악한 환경만이 아니었다.

갑자기 그들 앞에 거친 갑주를 걸친 자들이 모습을 드러냈던 것이다.

"후우… 정말 가지가지 하는구나! 예상은 했다지만……."

왕도문이 다가오는 자들을 보고는 고개를 저으며 중얼거렸다.

지옥의 입구 같은 황벽을 지나야 할 생각에 머리가 지끈거리는데 걸리적거리는 마적까지 나타난 것이다.

장마산이 이야기했던, 과거 육주 추격대를 피해 열화산에 숨어든 흑라의 잔당들일 터였다.

"이 일은 여러분 몫이오!"

장마산이 연무 속에서 나타난 자들을 보고는 뒤로 물러나며 말했다. 그의 임무는 길 안내지 마적을 상대하는 일은 아니었다.

물론 무한 일행도 장마산에게 마적을 상대하는 일을 맡길 생각은 없었다.

"기분도 언짢은데 분풀이라도 해야겠다."

왕도문이 앞으로 나서며 말했다.

"경솔하게 상대하면 안 돼! 상대는 흑라의 잔당들이야."

소독이 주의를 줬다.

"누가 뭐래? 하지만 제대로 된 흑라의 무리들은 모두 여길 떠났다잖아. 지금까지 세상에 나가기 무서워 이런 지옥 같은 곳에 숨어 사는 놈들이라면 별 볼 일 없는 놈들이지."

왕도문이 심드렁하게 말했다.

"그래도 조심해. 어쨌든……."

소독이 다시 경고했다.

"알았어. 스승님의 첫 번째 가르침을 잊었겠냐? 아무리 약한 적이라도 손에 검을 든 자라면 최선을 다해 상대해야 한다! 그것이 검을 든 자의 예의다!"

왕도문이 독안룡 탑살의 첫 번째 가르침을 읊조리며 다시 몇 걸음 앞으로 걸어나갔다.

거친 삶이 얼굴에 배어 나오는 마적들은 모두 일곱이었다. 일곱이면 열화산에서 크지도 작지도 않은 규모의 마적단이다.

쿵쿵쿵!

마적들은 상대의 기를 죽이기 위해선지 대도로 땅을 찍어대며 일행 앞으로 다가왔다.

"황벽을 지나려는 자들이냐?"

왕도문 앞에 멈춰 선 마적 중 한 명이 앞으로 나서며 물었다.

얼굴에 자상(刺傷)이 있는 것으로 보아 거친 삶을 살아온 자임이 분명했다.

"그런데?"

왕도문이 퉁명스레 대꾸했다.

그러자 사내가 물끄러미 왕도문을 바라보다 물었다.

"넌 나이를 얼마나 처먹었느냐?"

"남의 나이는 왜?"

"어린놈이 말이 너무 거칠어서!"

"나이는 먹을 만큼 먹었고, 또 설혹 나이가 어리다고 해도 마적 따위에게 예의를 차릴 만큼 순진한 놈은 아니고!"

"마적 따위… 우리가 단순한 마적으로 보이느냐?"

사내가 날카로운 살기를 드러내며 물었다.

"길을 막고 지나가는 사람을 약탈하려는 자들이 마적이 아니면 뭐지?"

왕도문이 되물었다.

"이놈! 우리는 과거 세상을 지배했던……."

"흑라의 잔당이란 거잖아?"

왕도문이 손을 들어 사내의 말을 멈추게 하고 되물었다. 그러자 사내의 동공이 흔들렸다.

"우리가 누군지 알고 있구나!"

"내가 당신들이 누군지 어떻게 알아. 단지 이 열화산 주변에 과거 대마종 흑라를 추종하던 자들이 숨어 산다는 이야기를 들었을 뿐이지. 그런데 쓸 만한 자들은 모두 새로운 정착지를 찾아 떠났고, 이곳에 남은 자들은 겨우 마적질이나 할 실력밖에 없는 떨거지들이라던데?"

"…언제나 입이 문제지. 일찍 죽는 놈들은!"

사내가 더 말할 것도 없다는 듯 대도(大刀)를 들어 올렸다.

"뭐… 홍정도 없는 거냐? 명색이 길 지나는 값을 받겠다는 자들이."

왕도문이 조롱하듯 물었다.

그러자 사내가 고개를 저었다.

"하나는 알고 둘을 모르는구나."

"대체 내가 뭘 모른다는 거야? 마적 나리!"

"네 말대로 우리가 마적이라고 치자. 그런데 우린 그냥 마적이 아니다. 복종하는 자에게는 통행세를 받지만, 너희 같은 놈들은 모든 것을 내놔야 하지. 목숨까지도! 그게 바로 네 입이 불러들인 화다!"

사내가 어깨 위로 도를 들어 올리며 말했다.

우웅!

사내가 한차례 도를 휘두르자 묵직한 도풍이 일어났다. 범상치 않은 도의 움직임이다.

자신의 도가 가진 위력을 선보인 마적이 왕도문을 향해 도를 겨눴다.

"오늘이 네가 숨 쉬는 마지막 날이다."

"좋아. 마적치고는!"

왕도문은 보통의 마적이랄 수 없는 사내의 모습에 긴장하면서도 상대와의 싸움이 기대되는지 흥분한 목소리로 중얼거렸다.

창!

왕도문이 뽑아 든 검이 맑은 소리를 내며 파공음을 일으켰다.

순간 사내가 준비할 시간을 주지 않겠다는 듯 왕도문을 향해 닥쳐들며 대도를 내려찍었다.

콰아!

대도가 일으키는 도풍이 강력하다. 하루 이틀 도를 다뤄본 솜씨가 아니다.

하지만 왕도문은 사내의 공격을 직접 맞닥뜨리자 오히려 안도의 한숨이 나왔다. 사내의 도에서 무공의 대가들이 공력의 힘으로 만들어내는 도기와 같은 기운이 나타나지 않았기 때문이다.

결국 사내는 근력의 힘과 그저 그런 신공을 얻어 무공을 수련한 자다.

그렇다면 탑살의 무공을 전수받은 왕도문이 두려워할 이유가 없었다.

차앙!

맑은 마찰음을 일으키며 왕도문이 옆으로 몸을 틀어 사내의 도를 걷어냈다.

쿵!

사내의 도가 왕도문의 검에 비껴 나가 옆에 있던 검은 바위를 들이쳤다.

푸스스!

사내의 도에 격중된 바위에서 검은 가루들이 우수수 떨어져 내렸다.

"겨우 그 정도 실력이니 이런 곳에 숨어 살지."

왕도문이 혀를 차며 바위를 친 충격에 몸이 흔들리는 사내의 등에 검을 꽂아 넣었다.

"엇!"

사내가 다급한 소리를 터뜨리면서 급히 땅을 굴렀다. 그러자 왕도문이 땅을 구르는 사내를 향해 발길질을 해댔다.

퍼퍼퍽!

왕도문의 발이 사내의 몸 이곳저곳을 가격했다.

"욱!"

사내가 고통을 참지 못하고 비명을 질러댔다. 그런 사내를 향해 왕도문이 다시 한번 발길질을 하려는데 갑자기 그의 왼쪽에서 검은 빛줄기가 닥쳐왔다.

순간 왕도문이 위험을 직감하고 사내에게서 훌쩍 물러났다.

쾅!

아슬아슬하게 왕도문을 지나친 검은빛 줄기가 다시 한차례 바위에 박혀들었다.

쩌저적!

그리고 놀랍게도 거대한 바위가 반으로 갈라졌다.

"뭐야?"

왕도문이 놀란 표정을 지으며 다시 두어 걸음 더 뒤로 물러났다.

그러자 어느새 그의 앞에 검은 전복을 입고 투구를 쓴 자가 거목처럼 서서 왕도문을 응시하고 있었다.

"좀 다르군."

왕도문이 마른 입술에 침을 묻히며 중얼거렸다.

"좀 다를 거다."

검은 전복의 사내가 중얼거리듯 대답했다.

"그래도 결과는 같을 것 같은데?"

"어린놈이 오만하구나."

"뭐… 그럴 만하니까."

왕도문이 검을 든 채 어깨를 으쓱거렸다. 대묵룡대선의 소룡으로서 자부심을 잃지 않는 왕도문이다.

"내가 누군지 아느냐?"

"그걸 내가 어떻게 알겠나."

쓸데없는 질문이라는 듯 왕도문이 대꾸했다.

과거 흑라의 마졸이었다가 육주의 추격대에 쫓겨 열화산 오지에 숨어든 자의 정체를 왕도문이 알 리 없었다. 더군다나 그 당시 왕도문은 십 대 초반의 나이여서 흑라와의 싸움에 참여하지도 않았었다.

"하긴, 너 따위 애송이가 날 알 리 없지. 하지만 당신은 날 알 수도 있겠군."

사내가 석와룡을 보며 말했다. 무한 일행 중에서 석와룡이 가장 나이가 많아 보였기 때문이다.

"이름이 뭐요?"

석와룡이 궁금한 듯 물었다.

"난 요골이라 한다."

"요… 골… 아! 요골!"

석와룡이 알고 있는 이름인 듯 놀란 표정을 지으며 사내를 바라봤다.

"아는군. 그렇다면 이 애송이에게 물러나라고 해야 하지 않겠는가?"

요골이라는 이름을 가진 사내가 석와룡에게 말했다.

자신의 정체를 안다면 당연히 어린 왕도문을 물러나게 할 것이라 확신하는 모습이었다.

"당신이 왜 아직 여기에……?"

석와룡이 당황한 표정으로 물었다.

그도 그럴 것이, 장마산의 말에 의하면 지금 열화산 오지에 남아 마적질이나 하는 자들은 과거 흑라의 마전사들 중 근본이 없는, 하잘것없는 마인들뿐이어야 했다.

그런데 요골이라는 이름은 결코 그런 하잘것없는 마인의 이름
이 아니었다.

요골은 흑라의 시대 이전부터 파나류 북부에서 무명을 떨쳤
던 자다. 어디서 얻었는지는 알 수 없지만 웬만한 무종의 전수자
들보다 강력한 도법을 펼쳤고, 내공 역시 만만치 않아서 흑라의
시대에 접어들어선 도기까지 발출하는 경지에 이르렀던 고수였
다.

그런 자였으므로 육주의 추격이 끝난 이후 흑라를 따르던 마
도의 잔당들 중에서는 한 무리의 수뇌로 대접받을 만한 인물이
었다.

그런 그가 이 지옥 같은 환경의 황벽에 남아 겨우 육칠 명의
수하만 거느린 채 마적질을 하고 있을 거라고는 누구도 예상할
수 없는 일이었다.

"내가 왜 이곳에 있는지는 중요하지 않다. 그보다는 너희들이
과연 이제 어떻게 할 것이냐가 중요하지."

요골이 차갑게 말했다. 듣는 것만으로도 소름이 끼치는 마인
특유의 음성이다.

"우린… 당연히 이 황벽을 지나가길 원하오."

석와룡이 대답했다.

"통행세를 내야 한다."

요골이 짧게 말했다.

"얼마를 원하시오?"

거래할 수 있다면 요골 같은 자와는 거래로 끝내는 것이 좋다
고 생각한 석와룡이 물었다.

그러자 요골이 차갑게 대답했다.

"금화 삼십 동, 그리고 저자가 탄 바욱과 너희들의 말 절반. 거기에… 저놈의 목숨이면 되겠군."

요골이 도를 들어 왕도문을 가리키며 말했다.

그의 요구 조건을 들은 석와룡이 어이없는 표정으로 요골을 바라봤다. 요골이 원하는 것들은 모두 쉽게 내어줄 수 없는 것들이었다. 특히 왕도문의 목숨은 절대 불가능한 조건이었다.

"타협의 여지는 없소?"

"없다. 이게 처음이자 마지막 제안이다."

요골이 대답했다.

그러자 석와룡이 한숨을 쉬며 말했다.

"후… 비록 흑라를 따르기는 했지만, 그래도 과거 파나류의 대무인으로서 대접을 해드릴까 했는데. 그렇게 하기는 아무래도 어렵겠소. 이 거래는 불가하오."

그러자 요골이 고개를 끄떡이며 말했다.

"그래. 그렇겠지. 동료의 목숨을 내놓고 갈 자들로는 보이지 않으니까. 하지만 그래서 너희들은 모두 죽게 되는 것이다."

"그 또한… 원하시는 대로 되기는 어려울 것이오. 오늘 요골 당신은 상대를 잘못 골랐소."

석와룡이 차분하게 대답했다.

요골은 조금 꺼림칙한 듯한 표정을 지었지만 결국 다시 도를 들었다.

"누가 상대하겠느냐?"

요골이 물었다.

그러면서도 그의 시선은 자연스럽게 석와룡에게로 향했다. 석와룡이 이 여행자 무리의 인솔자임이 분명해 보이기 때문이었다.

그런데 그의 예상과 달리 그를 상대하겠다고 나선 것은 젊은이들이었다.

"내가 상대하겠소."

"아니, 내가 할게."

"어허! 처음부터 내가 했던 싸움이야!"

처음 나선 사람은 소독이었고, 두 번째 나선 사람은 말이 없던 이산, 그리고 세 번째 나선 사람은 당연히 처음부터 이 싸움을 도맡아 하던 왕도문이었다.

그렇게 세 명이나 앞으로 나서자 요골의 표정이 살짝 일그러졌다.

"내가 그렇게 한심한 놈으로 보이는 건가?"

요골이 스스로 자조하듯 중얼거렸다. 새파랗게 젊은 놈들이 서로 자신을 상대하겠다고 나서는 상황이 당황스러운 모양이었다.

"일단 내게 우선권이 있다는 건 모두 부인하지 못하지?"

왕도문이 소독과 이산을 보며 말했다.

"그렇긴 하지만……."

소독이 아쉬운 듯 대답했다. 상대가 흑라 이전부터 무명을 떨쳐온 마인이라면 한 번쯤 상대해 보고 싶은 소독이었다.

그런데 그런 걱정을 덜어주려는 듯 요골이 입을 열었다.

"다툴 필요 없다. 셋 모두 한 번에 상대해 주겠다."

"어? 그 말 정말이오?"

왕도문이 되물었다.

"너희 애송이들 따위… 한꺼번에 상대하는 것이 번거로움을 더는 일이지."

"쉽지 않을 텐데?"

왕도문이 고개를 갸웃했다.

"일단 싸움을 시작하면 너희들이 누굴 건드렸는지 알게 될 테 니까."

요골이 차가운 살기를 드러내며 말했다.

"아니, 그건 알겠는데 말은 바로 합시다. 건드린 건 우리가 아 니라 당신이오. 길 막고 마적질 한 것은 당신이니 말이오."

왕도문이 손으로 요골을 가리키며 말했다.

"…덩치에 맞지 않게 말이 많구나. 번거롭다. 시작하자!"

요골이 더 이상 할 말이 없다는 듯 왕도문을 향해 다가서기 시작했다.

소독와 이산, 그리고 왕도문이 빠르게 눈빛을 교환했다. 그러 고는 약속이나 한 것처럼 요골을 세 방향에서 에워쌌다.

요골이나 그의 수하들이나 세 사람이 요골을 포위하는 것을 방해하지 않았다.

그의 수하들은 요골을 믿는 듯 보였고, 요골 자신은 스스로를 믿는 듯했다.

"와라!"

요골이 짧고 강하게 소리쳤다.

그 순간 이산이 먼저 움직였다.

삭!

이산의 검이 한줄기 검영을 뒤에 남기며 번개처럼 요골의 허리를 갈랐다.

"음!"

요골의 입에서 자신도 모르게 침음성이 흘러나왔다. 범상치 않은 기도를 가지고 있는 젊은이들이기는 했지만 수십 년 싸움터를 전전한 자신이 보기에는 애송이에 지나지 않았다.

그런데 단 일검, 이산의 쾌검을 마주하는 순간 요골은 어쩌면 자신이 상대를 너무 경시했을 수도 있다는 사실을 본능적으로 깨달았다.

그러나 마음속의 당혹스러움과 달리, 그의 몸은 오랜 경험에 의해 본능적으로 움직였다.

창!

그의 도가 수직으로 세워지면서 이산의 검을 아슬아슬하게 비껴냈다.

그 순간 왕도문이 소리치며 요골에게 달려들었다.

"내 몫이라니까!"

쿠오!

왕도문의 검은 이산과 달랐다. 왕도문의 검은 공기를 무겁게 응축시켰다가 일거에 요골을 덮쳤다. 마치 바다가 거대한 파도를 한 번에 일으키는 듯한 모습이었다.

"후웃!"

요골이 밀려드는 왕도문의 검파를 보며 깊게 숨을 들이쉬었다.

이젠 모든 것이 확실해졌다. 이 젊은 여행자들은 결코 자신이 홀로 셋이나 상대할 수 있는 인물들이 아니었던 것이다.

"모두 나서라!"

요골이 밀려드는 왕도문의 검파를 맞아 도를 휘두르면서 외쳤다.

그리고 다음 순간, 천둥치는 듯한 파열음이 터져 나왔다.

콰앙!

요골과 왕도문의 도검이 충돌한 여파는 상당했다.

요골의 명을 듣고 급히 무한 일행을 공격하려던 수하들이 굉음에 놀라 잠시 뒤로 물러날 정도였다.

푸스스!

충돌의 여파로 앞서 요골의 도에 의해 갈라졌던 바위 부스러기들이 다시 허공으로 날아올랐다가 먼지가 되어 떨어졌다.

"후욱! 이거 정말 신나는데!"

왕도문이 먼지 속에서 소리쳤다.

모든 공력을 쏟아부을 수 있는 상대를 만났다는 것이 즐거운 모양이었다.

하지만 요골의 생각은 달랐다. 싸움의 승패를 점칠 수 없는 상황이라는 것을 한 번의 격돌로 알 수 있었다.

"뭣들 하느냐? 모두 공격해!"

요골이 왕도문과의 충돌에 놀라 뒤로 물러난 수하들을 보며 재차 소리쳤다.

그러자 요골의 수하들이 불안한 모습이긴 하지만 무한 일행을 향해 다가서기 시작했다.

"조심해!"

하연이 무한을 돌아보며 말했다.

"제 걱정은 마세요."

무한이 검을 움켜쥐며 말했다.

"하긴… 칸 년 대사형과의 비무도 버텨냈으니까. 그런데 이상하게 그래도 걱정이 되네. 어려서 그런가?"

"저 이제 안 어려요."

"아니, 아직 어려. 남자나 여자나 스물이 넘지 않으면 애야. 보호를 받아야 하는 나이라고."

"누님이나 조심하세요. 제 걱정은 말고!"

무한이 씩씩하게 소리치고는 자신에게 다가오는 적을 향해 마주 달려 나갔다.

"후우… 저 녀석은 이젠 정말 전사가 다 된 것 같잖아?"

하연이 뭔가 아쉬운 표정을 지으며 중얼거렸다. 그러면서도 그녀 역시 요골의 수하들 중 한 명을 향해 걸어나갔다.

웅!

무한은 자신을 지나치는 도가 만들어내는 소리를 들으면서 이 싸움이 생각보다 어렵지 않을 거라는 걸 깨달았다.

무겁기는 하지만 날카롭지 않은 도풍이다. 그가 경험한 대사형 전위, 혹은 동행 중인 삼공자 두굴의 무공과 비교하면 한참 떨어지는 수준이었다.

그러나 그렇다고 방심할 수는 없었다. 스승 탑살의 가르침 때문이 아니었다. 상대의 몸에 도뿐 아니라 여러 가지 병장기들이 매달려 있다는 것을 이미 눈여겨봤기 때문이다.

아니나 다를까, 도가 빗나가자 마적이 갑자기 무한을 지나치며 발을 차올렸다.

순간 그의 발끝에서 날카로운 단검이 삐져나왔다.

팟!

마적의 발이 아슬아슬하게 무한의 바짓가랑이를 스치고 지나갔다.

날카롭게 베인 옷자락 안으로 후끈한 열화산의 공기가 파고들었다.

그 순간 무한이 반격했다.

팟!

날카로운 무한의 검이 자신을 베고 지나가는 적의 허벅지를 찔렀다. 탑살의 파랑십이검이 아닌 아적삼의 혈랑검이다.

편법을 쓰는 적에게는 정통검법인 파랑십이검보다 전장의 검인 아적삼의 혈랑검이 어울렸다.

효과는 바로 드러났다.

푹!

마적이 무한을 가격했던 발을 미처 회수하기도 전에 무한의 검이 적의 허벅지를 찔렀다.

"윽!"

마적의 입에서 신음 소리가 흘러나왔다. 그 순간, 무한이 상대가 자신에게 했던 것과 똑같이 매섭게 발을 휘둘렀다.

파직!

무한의 발에 격중된 마적의 옆구리에서 뼈 부러지는 소리가 들렸다. 갈비뼈가 몇 대가 부러진 것이 분명했다.

"악!"

뼈가 부러지는 고통을 이기지 못한 마적이 비명을 질렀다.

그 순간 무한이 살짝 허공으로 뛰어오르며 무릎을 세웠다.

퍽!

이번에는 그의 무릎이 상대의 복부를 정확하게 가격했다.

"커억!"

마적이 한순간 숨이 멎는 고통을 이기지 못하고 그대로 고꾸라졌다.

"허억허억!"

쓰러지고 나서도 마적은 자신의 호흡을 찾기 위해 기를 쓰고 숨을 들이마셨다. 쉽게 쉬어지지 않는 숨에 그의 얼굴이 벌겋게 달아올랐다.

"좀 쉬세요."

툭!

무한이 가볍게 손으로 마적의 목덜미를 가격했다. 그러자 마적이 잠들듯이 정신을 잃었다.

배운 적은 있지만 처음 써보는 점혈법이어서 순식간에 잠이 든 듯 정신을 잃은 상대가 신기하기도 하고, 또 혹시 죽은 것이 아닌가 싶어 무한이 무릎을 꿇고 정신을 잃은 마적의 상태를 살폈다.

"숨은 쉬는구나."

다행이라는 듯 무한이 중얼거렸다.

적을 죽이지 않으면 자신이 죽는 무인들의 거친 싸움이지만 무한은 여전히 사람의 목숨을 빼앗는 일이 꺼려졌다.

물론 그것도 시간이 지나면 자연스레 익숙해지겠지만.

손쉽게 자신의 상대를 제압한 무한이 다른 사람들의 싸움을 살폈다.

다행히 크게 위험한 싸움은 없었다. 과거 흑라를 따랐다지만 숨어서 마적질이나 하는 자들이 탑살의 제자들인 소룡들을 버텨낼 수는 없었다.

하물며 석림도 삼공자 두굴과 그의 호위무사인 바루호는 아예 싸움에 끼어들 생각도 하지 않고, 흥미진진한 표정으로 마적들과 소룡오대의 싸움을 지켜보고 있었다.

그 와중에도 두 사람의 시선을 끄는 것은 당연히 마적 두목 요골과 왕도문의 대결이었다.

두 사람은 여전히 치열하게 겨루고 있었다.

소독과 이산은 어느 순간부터 이 싸움에서 배제되어 있었다. 왕도문 홀로 적을 상대할 수 있을 거란 계산이 섰던 것이다.

노련미에서는 당연히 요골이 앞섰다. 흑라의 시대 이전부터 무인으로 살아온 그는 노련하게 왕도문을 몰아쳤다.

그래서 왕도문은 수시로 위기에 빠졌지만, 그때마다 타고난 신력과 투지, 그리고 탑살이 전수한 절정검술 파랑십이검에 의지해 위기에서 벗어났다.

그러면서 시간이 흐르자 상황이 조금씩 반전되기 시작했다.

두 사람이 겨룬 지 백 초 정도가 지나자 요골의 움직임에 왕도문이 익숙해지기 시작했다. 그리고 그때부터는 묵룡사왕도 감탄한 왕도문의 힘이 시서히 그 진가를 발휘하기 시작했다.

"에랏!"

갑자기 왕도문이 강력한 고함 소리를 내지르며 검을 뻗어냈다.

팟!

묵직하게 움직이던 왕도문의 검이 갑자기 빛과 같은 속도로 요골을 찔렀다.

갑작스러운 상대 검법의 변화에 놀란 요골이 한순간 허점을 드러내며, 왕도문의 검에 허벅지를 살짝 베였다.

"이런!"

요골이 낭패한 듯한 표정을 지으며 훌쩍 뒤로 물러났다. 그러고는 잠시 주위를 돌아보다 갑자기 희뿌연 연무가 일어나는 대협곡 황벽 속으로 도주하기 시작했다.

"…뭐냐? 이 황당한 결말은. 뭐 저런 작자가 있지?"

갑작스러운 요골의 도주에 당황한 왕도문이 멍한 표정으로 중얼거렸다.

제8장

풍룡의 동굴

"그러니까, 그자가 너희들 두목이 된 것은 얼마 되지 않았다는 거지?"

사비옥이 두목이 달아난 마적들을 꿇어앉혀 놓고 추궁하고 있었다.

마적들 역시 황당하기는 마찬가지인 것처럼 보였다. 비록 따른 지 얼마 되지 않았어도, 의리 따위를 기대할 수 없는 마적 집단이어도, 그 대단해 보였던 두목이 이렇게 쉽게 도망칠 줄은 몰랐던 모양이었다.

더군다나 자신의 부하들까지 버리고 홀로 줄행랑을 칠 거라고는 전혀 예상치 못한 표정들이었다.

"그렇습니다. 열흘 전쯤에 갑자기 찾아와서⋯⋯."

마적 중 하나가 말꼬리를 흐렸다. 얼굴에 당황함을 넘어 새로 모신 두목, 이제는 더 이상 두목으로 인정할 수도 없는 인간에 대한 배신감이 가득했다.

"그자가 요골임은 알았나?"

사비옥이 다시 물었다. 마적들의 나이는 사비옥보다 많게는 스무 살, 적게 봐도 열 살 이상 많아 보였지만 마적이란 신분은 나이를 내세울 수 없는 신분이었다.

"그렇습니다. 스스로 자신의 신분을 밝혔지요. 그래서 더욱 그를……."

믿었다는 이야기다.

그럴 만했다. 적어도 파나류 북부에서 요골은 마인으로 분류되기는 해도 믿을 만한 전사로서의 명성을 가지고 있었기 때문이다.

"갑자기 왜 마적질을 하려고 찾아왔다는데?"

뒤쪽에서 사비옥의 취조를 듣고 있던 왕도문이 불쑥 물었다.

"그건 모르겠습니다. 다만 한동안 이곳에 머물면서 황벽 일대의 마적들을 일통하겠다고 했었습니다."

"일대의 마적을 일통하겠다고? 그럼 그자가 이곳을 기반으로 제대로 된 세력을 만들려고 했던 걸까?"

왕도문이 사비옥과 소독 등 소룡들을 보며 말했다.

"글쎄… 이자의 말이 사실이라면 그렇게 봐야겠지."

사비옥이 대답했다.

그러자 이번에는 소독이 마적에게 물었다.

"그에게서 다른 목적을 발견할 수는 없었느냐?"

소독은 사비옥보다도 냉철해서 마적은 금세 겁을 집어먹었다.

그래서인지 그의 대답도 즉시 나왔다.

"다른 목적은 모르겠고… 누군가와 연락을 주고받는 것 같았습니다. 가끔 전서구를 사용했습니다."

"전서구라… 배후가 있다는 건가?"

소독이 살짝 어두워진 표정으로 중얼거렸다.

배후가 있다면 그자가 다른 강자들을 데리고 다시 나타날 수도 있었다.

"서둘러 황벽을 통과하는 것이 좋겠네. 그자가 다른 수작을 부리기 전에."

석와룡도 위험할 수도 있다고 판단했는지 소룡들을 보며 말했다.

그러자 사비옥이 말했다.

"그래야겠습니다. 마침 좋은 기회도 생겼군요. 이 황벽을 잘 아는 자들을 잡았으니."

장마산은 뛰어난 길잡이다. 그러나 황벽을 통과하는 데는 이곳에서 마적질을 하던 마적들보다 나은 길잡이가 있을 수 없었다.

"당신들 황벽을 통과하는 길을 알고 있겠지?"

왕도문이 마적들을 보며 협박하듯 물었다.

"알… 고는 있지만……."

마적이 말꼬리를 흐렸다. 알고는 있지만 가고 싶지는 않은 듯 보였다. 하지만 그들에게는 자신들의 운명을 스스로 결정할 권한이 없었다. 적어도 지금은.

"우릴 황벽 반대편까지 안내해 줘야겠다."

왕도문이 협박하듯 말했다.

"왜 황벽을 통과하려는지 모르겠지만 너무 위험한 길입니다. 협곡으로 들어가면 여러 갈래의 길이 있어서 자칫 영원히 고립될 수도 있습니다. 차라리 남쪽으로 우회하는 것이……."

"남쪽 길은 뭐가 다른가?"

"길을 좀 돌아가야 하지만 그래도 황벽을 통과하는 것보다는 한결 안전합니다."

"그 길로 가서 황벽 반대편에 도달할 수 있어?"

"그건… 한열지를 거슬러 올라가야 하는데……."

마적이 망설였다.

"어렵다는 거지?"

"갈수야 있지만."

"그럴 바에는 차라리 황벽을 통과하는 게 낫겠지?"

왕도문이 다시 물었다.

"그래도 위험하기로는 황벽을 통과하는 것이 더 위험합니다. 열화산 남쪽으로 돌아가 산의 서쪽 기슭을 따라 올라가는 길은 그나마……."

"얼마나 더 걸리는데?"

왕도문이 다시 물었다.

"대략 한 달 정도……."

"됐어. 황벽을 통과한다. 누가 갈 거야? 한 명이면 되는데."

왕도문이 묻자 마적들이 저마다 시선을 회피했다. 누구도 길잡이가 되어 위험한 황벽을 통과하고 싶지 않은 것이다.

회피하는 자들 중에는 지금까지 소룡들의 물음에 대답하던 자도 포함되어 있었다.

"흐흠… 아무도 가고 싶지 않다는 거지? 어떡하지?"

왕도문이 소독을 보며 물었다.

그때 이야기를 듣고 있던 석림도의 삼공자 두굴이 불쑥 입을
열었다.

"아무도 가지 않겠다면 좋은 방법이 있지. 함께 가는 자는 살
려주고 안 가는 자들은 필요 없으니 모두 죽이는 거지. 자, 그래
도 갈 사람이 없어?"

두굴이 묻자 마적들의 얼굴에 다급한 표정이 떠올랐다.

"제가, 제가 가겠습니다."

소룡들의 물음에 대답하던 자가 얼른 손을 들었다. 그러자 그
의 옆에 있던 또 다른 자가 소리쳤다.

"황벽을 통과하는 길은 제가 더 잘 압니다!"

"욕살! 너 이놈!"

처음 손을 들었던 자가 길잡이를 자원하고 나선 자를 노려보
며 욕설을 퍼부어댔다.

"왜? 자네보다 내가 길을 더 잘 알고 있는 것은 맞잖아? 황벽
을 통과할 때면 항상 내가 앞장섰는데."

"흥, 그 길은 나도 잘 알아. 그러니까 네놈은 나서지 마!"

"무슨 소리. 선택은 전사님들이 하시는 거지."

욕살이라 불린 자가 소룡들을 보며 말했다.

그러자 소룡들의 물음에 대답하던 자가 욕살이란 마적을 죽
일 듯이 노려보고는 시선을 돌려 소룡들을 바라봤다.

"야, 이거 경쟁이 치열하군. 하긴 목숨이 걸린 경쟁인데 당연

하겠지."

왕도문이 히쭉히쭉 웃으며 중얼거렸다.

그러자 소독이 석와룡에게 물었다.

"누가 좋겠습니까?"

"길잡이의 첫째 조건은 길을 잘 아는 자지."

순간 마적 욕살의 얼굴이 활짝 펴졌다. 하지만 석와룡의 다음
말에 그의 얼굴이 금세 구겨졌다.

"하지만 이자들은 모두 황벽을 여러 번 왕래한 듯하니 누굴
데려가도 상관없을 걸세. 그렇게 보자면 그래도 강단 있고 믿을
수 있는 자가 좋겠지. 황벽 끝에서 또 다른 일을 맡길 수도 있으
니까."

"그럼 역시."

소독이 대답을 하며 처음부터 소룡들의 물음에 대답하던 자
를 응시했다.

"최선을 다하겠습니다."

사내가 고개를 숙이며 대답했다.

"이름이 뭐냐?"

소독이 물었다.

"도손이라 합니다."

마적이 순순히 대답했다. 어린 소독을 마치 왕 대하듯 하는
도손이다. 어쩌면 약육강식의 법이 작용하는 마적들의 세계에서
강자에게 복종하는 버릇이 몸에 밴 걸 수도 있었다.

"좋아. 그대가 같이 간다. 앞장서라."

소독이 말하자 도손이 훌쩍 자리에서 일어나 황벽 쪽으로 이

동했다.

그러자 무한 일행도 급히 이동할 준비를 시작했다.

"그런데……."

이동할 준비를 마치고 황벽의 도입부로 들어가려다가 마적 도손이 조심스럽게 입을 열었다.

"왜? 무슨 문제 있나?"

석와룡이 물었다.

"그게… 저들은 어떻게……?"

도손이 자신의 동료였던 마적들을 가리켰다.

그러자 석와룡이 퉁명스럽게 대답했다.

"어떡하긴 뭘 어떡해? 여기 두고 가는 거지."

"길잡이가 아닌 사람은 모두 죽이신다고……."

"우리가 너희들 같은 마인인 줄 알아? 사람을 함부로 죽이게. 그냥 잠깐 겁을 준 거야. 어서 가기나 해."

"아니, 그, 그럼… 알겠습니다."

도손이 벌레 씹은 표정을 지으며 고개를 푹 숙이고 황벽을 향해 걷기 시작했다.

그러자 뒤에서 왕도문이 낄낄거리며 웃었다.

"낄낄… 제 꾀에 제가 넘어간 거지. 그나저나 참 잔혹한 놈일세. 동료들이 죽지 않은 것을 기뻐하기는커녕 아쉬워하는 것 같으니… 쯔쯔, 역시 마인들이란……."

왕도문이 웃음 끝에 혀를 찼다.

하지만 그 말을 들었는지 못 들었는지, 이미 도손은 뿌연 연무가 일어나는 황벽 안으로 들어가고 있었다.

*   *   *

"후우! 살았다."

"그러게 말이야. 정말 죽는 줄 알았어!"

무한 일행이 사라지자 마적들이 크게 한숨을 쉬며 털썩 자리에 주저앉았다.

그들로서는 지옥의 문턱에서 살아 돌아온 기분이었다.

"제길, 도손 그놈 꼴좋게 됐어. 흐흐흐!"

욕살이란 이름의 마적이 무한 일행에게 끌려가듯 대협곡 황벽으로 들어간 동료 도손을 비웃었다.

"그러게 말이야. 알고 보니 아주 더러운 놈이었어. 우리가 죽지 않은 것을 서운해하다니. 그런 놈을 그동안 믿고 따랐으니……."

다른 마적도 혀를 찼다.

"홍, 그래도 도손 그놈은 좀 나은 편이야. 앞서 도망간 우리의 두목 놈은 어떻고?"

"듣고 보니 그러네. 대체 어떻게 돼먹은 인간일까? 그동안의 행동으로 봐서는 절대 그렇게 도망갈 위인이 아닌데."

욕살이 고개를 갸웃했다.

"그러게 말이야. 나도 정말 당황스럽더라고. 그동안 좀 무서웠어? 배신하면 당장 죽일 것처럼 굴더니. 참 나… 자기가 먼저… 어어……?"

말을 하던 마적이 갑자기 당황한 표정으로 입을 막았다.

"왜 그래, 갑자기?"

욕살이 당황한 동료의 시선을 따라가며 물었다. 그러다가 그
또한 얼음처럼 굳었다.

"대체… 왜?"

욕살이 나직하게 중얼거렸다. 그의 눈앞에 앞서 자신들을 버
리고 도망간 두목 요골이 나타난 것이다.

"모두 갔느냐?"

마적들이 있는 곳으로 다가온 마적 두목 요골이 천연덕스럽
게 물었다. 그가 수하들을 버리고 혼자 도망간 사실이 없는 것
처럼.

"왜… 돌아오신 겁니까?"

욕살이 비난하듯 물었다.

"왜? 불만이냐?"

요골이 차갑게 되물었다. 그의 눈에서 차가운 살기까지 느껴
진다.

순간 욕살이 흠칫 몸을 굳혔다. 바로 이 눈빛이다. 얼마 전 요
골이 그들을 찾아왔을 때 별 반발 없이 그를 자신들의 두목으
로 인정했던 이유가.

이렇게 차갑고, 냉정하고, 잔혹해 보이는 눈빛을 가진 자가 두
목이라면 열화산 일대에서 활동하는 마적들을 모두 제압할 수
있을 것 같았다.

한 사람에게만 복종하면 열화산 전체를 지배하는 권력자가
될 수 있다는 욕심이 요골에 대한 복종심을 만들어냈던 것이다.

그런데 강한 자라 믿었던 요골이 강자들을 만나자 뒤도 돌아보지 않고 도망갔다.

최소한 자신들에게 함께 도망가자는 말 정도는 했어야 하는데, 그런 말조차 없이 혼자 살겠다고 도망간 것이다.

그런 자를 다시 두목으로 모실 수 있을까?

욕살이 천천히 고개를 저었다. 그리고 자리에서 일어나 동료들에게 말했다.

"가세."

욕살의 말에 동료들이 잠시 망설이다가 이내 자리에서 일어나 욕살과 함께 자리를 뜨기 시작했다.

"어딜 가느냐?"

떠나는 마적들에게 요골이 소리쳤다.

"두목, 얼마 전까지 두목으로 모셨으니 그리 부르겠습니다. 그런데 이제 두목은 우리 두목이 아니오. 그러니… 이젠 서로 갈 길 가는 게 좋겠습니다."

"배신하겠다는 거냐?"

"허! 배신이라뇨? 배신이란 혼자 살겠다고 수하들을 버리고 도주한 사람에게나 어울리는 말입니다. 그러니… 아아, 말해 뭣하겠습니까? 서로 얼굴 붉힐 일 없으니 그냥 좋게 떠나시지요."

욕살이 마지막 충고를 하는 것처럼 말했다. 사실 요골이라는 인간과 말도 섞기 싫은 표정이다.

그런데 그런 욕살을 보며 요골이 차가운 미소를 지었다.

"그게… 너희들 마음대로 될까?"

"지금 와서 뻔뻔하게 우릴 협박하는 겁니까?"

"그렇다!"

요골이 대답했다.

"아니, 뭐 이런… 악!"

한순간 화를 내려던 욕살이 비명을 지르며 한 손으로 다른 쪽 팔을 움켜쥐었다. 어느새 뻗어 온 요골의 도가 그의 팔을 깊게 자르고 지나간 것이다.

쾅!

"욱!"

그리고 격렬한 타격음과 함께 욕살이 다시 비명을 지르며 땅에 쓰러졌다. 요골의 발이 그의 명치를 가격한 것이다.

콱!

쓰러진 욕살의 가슴을 요골의 발이 짓눌렀다. 그러면서 좀 더 차갑고, 좀 더 냉정한 음성으로 말했다.

"잘 들어. 너희들은 절대 날 떠날 수 없다. 죽기 전에는… 그리고 한 가지 더 말해주자면 난 너희들이 생각하는 것보다 훨씬 중요한 일을 하는 사람이다. 그 일을 위해선 너희들의 목숨 따위 파리처럼 없애 버릴 수도 있다. 그러니까… 날 화나게 하지 말거라."

한순간 요골의 눈에서 지금까지 볼 수 없었던, 그가 왕도문과의 싸움에서조차 보여주지 않았던 강렬한 안광이 쏟아져 나왔다.

*　　　　*　　　　*

적은 없었다. 그러나 차라리 마적이라도 나타났으면 하는 생각이 들었다.

무한은 빠르게 체력이 소진되는 것을 느끼고 있었다. 입에서 단내가 날 정도였다.

길이 험한 것은 내공의 힘으로 견뎌낼 수 있다. 그러나 붉은 절벽 사이에서 올라오는 이 매캐하고 눈 찌르는 화산의 입김은 정말 견디기 어려웠다.

더군다나 코끝을 파고드는 이상한 냄새는 사람의 정신을 어지럽게 만들 정도였다. 황벽은 내공의 힘으로 이겨낼 수 없는 그 무엇인가가 존재하는 곳이었다.

지루한 시간을 견디기 위해선 뭔가 변화가 필요했지만, 그 변화조차도 기대할 수 없는 환경이었다.

길게 이어진 절벽 사이의 길. 두 개의 절벽이 만들어내는 길은 가끔은 넓기도 하고 가끔은 사람 한 명 지나가기 힘들 정도로 좁았다.

더군다나 중간중간 끝이 없는 호수처럼 펼쳐진 무저갱들이 존재했다. 자칫 길고 지루한 여행에 넋을 놓았다가는 속절없이 그 무저갱들 속으로 떨어질 수도 있었다.

그리고 일단 무저갱으로 떨어지면 살아 나올 사람은 없었다. 그 아래 용암이 흐르는 곳도 있을뿐더러, 용암이 아니어도 강렬한 지열로 인해 뜨겁게 끓어 넘치는 지하수가 가득했기 때문이다.

그래서 지루하지만 한순간도 긴장을 늦출 수 없는 시간이 이어지고 있었다.

"후우!"

무한이 길게 한숨을 내쉬었다.

그런 다음에는 당연히 크게 숨을 들이마셔야 하지만 그게 쉽지 않았다.

유황 냄새가 섞인 공기를 폐까지 들이마시기가 너무 고통스럽기 때문이었다.

그래서 내뱉을 때와 달리 아주 조금씩 공기를 입에 머금고 기도로 넘겨 폐에 이르게 해야 했다. 그 답답함이 사람을 화나게 만들었다.

"얼마나 남았어요?"

무한이 자신도 모르게 소리쳤다. 사실 누군가에게 하는 질문인지 자신도 알 수 없었다.

하지만 대답할 의무가 있는 사람은 있었다. 길잡이 마적 도손이었다. 누군가 길을 물으면 반드시 그는 대답을 해야 했다. 그렇지 않으면 어떤 일을 당할지 모르기 때문이었다.

"절반 정도 왔습니다."

어린 무한의 질문이지만 도손은 공손하게 대답했다. 마치 오랫동안 소룡 일행을 위해 일해온 노예 같았다.

"반… 길이 계속 이래요?"

"뭐… 거의."

도손이 대답했다.

그러자 이번에는 두굴이 투덜거렸다.

"젠장, 뭐 이따위 협곡이 있지? 이게 사람 사는 세상에 존재할 땅인가?"

하지만 투덜거린다고 변하는 것은 없다. 이미 그들은 황벽의 깊은 곳까지 들어와 있었기 때문이다.

"저기……."

한순간 도손이 망설이며 입을 열었다.

"뭔가?"

노련한 사람이지만 막막한 황벽 속으로의 이동에 신경이 예민해져 있던 석와룡이 물었다.

"이제부터는 좀 더 조심하셔야 합니다."

"길이 거의 같다며?"

석와룡이 앞서 무한의 질문에 도손이 한 대답을 기억하고 되물었다.

"그렇긴 한데… 좀 이상한 곳을 지나야 합니다."

"이상한 곳?"

"그렇습니다. 황벽을 지나가는 사람은 거의 없지만 그래도 경험이 있는 사람들은 그곳을 풍룡의 동굴이라고 부릅니다."

"풍룡의 동굴? 어떤 곳인데?"

석와룡이 흥미를 보였다.

석와룡뿐만이 아니었다. 다른 일행도 지루한 여행 중에 색다른 이야기를 들으니 호기심이 생겼다.

"이름 그대로 하나의 동굴입니다. 입구는 좁지만 안쪽은 무척 넓은 동굴이지요. 하지만 안으로 깊이 들어가 본 사람은 없습니다. 아니, 들어간 사람은 있지만 나온 사람은 없습니다."

겁을 주려는 목적은 아닌 것이 분명했다. 도손은 조심하기를 당부하는 모습이었다.

"왜 살아 나오지 못했죠?"

일행 중 유일하게 도손에게 존댓말을 쓰는 무한이 물었다.

"정확한 이유는 알 수 없습니다. 언뜻 보기에는 너무 가파르고 깊은 동굴이라서 그런 것 같은데. 혹은 그 안에 정말 뭐가 있는지……."

도손이 고개를 저었다.

"왜 풍룡의 동굴이라는 이름을 갖게 되었어요?"

무한이 다시 물었다.

"동굴 안쪽에서 가끔 용의 울음소리가 들리기 때문입니다. 특히 바람이 심하게 불 때 강하게 들리는데, 특이하게 동굴의 울음이 들릴 때면 바람이 밖으로 부는 것이 아니라 밖의 공기를 동굴 안으로 빨아들이지요. 그래서 특히 위험한 겁니다. 무심코 지나다가 그 바람에 빨려 들어가 죽은 사람이 많아서요."

도손이 설명을 하다 스스로 겁이 나는지 몸을 흠칫했다.

"동굴 안에 들어갔다가 나온 사람이 정말 없나?"

석와룡이 물었다.

"제가 아는 한 없습니다."

"위험한 곳이군. 아무튼 나타나면 바로 알려주게. 그런 곳은 빨리 지나가야 하니까."

"그런데 그게……."

도손이 다시 말꼬리를 흐렸다.

"또 왜?"

조금 귀찮다는 듯 석와룡이 되물었다.

"바람이 안으로 불 때는 위험한 곳이지만, 바람이 불지 않고 동굴의 공기가 밖으로 흘러나올 때는 그곳만큼 쉬기 좋은 곳이 없습니다. 왜냐하면 그 동굴 안쪽은 황벽의 다른 곳과 달리 신선한 공기가 흐르니까요. 냄새도 나지 않습니다. 물론 동굴 안으로 들어갈 수는 없지만 그 입구에서 쉬면 되지요. 황벽을 통과하는 여행자들은 그래서 그곳을 그냥 지나치지 못합니다. 어쨌든 바람이 안쪽으로 불 때만 조심하면 되는 일이라서……"

"그러니까 거기서 쉬어 가자고?"

석와룡이 다시 물었다.

"정신을 차리고 기운을 회복할 휴식처를 찾으신다면……"

도손이 망설이며 대답했다. 그는 풍룡의 동굴 입구에서 잠시 쉬어 가길 바라는 것 같았다.

사실 대협곡 황벽을 통과하는 여행 중에 신선한 공기를 마실 수 있는 휴식처를 그냥 지나치는 것은 무한 일행에게도 아쉬운 일이었다.

"일단 가서 판단하죠. 쉴 만한 곳인지 아니면 그냥 지나갈 곳인지."

사비옥이 말했다.

그러자 석와룡이 고개를 끄떡였다.

"하긴 보지도 않고 미리 결정할 일은 아니지. 그렇게 하세."

*   *   *

그르르릉!

지진이 난 듯한 굉음이 계곡을 타고 들려왔다. 그에 따라 절벽 위쪽에서 작은 흙 부스러기들이 떨어져 내렸다.

"젠장, 지진이라도 난 거야?"

왕도문이 하늘 높이 솟은 불그스레한 절벽을 쳐다보며 투덜거렸다.

"풍룡의 소립니다. 마침 소리가 들리는 시간에 우리가 온 모양이군요."

왕도문의 말에 앞서가던 도손이 긴장한 표정으로 말했다.

"젠장, 오는 날이 장날이라고 좋은 거야, 나쁜 거야? 소리가 들려도 그 앞에서 쉴 수는 있소?"

"쉽지 않을 겁니다. 워낙 강력한 바람이어서 그 통로에서 쉰다는 것이……."

"그럼 나쁜 거네."

왕도문이 투덜거렸다.

"일단 가보자. 그사이 무슨 변화가 생길지 모르니까."

소독이 침착하게 말하며 일행 앞으로 나섰다. 혹시 어떤 위험이 도사리고 있을지도 몰라, 무리의 우두머리 역할을 하고 있는 그가 은연중에 앞으로 나간 것이다.

무한은 소독이 마적 도손과 어깨를 나란히 하고 전진하는 모습을 긴장한 표정으로 바라보며 걸음을 옮겼다. 그런 그의 곁으로 장마산이 슬쩍 다가왔다.

장마산의 얼굴에도 긴장한 기색이 역력했는데, 그래도 소룡 중에서 나이도 어리고 편하게 대할 수 있는 무한의 옆에 있고 싶은 모양이었다.

그르릉!

소리가 좀 더 강해졌다. 이젠 지진이 아니라 정말 지하의 괴물이 울부짖는 것 같은 굉음처럼 느껴졌다.

"정말… 괴물이 사는 걸까?"

무한 옆에서 걷고 있던 장마산이 중얼거렸다. 무한에게 한 소리인지 혼잣말인지는 알 수 없었다.

"아저씨도 처음이세요?"

무한이 물었다.

"나야 당연히 처음이지 않겠소? 어린 전사님."

장마산이 담담하게 대답했다.

"열화산은 여러 번 와보셨다고 했잖아요?"

"그야 그렇지만 이 황벽은 처음이라오. 애초에 여행자들이 오면 안 되는 곳으로 알려진 곳이라. 그나저나 용이 정말 있다면 보고 싶지 않소?"

장마산이 두려워하던 모습과는 달리 대담한 질문을 했다.

"용이라… 그런 게 정말 있을까요? 세상에 용에 대한 전설은 셀 수 없이 많지만 보았다는 사람은 없잖아요?"

"웬걸, 파나류에서는 가끔 용을 보았다는 사람이 나타나기도 했었다오."

"정말요?"

"물론 증거는 없었지만."

"에이, 그럼 뭐 전설과 다를 바 없죠."

"하긴… 모든 일은 증거로서 증명되어야 하는 법이니까."

갑자기 장마산이 심각한 표정으로 대답했다.

무한은 용에 대한 이야기를 뭐 그렇게 심각하게 받아들이나 싶으면서도 장마산에게 길잡이 이상의 깊이가 느껴지기도 했다.

"모두 조심해. 동굴이 보인다!"

앞쪽에서 소독의 경고가 들렸다.

무한이 장마산과의 대화를 멈추고 앞쪽을 바라봤다. 그러자 황벽의 지저에서 올라오는 연무들이 붉은 절벽 하단에 뻥 뚫려 있는 동굴로 빨려 들어가는 광경이 보였다.

"저게 풍룡의 동굴이군요."

"그런 것 같소. 휴우… 보는 것만으로도 위험해 보이네. 내가 빨려 들어갈 것 같으면 나 좀 잡아 주시오. 전사님!"

장마산이 무한 옆으로 바싹 다가서며 말했다. 물론 농담이기는 했지만 그만큼 위험해 보이는 동굴이었다.

우우웅 우우웅!

동굴이 가까워지자, 소리가 더욱 커져서 더더욱 그 실체를 알 수 없게 만들었다.

마치 황벽 전체가 울고 있는 듯한 느낌. 자연스레 두려움과 경계심이 일어났다.

무한은 자신의 옷자락들이 일정한 방향으로 펄럭이는 것을 느꼈다.

동굴의 입구와 십여 장 거리지만 바람의 힘이 무한에게까지 미치고 있는 것이다.

"제길, 정말 괴상한 곳이군."

어느새 소독 옆으로 다가가 동굴 안쪽을 살피며 왕도문이 중얼거렸다. 감출 수 없는 두려움이 느껴지는 목소리다.

무한도 서둘러 동굴 입구까지 다가갔다. 그러자 좀 더 강력한 흡입력이 느껴진다.

무한이 입구의 절벽을 단단히 잡고 고개를 동굴 안쪽으로 밀어 넣었다.

우우우웅!

더욱 커진 괴성이 무한의 귀를 파고들었다.

"정말 용이 있는 거 아니에요?"

무한이 자신도 모르게 말했다.

"그렇지? 정말 살아 있는 괴물이 내는 소리 같지?"

왕도문도 무한의 말에 동조했다.

"들어가 볼 수 있으면 좋겠는데……."

대담한 하연이 뒤쪽에서 말했다.

그러자 앞에 있던 왕도문이 고개를 저었다.

"아서라. 이게 옆으로 뚫려 있는 듯하지만 저 앞쪽을 보니까 아래로 푹 꺼져 들어가는 지형이야. 왜 이곳에 사람들이 빨려 들어간 후 못 나왔는지 알겠어. 그런데도 들어가 보고 싶어?"

"내가 언제 들어간다고 했어? 그냥 들어가서 이 소리의 실체를 확인해 보고 싶다고 한 거지. 멍청하게 그걸 구분하지 못하네."

하연이 투덜댔다.

"아니, 난 또 네가 그 못 말리는 성격 때문에 무턱대고 동굴로 뛰어들어 갈까 봐 그랬지. 그런 적이 어디 한두 번이어야지."

왕도문이 히쭉거리면서 하연을 놀렸다.

"그만하자. 도문, 너랑 말씨름하는 건 내겐 창피한 일이니까.

대신 좀 비켜봐. 구경이나 하자."

하연이 왕도문을 동굴 입구에서 끌어내고는 자신이 그 자리로 들어가 동굴 안을 살피기 시작했다.

그런데 그 순간, 갑자기 동굴 안에서 들려오던 소리가 사라졌다. 더불어 강하게 동굴 안으로 빨려 들어가던 바람 역시 거짓말처럼 멈췄다.

"시원해!"

하연이 중얼거렸다.

바람이 동굴 안쪽으로 불 때는 바람을 타고 대협곡 황벽을 가득 채운 유황 냄새가 동굴 입구를 가득 메웠다.

그런데 바람이 사라지자 이번에는 오히려 약하게나마 바람이 동굴 안에서 밖으로 불었다.

그리고 그 바람은 신선했다. 황벽을 가득 메우고 있는 유황의 냄새가 전혀 느껴지지 않았다.

그 신선한 공기는 일행에게 생명수 같았다. 사막 한가운데에서 녹지의 샘물을 발견한 것 같은 기쁨을 주는 신선함이었다.

"쉬어 가지 않을 수 없다. 이런 공기를 어떻게 버려!"

왕도문이 털썩 자리에 주저앉으며 말했다.

왕도문만의 생각은 아니었다. 일행 모두 마찬가지였다. 일단 용의 울음소리가 그치고, 동굴 안쪽으로 불어대는 바람이 멈춘 이상 이곳만큼 좋은 쉴 곳은 대협곡 황벽 내에서 찾을 수 없었다.

왕도문을 시작으로 일행이 누가 먼저랄 것도 없이 동굴 입구 주변에 자리를 잡고 앉았다.

그런데 그 와중에도 무한은 계속 동굴 안쪽을 살펴보고 있었다.

"칸! 그러다 정말 들어가겠다! 그만 쉬어!"

왕도문이 무한에게 소리쳤다.

"지금도 쉬는 거예요."

무한이 대답했다.

"야, 젊은 놈이라 역시 다르네. 생생한 걸 보니."

자신도 이십 대 중반의 나이면서 왕도문이 너스레를 떨었다.

"바람이 멈췄다지만 그래도 위험하니까 조심해. 갑자기 바람이 불면 대책 없이 빨려 들어갈 수도 있어."

사비옥이 무한에게 주의를 줬다.

"알았어요. 그런데 참 이상한 동굴이네요. 안쪽에서 신선한 바람이 흘러나온다는 것은. 그리고 아까처럼 강력한 흡입력을 가진 바람이 가끔 그렇게 안으로 불어댄다는 것은 어딘가 출구가 있다는 의미일 텐데요."

무한이 중얼거렸다.

"어? 그러고 보니 그러네. 내부가 막힌 동굴에 바람이 불 수는 없으니까."

왕도문도 생각지 못했다는 듯 눈을 크게 뜨며 말했다.

"음… 출구가 있다라. 그럼 출구가 어딜까?"

석림도 삼공자 두굴도 관심을 보였다.

"적어도 황벽 안쪽은 아닐 겁니다. 안에서 나오는 공기에는 유황의 냄새가 없으니까."

사비옥이 말했다.

"그럼 잘하면 황벽을 통과하는 길이 될 수도 있다는 말이겠군."

두굴이 다시 한번 동굴 안을 보며 말했다.

"그렇긴 하지만 들어갔다가 어디로든 나온 사람이 없으니 결국 무용지물 아니겠습니까? 출구까지 이어지는 동굴 내부에 사람이 지날 수 없는 지형이 있다는 의미가 되겠지요."

사비옥은 언제나처럼 냉철하고 침착했다. 풍룡의 동굴 내부 사정을 보지 않아도 얼추 유추해 낼 머리가 있었다.

"언제가 한번 들어가 보고 싶군."

두굴은 석림도에서도 그랬지만 선천적으로 모험심이 강한 사람이었다. 그래서 사비옥과 달리 몸으로 직접 풍룡의 동굴을 경험해 보고 싶은 모양이었다.

"저도 그래요. 언젠가는……."

옆에서 무한도 두굴의 말에 동조했다.

"그래? 그럼 칸 아우, 우리 나중에 다시 한번 오자."

"그러죠 뭐."

무한이 선선히 대답했다.

그러자 뒤쪽에서 왕도문이 낄낄거렸다.

"흐흐흐, 칸. 그러지 마라. 네 무덤이 이렇게 먼 곳에 있으면 이 사형은 매년 네 제사를 지내기 위해 일 년 내내 여행을 해야 할 거야."

"누가 죽는대요?"

무한이 왕도문을 보며 퉁명스럽게 말했다.

"들어가서 살아 나온 사람이 없다잖아?"

"무슨 일이든 처음인 사람은 있죠."

"오! 대범한데! 그러니까 네가 풍룡의 동굴에 들어갔다 살아 나온 최초의 사람이 되겠다는 거지?"

"그럴 수도 있다는 거죠."

"역시 우리가 사제를 잘 들였어. 용기가 가상해. 하지만 칸, 그 용기도 배가 고프면 아무 소용없단다. 자, 일단 요기부터 해라!"

왕도문이 웃음을 흘리며 무한에게 육포를 던졌다.

그러자 무한이 허공에서 육포를 낚아챈 후 입에 넣고 씹으며 다시 풍룡의 동굴로 시선을 돌렸다.

일행은 풍룡의 동굴 입구에서 꽤 오래 머물렀다. 지옥에 들어온 것 같은 대협곡 황벽을 통과하기 위해 충분한 원기를 회복할 기회였기 때문이다.

그렇게 거의 반시진 가까이 휴식을 취한 일행은 다시 여행을 시작했다.

그리고 그들이 동굴 입구를 떠난 지 채 일각이 지나지 않아 다시금 풍룡의 동굴이 울기 시작했다.

그런데 그 울음을 뚫고 한 줄기 빛이 동굴 입구에 나타났다. 그 빛은 동굴을 벗어나지는 않았다.

빛은 동굴 속 어둠 안에 머물면서 무한 일행이 머물렀던 곳을 응시했다. 그리고 놀랍게도 한순간 사람의 목소리가 들렸다.

"어쩌면 풍룡의 주인이 될 수 있을지도 모르는 자라니. 기대하지. 돌아와 날 자유롭게 해주길……."

*   *   *

시간은 가끔 그 존재를 잊게 만든다.

같은 길을 오랫동안 여행하는 여행자, 죽음보다 더한 고난 속에 빠진 자들, 그리고 행복이라는 환상에 빠진 사람들은 가끔 시간의 존재를 잊는다.

무한 일행도 어느 순간부터 시간의 존재를 잊었다. 다만 아쉽게도 그들이 시간을 잊은 이유는 황홀한 행복 때문이 아니었다.

끝날 것 같지 않은 대협곡 황벽의 좁은 길, 그리고 풍룡의 동굴에서 잠시 잊었던 짙은 유황 냄새가 그들이 시간을 잊게 만들었다.

그들은 이제 마치 걷는 것이 세상에 태어난 이유인 사람들처럼 말없이 걷고만 있었다.

힘들다는 말도, 길이 언제 끝나냐는 질문도 하지 않았다. 그 말들이 이 길이 끝날 때까지는 어떤 도움도 되지 못한다는 걸 알았기 때문이다.

그리고 인생의 모든 변화가 그렇듯, 여정의 끝도 갑자기 찾아왔다.

"후욱!"

갑자기 느껴지는 뜨거운 열기. 황벽 내의 습한 열기와는 또 다른 열기다.

공기 속에서 냄새와 습기가 사라졌다. 그 습기조차 없는 공기는 마치 대장간의 화로에서 달궈진 것처럼 강렬한 열기를 품고 있었다.

"젠장……."

왕도문의 입에서 욕설이 흘러나왔다.

지옥 같던 대협곡 황벽이 끝났다는 사실은 위로가 되지 않았다. 하나의 지옥을 지나자 다시 새로운 지옥이 기다리고 있었던 것이다.

"이게 사람 살 땅인가?"

석림도의 삼공자 두굴 역시 질린 듯 고개를 저었다.

일행은 누구도 먼저 대협곡 황벽이 만들어낸 그늘 밖으로 나가지 못했다. 그늘을 벗어나면 그대로 뜨거운 태양의 열기에 타 버릴 것 같았기 때문이다.

"여기가 맞긴 한 거죠?"

무한이 장마산에게 물었다.

"석 무사께서 보여주신 지도의 방향대로라면 여기로 나가는 것이 맞소."

장마산이 대답했다.

"여기서 다시 더 가야 한단 말입니까?"

두 사람의 말을 듣고 있던 마적 도손이 질린 표정으로 물었다.

"그럼 우리가 겨우 황벽 끝에서 사막 구경이나 하자고 여기 왔겠어?"

왕도문이 짜증을 냈다.

"대체 여기서 어디로 가려고 그러십니까? 이제부터는 한열지옥입니다. 우리는 한열지옥이라고 부르는 곳입니다. 사람이 여행하거나 생존할 수 없는 땅이란 말입니다."

도손이 절대 갈 수 없는 땅이라는 듯 고개를 저으며 말했다.

"그래도 가야 한다면?"

이번에는 소독이 물었다. 그러자 왕도문이 물을 때와 달리 마적 도손이 대답을 망설였다.

사실 왕도문은 말만 걸걸하지 내면은 순후한 사람이라는 것을 이미 알아챈 도손이다. 하지만 지금 질문을 한 소독은 달랐다. 그는 자신이 말 한마디 잘못하면 바로 죽여 버릴 수도 있는 독심을 지닌 사람으로 보였다.

더군다나 황벽을 통과하면서 이 일행의 실질적인 우두머리가 나이 많은 석와룡이 아니라 젊은 소독임을 알아챈 도손이었다.

그래서 소독의 질문에 대한 대답은 신중할 수밖에 없었다.

"그래도 가야 한다면……."

도손이 말꼬리를 흐렸다.

"말해봐. 어떻게 이 사막을 여행할 수 있지?"

"얼마나 들어가시려고……?"

도손이 말꼬리를 흐렸다.

"지도로 보면 어떻습니까?"

소독이 석와룡과 장마산에게 물었다.

그러자 장마산이 대답했다.

"글쎄. 평지라면 대략 닷새 거리… 하지만 사막이라면 열흘 혹은 그 이상 걸릴 수도 있을 것 같소만."

장마산도 확신을 하지 못했다. 그도 그럴 것이 사막 길이란 게 초원이나 산길과는 달리 하루에 이동할 수 있는 거리를 특정할 수 없었다.

"또한 지도의 정확성도 감안해야 하네. 그 지도가 촌장님의 기억에 의해 그려진 것이라는 걸 말일세. 그 기억 역시……."

석와룡이 말꼬리를 흐렸다.

그의 걱정은 당연한 것이었다. 그들이 들고 온 지도는 과거 북창의 옛 포구 바닷가에 있던 신전의 그림을 촌장 염호의 기억으로 되살린 것이었다.

이미 오래전에 수장된 신전이고, 사람의 기억은 아무리 정확해도 시간에 따라 퇴색한다. 그러니 그들이 들고 온 지도는 부정확한 것이었다.

더군다나 만약 신전에 그려져 있던 지도가 애초부터 거리에 대한 개념이 없이 그려진 것이라면, 이 강렬한 사막을 지도 한 장 믿고 여행하는 것은 죽음의 문턱을 넘는 것이나 다름없었다.

"불확실한 지도라면 절대… 가지 말아야 합니다."

마적 도손이 용기를 내 소독에게 말했다. 그러나 소독은 도손의 말을 귓등으로도 듣지 않았다.

"열흘 정도… 여행할 수 있는 방법이나 말해."

소독이 협박하듯 도손에게 말했다.

"그건……."

"이곳을 왕래해 봤다면 어느 정도는 경험이 있을 것 아냐?"

"그래도 열흘은……."

도손이 자신 없는 표정으로 말했다.

"그럼 여기서 죽든지."

소독이 검에 손을 댔다. 그러자 도손이 얼른 고개를 저었다.

"아닙니다. 일단… 물을 구해야 합니다. 이 근처에 있는 샘의 위치를 제가 알고 있습니다. 그리고 하루에 두 시진 정도만 이동해야 합니다. 아침과 저녁으로… 그 외의 시간은 낮은 이렇게 덥고, 밤은 또 설산 정상보다도 춥습니다."

"밤 여행도 안 된다는 말이지?"

소독이 확인하듯 물었다.

"그렇습니다. 그리고 최후의 순간에는 말을… 죽여 식량으로 써야 할지도 모릅니다. 최악의 경우에는……."

도손이 무한 일행이 좁은 황벽의 대협곡을 어렵게 지나오면서도 애써 끌고 온 말들을 가리켰다.

제9장

한열지옥(寒熱地獄)

　마적들은 두목 요골을 도저히 이해할 수 없었다.

　떠나려는 자신들을 협박해 수하로 붙들어둔 것은 이해할 수 있었다. 강자에게는 약하고 약자에게는 강한 것이 인간의 변하지 않는 특성이라 요골 역시 그런 사람이다 생각하면 그만이었다.

　그런데 지금의 선택을 도저히 이해할 수 없었다.

　열화산의 뜨거운 열기를 세상에 가감 없이 드러내는 황벽 앞에서 다시 또 마적질을 하자는 요골이다.

　앞서 잘못한 선택으로 죽다 살아난 경험을 한 것이 채 닷새도 지나지 않은 시점이었다. 지금은 심신을 추스르고 잠시 휴식을 가져야 할 시간이라는 것은 어린애도 알 수 있었다.

　그런데 요골은 몸과 마음이 지친 자신들을 이끌고 다시 마적질을 나가고 있었다. 그것도 앞서 대협곡 황벽으로 들어간 여행

자들보다 더 강해 보이는 상대를 향해서.

그나마 다행인 것은 요골이 새로 목표로 정한 자들의 숫자가 세 명밖에 되지 않는다는 것 정도였다.

하지만 그렇다고 이쪽이 많은 것도 아니다. 앞서 마적질에서 동료들을 잃어 그들 역시 사람이 부족했다.

지난번 마적질에 참가하지 않고 거처를 지키고 있던 자들을 합쳐도 겨우 일곱. 멀리서 봐도 한눈에 무공의 고수들임이 분명한 자들을 상대하기에는 턱없이 부족하게 느껴지는 숫자였다.

"저기… 두목님!"

지난번 요골을 떠나겠다고 호기롭게 선언했다가 죽다 살아난 욕살이 다시 한번 용기를 내 요골을 불렀다.

마적들 중에서 그래도 그나마 요골에게 말이라도 걸어볼 수 있는 사람은 욕살밖에 없었다.

"왜?"

요골이 무심한 표정으로 대답했다.

"다시 한번 생각해 보시는 것이……."

"뭘?"

"저들은 분명 무공을 수련한 전사들입니다. 그것도 아주 강해 보이는……."

"그래서?"

"이 인원으로는 절대 저들을 이길 수 없을 것 같습니다만."

"걱정 마. 내가 있잖아!"

태연한 요골의 말에 욕살은 말문이 막혔다. 지난번 어린 적들을 상대하다 자기만 살겠다고 홀로 도망쳤던 요골이다. 그런 자신을 믿으라는 말은 아무리 낯이 두꺼운 사람이라도 이렇게 당당히 말하면 안 되는 것이었다.

"그게……."

"또 뭐? 나 못 믿어?"

"……."

"못 믿는다는 거군."

요골이 화도 내지 않고 중얼거렸다.

"저희는 두목님처럼 빨리 도주할 수 있는 능력이 없습니다."

욕살이 참지 못하고 말했다.

그런데 요골은 자신을 모욕한 욕살을 빙그레 웃으며 바라봤다. 화를 안으로 삭이는 것 같지도 않았다. 마치 대견하다는 듯한 눈빛이다.

"죄송합니다."

화를 내지 않는 요골이 오히려 두려운지 욕살이 꾸벅 고개를 숙이며 용서를 빌었다.

"아니야. 아주… 괜찮아. 지난번에 그렇게 당하고도 다시 내게 그런 말을 할 수 있다는 것은, 욕살 네 배포가 그만큼 커졌다는 의미겠지. 이 무리의 우두머리가 될 수 있을 만큼 말이야."

"두목! 절대, 절대 그런 것은 아닙니다. 제가 어찌 감히 두목을 배신하겠습니까?"

"누가 배신하래? 그냥 이번 일이 끝나면 난 그만 이곳을 떠나야겠어서 하는 말이다."

"예? 떠나신다고요?"

욕살은 또다시 황당해졌다. 지난번에는 떠나려던 자신들을 협박에 눌러 앉힌 요골이었다.

그런데 그게 겨우 한 번 더 마적질을 하기 위해서라니 황당하지 않을 수 없었다.

"음, 그러니까 내가 떠나면 욕살 네가 이 무리의 두목이 되는 거지."

"…대체 왜?"

"떠날 때가 됐으니까 떠나는 거지. 그리고 사실 너희들도 그걸 원하고 있었잖아?"

"……."

요골의 말에 욕살이 꿀 먹은 벙어리처럼 입을 닫았다. 이미 한 번 요골에게 반발한 전력이 있었기 때문이다.

"그러니까, 마지막으로 멋지게 한번 해보자고!"

"하지만 저들은……."

"나도 알아. 대단한 무공을 지닌 자들이란 걸."

"알고 계시면서 왜……?"

"저런 사람들일수록 금자를 뺏기가 쉽거든."

"도대체 무슨 말씀이신지……?"

"후후후, 저런 사람들은 자존심이 강해서 너희들 같은 하찮은 마적 놈들과 검을 섞지 않는다는 거야. 차라리 금화 몇 동 던져주고 말지. 그러니까, 가서 통행세를 받아 와!"

요골이 싸늘한 눈빛을 흘리며 말했다.

그 모습에 흠칫한 욕살이 요골의 시선을 회피하면서 동료들에게 말했다.

"가보세. 두목께서 하신 말씀도 일리가 있으니까."

욕살의 말에 다른 마적들도 겁을 먹고 재빨리 황벽 입구에 서 있는 세 여행객을 향해 걸음을 옮겼다.

"여기까지는 우리 십이신무종에게도 알려진 길이고. 이제부터 가 문제군."

뜨거운 열기와 검은 땅에 어울리지 않는 푸른 옷을 입은 사 내가 입을 열었다.

한 자루 검을 허리춤에 차고 있는 단출한 옷차림은 더더욱 열 화산에 어울리지 않았다.

"예전부터 이 대협곡이 그 관문일 거란 예상이 많았지요."

회색 천으로 머리와 얼굴을 가리고 눈만 내놓은 여인이 대답 했다. 자신의 정체를 숨기기 위함이 아니라 열화산의 열기를 피 하기 위한 차림새인 것 같았다.

"그러나 협곡을 지나면 혹독한 한열지… 누군가는 한열지옥이 라 부르는 땅 아니오. 그곳까지 가보지 않았던 것도 아니고……."

백색 옷에 장검을 등에 메고 있는 강인한 인상의 사내가 말했다.

"아주 오래전 일이지요, 그건. 백 년 이상 된……."

여인이 다시 말했다.

"그렇다 한들 시간이 뭔가를 변화시킬 수 있었겠소?"

"그의 후예가 정말 있다면 어떤 변화가 있을 수도 있겠지요. 이곳이 맞다면 특히……."

여인이 대답했다.

"모를 일이요. 이미 모든 것이 사라진 과거의 전설에 신경 쓰고 있는 것이 아닌지."

대검을 멘 사내가 중얼거렸다.

그런데 그때, 앞서 입을 열었던 푸른 옷의 사내가 다시 입을
열었다.

"마침 이곳에 어떤 변화가 있었는지 물어볼 만한 자들이 오는
구려."

사내의 말에 여인과 대검을 멘 사내가 시선을 돌렸다. 그러자
그들의 눈에 주춤거리며 뻘쭘한 자세로 다가오고 있는 여섯 명
의 마적들이 보였다.

"허험! 이, 이곳을 지나려면 통행세를 내야 한다!"

쿵!

욕살이 어색하게 대도로 땅을 치며 소리쳤다. 누가 봐도 두려
운 얼굴이다.

"통행세라… 하긴 모든 성에는 통행세라는 것이 존재하지. 그
럼 이 열화산이 너희들의 성이란 뜻이냐?"

청색 옷의 사내가 물었다.

"그렇다. 우린 이 열화산을 지키는 사람들이다. 그러니 이곳
을 지나려면 통행세를 내야 한다."

욕살이 침을 꿀꺽 삼키면서도 마적으로서 해야 할 말을 모두
뱉어냈다.

"좋아. 주지. 아무리 하찮은 주인이라도 주인은 주인이니까.
그런데 통행세를 주기 전에 물어볼 말이 있는데."

"…말해보라."

역시 어색한 대답이다.

말은 주인처럼 하고 있지만 태도는 완전히 상대에게 압도당한 모습이다.

"며칠 전 이곳을 지나간… 젊은 무사 무리가 있었나?"

"있었소… 다!"

욕살이 다시 떠올리기 싫은 기억이 떠올라 자기도 모르게 말투가 변했다가, 금세 말투를 바로잡았다.

"언제였지?"

청색 옷의 사내가 마치 하인에게 묻듯이 물었다.

"닷새 정도 되었… 다."

말은 딱딱하게 하면서도 고분고분 상대의 물음에 대답하는 욕살이다.

"닷새… 그들이 저 대협곡을 무사히 통과했는지 알고 있나?"

사내가 다시 물었다.

"아마 통과했을 것이다."

"확인한 것은 아니군."

"그래도 황벽을 잘 아는 길잡이가 동행했으니까."

"길잡이?"

"그렇다."

"혹… 너희들의 동료?"

청색 옷의 사내가 다시 물었다. 그러나 이 대답에는 욕살이 시인도 부인도 하지 않고 입을 다물었다.

아무리 상대가 강해 보여도 차마 마적질을 나온 자들이 여행객들의 길잡이가 되었다는 말을 할 수 없었던 것이다.

"후후후, 그렇다면 우리도 도움을 좀 받을 수 있겠군."

청색 옷의 사내가 전후사정을 알겠다는 듯 가벼운 웃음을 흘리며 말했다.

"헛소리 말고 통행세나 내고 빨리 가거라. 통행세는 한 명당 금화 세 동, 모두 아홉 동의 금화를 놓고 가거라."

욕살이 이 이상한 여행객들과 더 이상 대화를 하고 싶지 않다는 듯 소리쳤다.

"금화 아홉 동이면 길잡이를 쓰고도 남을 금액이지."

청색 옷의 사내가 품속에서 금화 주머니를 꺼내며 말했다.

"길잡이 따위는 없다."

욕살이 차갑게 말했다.

그러자 청색 옷의 사내가 고개를 저었다.

"아마도 가야 할 거야. 그렇지 않으면 금화 대신 죽음을 선물할 거니까."

청색 옷의 사내가 차갑게 말했다.

그 차가운 표정과 말투에 섞인 살기에 욕살이 흠칫 몸을 떨 정도였다.

상대에 대한 두려움이 감당할 수 없을 만큼 커지자 욕살의 시선이 자연스럽게 먼 뒤에 서 있는 요골에게로 향했다.

때가 되면 자신들을 버리고 혼자만 살겠다고 다시 도망갈 두목이지만, 그래도 두목은 두목, 본능적으로 요골을 찾는 욕살이다.

그런데 욕살의 예상과 달리 이번만큼은 요골이 도망을 가지 않았다.

오히려 지난번과 달리 대담하게 앞으로 걸어와 욕살을 제치고 세 여행자 앞에 섰다.

　"당신이 두목이었군."

　이제야 제대로 된 두목을 만났다는 듯 청색 옷의 사내가 말했다.

　욕살과 요골은 풍기는 분위기부터가 달랐다. 요골에게선 마적에게서 찾아볼 수 없는 정체를 알 수 없는 무게감이 느껴졌다.

　"그렇소. 내가 두목이오. 그런데… 전사들께서는 어디서 오신 분들이오?"

　이 또한 놀랄 일이다. 요골이 마적답지 않은 정중함으로 세 여행자에게 말을 건넨 것이다.

　그 뒤에서 욕살은 자신도 처음부터 이렇게 정중하게 시작할 걸 하는 후회를 하고 있었다.

　"먼 곳에서 왔지."

　청색 옷의 사내가 대답했다.

　"먼 곳이라. 그럼 파나류 밖에서 왔다는 뜻이구려."

　"생각이 빠른 사람이군. 우리의 뜻은 이미 알았을 테니 그 대답을 듣고 싶군."

　길잡이를 하라는 요구에 대한 대답을 원하는 청색 옷의 사내다.

　사내의 요구에 요골이 잠시 생각에 잠겼다가 불쑥 손을 내밀었다.

　"무슨 뜻인가?"

　청색 옷의 사내가 물었다.

　"약속한 금자를 주시오."

요골이 말했다.

"허락한다는 뜻인가?"

"금화 아홉 동은 이런 오지에선 큰 금액이지. 아껴 쓰면 우리 형제들이 일 년 동안 먹을 것 걱정을 안 해도 되는……."

"…쉽군."

청색 옷의 사내가 생각보다 순순히 자신의 요구를 수락하는 요골의 반응이 의외라는 듯한 표정을 지으면서도, 손에 들고 있던 금화 주머니를 요골에게 건넸다.

요골은 사내가 건넨 금화 주머니를 열어보지 않았다. 대신 그는 몸을 돌려 욕살에게 금화 주머니를 건넸다.

욕살이 얼떨결에 금화 주머니를 받으며 요골을 바라봤다. 그러자 요골이 한줄기 미소를 지으며 말했다.

"내가 한 말 기억하지? 이걸로 당분간은 주리지 않고 살 수 있을 거다. 그 이후에는… 너희들도 다른 길을 찾기를 바란다. 이곳에서 마적으로 살아가기에 너희들은 너무 약해."

"두… 목?"

"길 안내는 내가 하지. 그리고 난 다시 너희들에게 돌아오지 않는다."

특이한 마적 두목 요골은 그렇게 뜬금없이 자신의 수하들에게 작별을 고했다.

그러고는 말문이 막힌 마적들을 뒤로하고 세 명의 낯선 여행객들에게 말했다.

"갑시다."

"정말인가?"

푸른 옷을 입은 사내가 약간의 의심을 품은 얼굴로 물었다.

"못 믿겠으면 따라오지 마시고!"

요골이 그 말을 남기고 미련 없이 몸을 돌려 대협곡 황벽으로 걸어 들어가기 시작했다.

"두목!"

욕살이 멀어지는 요골을 불렀다.

"이제 네놈들 두목 아니다. 잘들 살아라!"

요골이 뒤도 돌아보지 않고 손을 흔들었다.

그 모습을 보고 있던 세 여행객이 황급히 요골의 뒤를 쫓기 시작했다.

그렇게 열화산 황벽 인근의 마적 떼 두목 요골이 세 명의 여행객을 데리고 홀연히 무리를 떠났다.

                    *   *   *

"이름이 뭔가?"

찌는 듯한 열기, 땀을 단 한 방울도 흡수하지 못하는 높은 습도, 매캐한 유황 냄새… 세 여행객의 체력은 순식간에 바닥이 났다.

그럼에도 불구하고 그들이 여전히 요골의 뒤를 따를 수 있는 것은 그들의 몸에 오랫동안 축적된 내공 때문이었다.

하지만 그 내공이 몸의 원기를 유지시킬 수 있어도, 정신이 지쳐가는 것은 막을 수 없었다.

막막한 길 위에서 미치지 않기 위해선 대화가 필요하다. 그래서 청색 옷을 입은 사내가 앞서가는 요골에게 질문을 던진 것이다.

"마적 이름은 알아서 뭐 하시려고?"

"그래도 길잡이 이름 정도는 알아야 하지 않겠나?"

청색 옷의 사내가 말했다.

"요골이라 하오."

"요골……."

"모르쇼?"

이번에는 요골이 물었다.

"…우리가 알아야 하나?"

"이런, 정말 파나류 사람이 아니구려. 파나류에 살았다면, 물론 북부 지방에 한해서지만 내 이름 정도는 알 텐데. 가만, 그렇다면 흑라의 시대에 파나류에 들어와 싸운 경험도 없겠구려?"

"그랬다면 그대의 이름을 알아야 한다는 뜻인가?"

"그렇소. 당신들이 쫓고 있는 앞서간 젊은 여행객 중 한 사람은 내 이름을 듣고 내가 누군지 알더이다. 그걸 보면 그들과 같은 지역 사람들도 아닌 것 같은데 왜 그들을 쫓는 거요?"

요골이 물었다.

"본분을 지키게."

요골의 질문에 청색 옷의 사내가 냉정하게 말했다.

"아! 주제넘었다면 미안하오. 뭐… 심심한 듯해서 말 상대 해준 건데. 그럼 입 닫고 갈 길이나 가겠소."

요골이 그 말을 끝으로 다시는 입을 열지 않았다.

그러자 뻘쭘해진 것은 청색 옷의 사내였다. 애초에 먼저 대화를 시도한 것은 그였다. 무료한 길에 기분 전환 삼아 요골에게 말을 걸었던 것인데, 그 스스로 대화의 문을 닫아버린 것이다.

하지만 그렇다고 이제 와서 다시 요골에게 말을 걸 수도 없었다. 그렇게 다시 침묵의 여행이 시작됐다.

구우우우!

갑작스러운 야수의 울음소리에 세 명의 여행객이 걸음을 멈췄다.

유황 냄새로 가득한 대협곡의 길. 앞으로 가거나 뒤로 물러날 수는 있어도 다른 곳으로 갈 수는 없는 곳이었다.

그런데 소리는 그 앞쪽에서 나고 있었다. 어떤 사람도 이런 상황에선 발걸음을 멈출 수밖에 없었다.

"별일 아니니 계속 따라오시오."

한동안 말없이 걷기만 하던 요골이 멈춰 선 세 사람을 보며 말했다.

"뭔가? 이 소리는?"

청색 옷의 사내가 물었다.

"동굴이 만들어내는 바람 소리요."

"바람 소리?"

"조금만 더 가면 풍룡의 동굴이라는 곳이 나오는데, 그 동굴에서 가끔 이런 소리가 나오. 보통은 동굴 안에서 밖으로 신선한 바람이 잔잔하게 흘러나와 쉬어 갈 수 있는 곳인데, 가끔 반대로 바람이 불 때가 있소. 그럼 이렇게 야수가 우는 소리가 나는 것이오. 그래서 이름도 풍룡의 동굴이오."

요골이 길고 자세하게 설명했다. 두 번 이상 말하지 않겠다는 의미 같았다.

"위험하지는 않나?"

오랜만에 장검을 등에 메고 있는 사내가 물었다.

"당연히 위험한 동굴이오. 그 안쪽으로 들어가면 광풍에 휘말려 무저갱으로 떨어질 수 있소. 그리고 난 지금까지 그 동굴에 들어갔다 살아 나온 사람이 있다는 이야기를 들어본 적이 없소. 뭐, 애초에 이 황벽을 통과하는 여행객이 거의 없기도 하지만."

"그대는 어떤가? 들어가 봤나?"

청색 옷의 사내가 물었다.

"나도 목숨 귀한 줄 아는 사람이오. 쓸데없는 호기는 없소. 아무튼 갑시다."

요골이 더 이상 말하기 싫다는 듯 다시 걸음을 옮기기 시작했다.

삼인의 여행객도 어쩔 수 없이 요골의 뒤를 따라갔다. 위험한 동굴이 있다고 가지 않을 수 없었기 때문이다.

크르릉!

동굴 앞에 이르자 정말 그 안에 용이 있어서 당장에라도 동굴 밖으로 날아오를 것같이 생생한 굉음이 들려왔다.

그런데 요골은 무슨 생각인지 스스로 위험하다고 말한 동굴 입구에서 걸음을 멈췄다.

"무슨 일인가?"

뒤따르던 청색 옷의 사내가 경계하는 눈빛으로 물었다.

"조금만 기다려 봅시다."

"뭘 말인가?"

"이 소리가 끝나면 바람의 방향이 바뀌면서 시원한 공기가 밖으로 흘러나올 것이오. 그럼 이곳에서 기운을 회복하고 갈 수 있소."

"그 시간을 알 수 있나?"

"그걸 정확히 알 수 있는 사람은 없소. 하지만 그렇다고 이곳에서 쉬는 걸 포기하기에는 남아 있는 길이 너무 길어서……."

요골이 말꼬리를 흐렸다.

그러자 청색 옷을 입은 사내가 고개를 저으며 말했다.

"가세. 언제가 될지도 모르는 시간을 기다리고 있을 수는 없네. 우린 갈 길이 바쁜 사람이야."

"그래도……."

"출발하게!"

청색 옷의 사내가 명령하듯 말했다. 그러자 요골이 불편한 표정을 짓다가 고개를 끄떡였다.

"알겠소. 나중에 후회는 마시오."

"서두르기나 하게."

청색 옷을 입은 사내가 길을 재촉했다. 그러자 요골이 다시한번 한숨을 쉬고는 풍룡의 동굴을 지나쳐 걷기 시작했다.

"흠……."

풍룡의 동굴을 지나 얼마나 걸었을까. 갑자기 요골이 걸음을 멈추며 나직하게 숨을 뱉어냈다.

"또 무슨 일인가?"

청색 옷의 사내가 물었다.

"황벽 끝 출구까지는 대략 반나절 정도 길이 남았소."

요골이 갑자기 남은 거리를 입에 올렸다.

"그런데 그걸 갑자기 왜?"

"그건… 이제부턴 당신들끼리 가야 할 것 같아서 말이오!"

"그게 무슨?"

청색 옷의 사내가 미처 말을 다 끝내지 못한 순간, 갑자기 요골이 위태로운 황벽의 누르스름한 절벽을 타고 오르기 시작했다.

절벽을 십여 장 이상 오른 요골이 당황한 표정을 짓고 있는 세 사람의 머리를 지나 그들이 지나온 길 이십여 장 밖에 떨어져 내렸다.

놀라운 움직임이다. 요골의 무공은 세 여행객의 예상을 훨씬 뛰어넘는 것이었다.

"뭘 하는 거냐?"

청색 옷의 사내가 화난 얼굴로 소리쳤다.

"이 정도면 금화 아홉 동 몫은 충분히 했소. 사실 풍룡의 동굴을 지나면 크게 위험한 것도 없는 길이오. 그전에는 다른 곳으로 빠지는 미로 같은 협곡이 중간중간 있었지만, 이제부터는 외길이오. 지루함만 참을 수 있다면 무사히 출구에 도달할 것이오. 그래서! 이제 난 돌아가겠소. 황벽을 통과해 봐야 한열지옥으로 불리는 사막인데, 거기까지 가서 내가 뭘 하겠소. 돌아가는 길에 풍룡의 동굴에서 신선한 공기나 마시며 잠시 쉬어야겠소. 난 당신들처럼 대단한 무공을 지닌 사람이 아니라서. 흐흐."

요골이 능글맞게 웃음을 흘리고는 순식간에 뿌연 유황 연무 속으로 사라졌다.

"뭐… 저런 놈이 다 있지?"

청색 옷을 입은 사내가 허달한 표정으로 중얼거렸다.

"괘씸한 행동이기는 해도 사실 꼭 필요한 사람은 아니지 않소. 그의 말대로 이제부터 외길이라면 길을 잘못 들 일도 없고. 갑시다. 그들과의 거리가 너무 멀어진 것 같소."

대검을 등에 멘 사내가 말했다.

그러자 동행한 여인 역시 대검을 멘 사내의 말에 동조했다.

"백검 님의 말이 맞아요. 우린 지체할 시간이 없어요. 청류산 중턱에 있는 산장에서의 휴식도 포기하고 지나쳐 왔는데 그럼에도 그들과 닷새 차이. 사막에 들어가면 그 거리는 더 벌어질 거예요."

"지후께서는 그들이 정확한 위치를 알고 가고 있다고 생각하시오?"

청색 옷의 사내가 물었다.

"정확하게 아는지는 모르겠지만 대략적인 위치는 파악했겠죠. 그렇지 않으면 이 길을 가고 있을 리 없잖아요?"

지후라 불린 여인이 대답했다.

"하긴… 세상에서 이 길이 그의 흔적과 연결되는 길 중 하나라는 것을 아는 사람은 지금까지 적어도 우리 십이신무종밖에 없었으니… 부디 그들이 정확한 위치를 모르길 바랄 뿐이오."

청색 옷을 입을 사내가 어두운 표정으로 중얼거렸다.

그러자 대검을 멘, 지후로부터 백검이라 불린 사내가 고개를 저으며 말했다.

"아니오. 오히려 그들이 정확한 위치를 아는 것이 더 좋을 수 있소. 그들을 추격할 수 있다면 수백 년 전에 사라진 빛의 술사의 유적을 드디어 우리 손에 넣을 수 있을 테니까 말이오."

"추적에 실패하면 어떻게 하려고 그런 말씀을 하시오?"

청색 옷을 입은 사내가 위험한 생각이라는 표정으로 말했다.

"그러니까 반드시 추적에 성공해야지 않겠소? 그리고… 일단 노출된 비밀은 더 이상 비밀이 아니어서 지켜지기 힘든 법이오. 빛의 술사를 사람의 역사가 아닌 허구로 가득 찬 전설로 만들어온 우리 십이신무종의 의도는 더 이상 유지되기 어렵다는 뜻이오. 다른 누구도 아닌 묵룡대선의 소룡들이 이곳까지 접근한 이상은……."

백검이라 불린 사내가 말했다.

"후우… 하긴 그렇구려. 이러나저러나 결국 그들을 빨리 추격할 수밖에 없구려."

청색 옷을 입은 사내가 한숨을 쉬며 고개를 끄떡였다.

"그럼 이러고 있을 시간이 없지요. 서둘죠."

지후라 불린 여인이 길을 재촉하면서 먼저 걸음을 옮기기 시작했다.

이 세 사람은 얼마 전 파나류와는 거대한 대양으로 분리되어 있는 대륙, 세상 사람들은 섬이라고 부르지만 사실은 작은 대륙에 가까운 크기를 자랑하는 천록의 섬, 육주를 떠난 십이신무종의 고수들이었다.

당시 육주를 떠난 사람들은 십이신무종 중 왕성하게 활동하는 활무종 여덟 종파의 고수들이었다. 그중 셋이 파나류 서쪽의 열화산에 모습을 나타낸 것이다.

그들의 목적은 분명했다. 앞서간 무한 일행을 쫓는 것, 그리고 그들이 빛의 술사의 유적을 찾아내는 것을 막거나, 혹은 그 유적을 자신들이 확보하는 것이었다.

그러자면 무엇보다도 무한 일행을 따라잡는 것이 중요했다.

그래서 그들은 도망친 요골을 잡으러 뒤돌아갈 생각은 아예 하지도 않았다.

그렇게 잠시 동안 동행했던 마적 두목 요골과 십이신무종의 고수들은 붉은 대협곡 황벽의 중간 지점에서 서로 다른 길을 가게 되었다.

우우웅 우우웅!

풍룡의 동굴에서는 여전히 괴수의 울음소리가 일어나고 있었다. 그 소리에 황벽 자체가 흔들리는 것 같은 느낌이 들 정도였다.

세 명의 십이신무종 여행자로부터 도망 온 요골이 풍룡의 동굴 앞에서 걸음을 멈췄다. 그러고는 갑자기 이상한 행동을 하기 시작했다.

"이사 님, 다녀왔습니다."

요골이 괴수의 울음이 흘러나오는 동굴 앞에서 고개를 숙이며 입을 열었다.

그러자 놀랍게도 풍룡의 동굴 안에서 사람의 목소리가 흘러나왔다.

"그들은?"

"계속 황벽을 통과하고 있습니다."

"가소롭군."

동굴 안에서 냉소가 흘러나왔다.

"어찌할까요? 필요하다면 황벽의 출구에서 제압할 수도 있습니다만……."

"놔두게. 사막에 들어가서 고생 좀 해보라지."

동굴 안 목소리가 퉁명스럽게 말했다.

"알겠습니다. 그럼 이제 저는 어찌할까요?"

"산장에 가 있겠는가. 아니면 이곳에 있어도 좋고……."

"신전으로 가 있을까요? 그곳에서 할 일이 있을 수도……."

"아니야. 좋지 않아. 일사 형님이 자네를 탐탁지 않아 하는 것을 알고 있지 않은가?"

"그러니까 더욱……."

"후후후, 됐어. 일사 형님은 성질이 고약해서 자네가 아무리 노력해도 자넬 대하는 태도는 변하지 않아. 다만, 속마음은 다를 거야. 자네가 우리 일을 도운 것이 벌써 오 년, 일사 형님도 속으로는 자넬 믿고 있을 걸세."

"모두 이사 님 덕분입니다."

"그게 왜 나 때문인가? 자네가 조상을 잘 둔 탓이지."

"그래도 이사 님이 아니었다면 제가 어찌 마인의 삶에서 벗어날 수 있었겠습니까? 제 피가 어디에서 왔는지 알려주신 덕분에 이렇게 의미 있는 일을 하고 있는 것이지요."

"후후후, 의미 있는 일? 그런 말 삼사나 일사 앞에서는 하지 말게. 그 순간 치도곤을 당할 거야. 평생을 하나의 업(業)에 얽매여 사는 사람들에게는 그게 무슨 일이든 족쇄인 거니까."

"…알겠습니다."

"자네도 뭐 대단한 일을 한다고 생각지는 말게. 그냥 인연이 닿아 조금 이상한 일을 하고 있다고 생각하게."

"그래도 전……"

"뭐, 대단한 일이라고 생각하고 싶으면 그래도 되고. 본래 인간이란 자신이 특별한 존재라는 착각 속에서 살아야 행복한 법이니까. 후후."

어두운 동굴 속 인물이 가볍게 웃음을 흘렸다.

"…이곳에서 제가 할 일이 있겠습니까?"

신전이라는 곳으로 가기를 포기했는지 요골이 물었다.

"왜? 산장이 지내기 좋을 텐데? 공기도 좋고, 숲도 좋고……"

"그래도 이사 님 곁에서 일을 돕는 것이ㅡ."

"여기서야 할 일이 뭐 있나. 지나가는 놈들 구경하는 것과 그놈 먹이 구해 주는 일이 단데. 이미 그 일을 하는 사람들도 있고."

"그 일이라도 제가 돕겠습니다."

요골이 말했다.

"그래? 그럼 그렇게 해. 들어와!"

동굴 속 인물의 말에 요골이 망설이지 않고 풍룡의 동굴로 들어갔다.

"오늘부터는 그래도 좀 편해지겠군. 사실 좀 귀찮았었어. 가자고……"

동굴 속 인물의 목소리가 희미해져 갔다. 그리고 그 목소리 위로, 동굴에서 흘러나오는 괴수의 울음소리가 한결 더 강렬하게 울려 퍼졌다.

＊　　　＊　　　＊

툭!

다시 한 생명이 쓰러졌다.

이제 두 번째다.

길잡이 장마산이 무심하게 쓰러진 말 앞으로 다가가 말의 목덜미에 손을 얹었다.

"어렵겠구나."

투박한 장마산의 목소리가 다른 때와 달리 부드럽다.

"푸루룩 푸루룩!"

쓰러진 말이 자신의 죽음을 예감하는지 뜨거운 모래 바닥에 머리를 비비며 힘겨운 소리를 냈다.

"그래. 사람이나 동물이나 가끔은 죽는 게 편할 수도 있지. 편히 보내주마!"

장마산이 계속해서 말의 목덜미를 쓰다듬다가 어느새 꺼내 들었는지 날카로운 단도로 말의 목 한 지점을 찔렀다.

그 순간 말의 움직임이 멎었다. 그리고 말은 어떤 고통도 없이 천천히 눈을 감았다.

무한은 시선을 돌렸다. 멀리 뜨겁게 달아오른 사막이 사람의 눈을 어지럽히는 아지랑이를 만들어내고 있었다. 그 아지랑이를 보고 있자니 자신도 모르게 눈물이 흘렀다.

그리 오랜 삶은 아니지만 지금까지 살면서 죽음을 처음 본 것은 아니다. 그러나 사막 한가운데서 탈진해 죽어가는 말의 모습은 그 어떤 죽음보다도 무한의 가슴에 강렬한 인상을 남겼다.

묘한 슬픔이다.

사람이 일으킨 싸움에서의 죽음이 아니라 대자연 속에서의 죽음이었다.

전장에서의 죽음은 원한이나 복수, 혹은 분노가 어우러지고, 죽음 이후에 환생이나 원혼 같은 죽음 이후의 세계가 이어지는 것 같은 느낌이 있었다.

그런데 사막에서의 죽음은 그것으로 모든 것이 끝나 버리는 소멸의 느낌이 더 강했다.

그래서 격한 분노의 슬픔은 아니지만, 자신도 모르게 한 줄기 눈물이 흐르는 잔잔한 슬픔이 가슴에 가득 차는 느낌이었다.

"모두 와서 좀 마시구려……."

문득 무한의 귀에 장마산의 목소리가 들렸다.

그가 한 말이 뭘 의미하는지 알고 있는 무한이 자신도 모르게 몸을 떨었다.

이미 한 번 경험한 일이기 때문이었다.

"가자!"

하연이 무한의 소매를 잡았다.

"…전 안 먹을래요."

사람들이 먹으려 하는 것이 조금 전 죽은 말의 피와 고기라는 것을 알고 있는 무한은 아예 그쪽으로 시선도 돌리지 않았다.

지난번 첫 번째 말이 죽었을 때도 무한은 말의 피와 고기를 먹지 않았다. 그때까지는 가져온 물과 식량이 남아 있었기 때문이다.

하지만 오늘은 조금 다른 날이다. 물과 음식이 바닥을 드러냈다. 그러니 여행을 계속하려면 말의 고기와 피를 먹어야 한다.

하지만 무한은 차마 죽은 말의 시신을 먹을 수 없었다.

그런 무한을 보고 여기까지 일행을 안내해 온 마적 도손이 말했다.

"어린 전사님, 가서 좀 드시우. 이제는 드셔야 할 때요. 사막에선 죽은 동물의 피와 고기를 먹는 게 흉이 아니오. 오히려 그 동물에 대한 예의랄까. 그 죽음조차 누군가를 살리는 일이 되는 것이니 말이오. 그런 희생이 없으면 절대 사막을 여행할 수 없소. 특히 이 한열지에서는……."

도손의 말을 하연이 거들었다.

"그래, 칸. 가서 먹어야 힘을 내지. 아직 며칠이나 더 가야 할지 모르는데."

"그래도……."

"칸, 고집부리지 마. 우리가 이곳에 온 목적을 잊지도 말고. 이런 일… 각오해야 하는 길이었어."

하연이 조금 엄하게 말했다.

그러자 무한이 잠시 침묵을 지키다가 고개를 끄떡였다.

"알았어요. 내가 쓸데없는 어리광을 부렸네요. 가요."

결심이 선 무한이 자리를 툭툭 털고 일어나 죽은 말을 해체하고 있는 장마산 쪽으로 걸어갔다.

하나의 죽음이 일행에게 다시 여행할 기운을 주었다. 말고기
와 말의 피로 원기를 회복한 일행은 그 힘으로 밤새 걸음을 옮
겼다.

한겨울 추위를 능가하는 혹독한 사막의 밤이었지만, 말고기와
피로 배를 채운 일행은 그 추위를 피하지 않고 걸었다.

"얼마나 남은 거지?"

냉기로 인해 입에서 하얀 입김을 흘려내며 왕도문이 중얼거렸다.

그러자 앞서가던 도손이 대답했다.

"지도에 그려진 대로라면 거의 다 와갑니다. 물론 지도상의 거
리가 정확하다면 말이지요."

"젠장, 뭐가 있을 것 같지 않은 땅인데."

왕도문이 쏟아지는 별빛 아래 펼쳐진 막막한 사막을 바라보
며 말했다.

"이런 곳에 정말 사람 사는 성(城)이 있을까요?"

무한도 왕도문과 같은 의문이 생기는지 소룡들을 돌아보며
물었다.

"있기를 바라야지. 아니면… 개고생만 한 게 되니까."

소독이 이를 갈 듯 조용한 사막을 응시하며 말했다.

그런데 그때였다. 갑자기 그나마 살아 있던 말들이 뭔가에 겁
을 먹은 듯 요동치기 시작했다.

장마산이 끌고 온 바욱도 마찬가지였다. 말들이 온 길을 되돌
아가려는 모습을 보이자 사람들이 고삐를 움켜쥐며 말의 난동
을 막았다.

"이놈들이 왜 이러지?"

왕도문이 말의 고삐를 바싹 움켜쥐면서 당황한 표정으로 중얼거렸다.

"그러게 말이야. 고삐를 잘 잡아. 놓치면 큰일이야."

소독이 소리쳤다.

"걱정 마!"

왕도문이 고삐를 좀 더 짧게 잡아 말을 진정시키며 말했다.

그런데 그때, 길잡이 마적 도손이 욕설을 내뱉으며 소리쳤다.

"이런 젠장할! 재수 없는 놈은 뒤로 넘어져도 코가 깨진다더니! 카악 퉤!"

욕설도 모자라 침을 모아 뱉는 도손이다.

"무슨 일이냐?"

석와룡이 갑작스레 화를 내는 도손에게 차갑게 물었다.

그러자 도손이 손을 들어 막막한 밤의 사막을 가리며 말했다.

"저거 보이쇼? 지평선 끝에 검은 구름 몰려오는 거."

도손의 말투마저 변했다. 지금까지 자신의 목숨 줄을 쥐고 있는 무한 일행에게 깍듯하게 존대를 하던 그의 모습은 더 이상 찾아볼 수 없었다.

"이자는 또 왜 이 지랄이야?"

왕도문이 갑자기 변한 도손을 노려보며 말했다.

그러자 도손이 다시 입을 열었다.

"죽이려면 죽이쇼! 어차피 조금 있으면 모두 죽을 테니."

"그게 대체 무슨 소리냐?"

석와룡이 도손의 멱살을 잡으며 물었다.

"저기 보이는 저게 그냥 구름 같소?"

도손이 애초에 자신이 보라고 한 지평선 끝의 구름을 가리켰다.

"아니란 말이냐?"

"사막에 무슨 먹구름이 있겠소? 그럼 사막이 아니지. 저건 사운(沙雲)이요. 태풍보다 강한 사풍이 만들어내는 모래 구름! 저 정도면… 살기는 포기해야 할 거요. 뭐, 도망갈 곳도 없고… 에라, 모르겠다. 죽을 때까지 편히 쉬기나 하자!"

도손이 자리에 털썩 주저앉으며 말했다.

"피할 수 없느냐?"

석와룡이 도손에게 물었다.

"없소. 그저… 멀리 날아가지 않기를 바랄 수 밖에."

도손이 두 손을 들어 올리며 말했다.

그런데 그때, 장마산이 침착한 목소리로 말했다.

"모두 땅을 파고 그 안으로 들어가시오. 적어도 사풍에 휘말려 날아가는 것은 피할 수 있을 것이오."

"젠장, 그걸 누가 모르나. 그럼 숨은 어떻게 쉰단 말이오?"

도손이 쓸데없는 짓을 한다는 듯 소리쳤다.

그러자 장마산이 무한 일행을 보며 말했다.

"적당한 깊이가 중요하오. 그리고… 여러분은 무인이니 적은 양의 공기로 숨 쉬는 법을 알고 있을 것이오. 사풍의 모래가 구덩이를 덮을 때 옷을 벗어 구덩이 밖으로 이어놓으면 천을 타고 들어오는 공기로 숨쉴 만한 공기를 얻을 수 있을 것이오. 물론 답답하기는 하겠지만."

장마산의 말에 소룡들이 서로를 바라보다가 누가 먼저랄 것도 없이 차고 메마른 사막의 모래를 퍼내기 시작했다.

다행히 땅은 물렀다. 순식간에 사막에 여러 개의 구덩이가 만들어졌다. 사풍은 어느새 일행의 옷자락을 강하게 날리고 있었다. 날아드는 모래 알갱이가 눈을 뜨기조차 어렵게 만들었다.

"어서 구덩이 안으로 들어가시오. 사풍이 덮치는 것은 순식간이오."

장마산이 소리쳤다.

"말들은……?"

왕도문이 물었다.

"데리고 들어갈 수 있으면 그렇게 하시오."

장마산이 무심하게 대답하고는 자신이 먼저 구덩이 안으로 들어갔다. 그러자 그가 끌고 온 바욱이 구덩이 옆 모래 더미 옆에 바싹 엎드렸다. 그런 바욱의 고삐는 여전히 장마산의 손에 잡혀 있었다.

장마산이 구덩이로 들어가자 무한 일행도 누가 먼저랄 것 없이 구덩이에 몸을 던졌다.

물론 살아 있는 말들을 데리고 들어갈 수는 없었다. 말들은 장마산의 바욱처럼 구덩이를 파 쌓은 모래 뒤쪽에 엎드리게 하고, 일행은 고삐만 잡은 채 구덩이로 들어갔다.

그리고 그 직후, 검은 모래 구름이 무한 일행을 덮쳤다.

제10장

사막, 그 아래의 성(城)

자연은 얼마나 위대한가. 눈에 보이지 않는 공기의 흐름일 뿐인 바람이, 대지의 지형을 바꿔 놓았다. 위대한 자연의 숨결이 만들어낸 기적이었다.

그 거대한 변화 속에서 인간이 할 수 있는 일은 아무것도 없었다. 구덩이를 파고 사풍을 피해 땅속에 숨어 있든지, 아니며 그 바람에 휩쓸려 모래처럼 날아가는 것, 그 이외의 다른 선택은 주어지지 않았다.

그리고 무한은 운이 나쁜 쪽이었다.

실수는 자신이 타고 온 말을 지켜야겠다고 생각한 한순간의 선택 때문이었다.

바람에 들썩이는 말을 좀 더 강하게 붙잡으려 몸을 일으키는 순간 그의 몸이 말과 함께 허공으로 떠오른 것이다.

"안 돼!"

모래바람이 만들어낸 어둠 속에서 무한이 외쳤다. 그러나 그의 외침은 작은 파문조차 일으키지 못했다.

사풍이 만들어내는 강력한 바람 소리는 그의 목소리를 순식간에 삼켜 버렸다.

그래서 구덩이 속에 바싹 엎드려 있는 소룡들에게 무한의 목소리는 들리지 않았다.

설혹 그의 외침이 들렸다 해도 폭풍 같은 사풍 속에서 몸을 일으켜 무한을 구해줄 수 있는 사람은 없었다. 무한에 대한 애정의 문제가 아니라 자연의 힘에 대항할 수 없는 인간의 미약함 때문이었다.

무한은 결국 말과 함께 모래 구름 속으로 순식간에 빨려 들어갔다.

무한은 자신이 다시 한번 죽음에 던져졌다고 생각했다. 사자림 해안 절벽에서 죽음을 향해 몸을 날리던 그 순간처럼. 그러나 그때와 지금은 완벽하게 다른 점이 있었다.

사자림에선 그 스스로 선택한 죽음이었고, 지금은 거대한 자연의 힘에 의해 강요된 죽음이었다.

그 차이가 극도의 두려움을 만들었다. 죽음을 각오했을 때는 느낄 수 없었던 공포가 해일처럼 밀려들었다. 타의에 의해 강요되는 죽음은 그렇게 무서운 것이었다.

극도의 공포에 빠진 사람은 단 하나의 삶의 오라기에라도 맹목적으로 의지하게 마련이다.

검은 모래구름과 함께 허공으로 떠오른 무한에게는 말고삐가 그랬다. 사막의 모래바람으로부터 말을 지키고자 해서 일어난 일이지만, 이젠 그 말고삐가 그를 죽음과 삶의 경계에서 지켜주는 유일한 생명줄처럼 느껴졌다.

그래서 그는 강렬한 모래바람 속에서도 말고삐를 놓지 않았다.

그렇게 말과 사람은 목적지를 알 수 없는 모래바람에 휩쓸려 그들이 가보지 않은 세상으로 날아갔다.

　　　　　*　　　　　*　　　　　*

사풍이 지나간 자리. 없던 모래언덕이 생기고, 있던 모래 산이 사라졌다.

사막은 사풍이 불기 전과는 전혀 다른 세상으로 변해 있었다.

그리고 침묵… 깊은 침묵이 사막의 어둠과 함께 세상을 지배했다.

하늘은 언제 사풍이 불었냐는 듯 맑았다. 별들은 다시 쏟아져 차가운 밤 사막 위에 빛을 뿌리고 있었다.

그러다 그 고요의 사막에서 한순간 움직임이 일어났다. 평온한 모래 바닥이 조금씩 들썩이더니 갑자기 사람의 목소리가 터져 나왔다.

"푸앗!"

"어웃!"

모래가 폭발하듯 튕겨 나가면서 사람들이 모습을 드러냈다.

"모두 괜찮아?"

가장 먼저 모래 구덩이에서 벗어난 소독이 소리쳤다.

"나, 난 괜찮아!"

소독의 뒤에서 왕도문이 소리쳤다.

그러자 여기저기서 사람들의 목소리가 들렸다.

"나도 살았어."

하연이다.

"나도."

이산의 짧은 대답이 이어졌다.

"나도 좋아."

사비옥도 옷에 묻은 모래를 털며 나직하게 말했다.

그때 한쪽에서 기이한 울음소리가 일어나며 모래 더미가 위로 올라왔다.

꿔어어!

장마산이 타고 다니는 바욱의 울음소리다.

"제길, 이놈의 사풍은 정말 적응이 안 되네."

투박한 목소리로 장마산이 투덜대며 바욱과 함께 모습을 드러냈다.

"모두 괜찮은 것 같으니 다행이오."

한쪽에서 석와룡이 어느새 일어나 주변을 살펴보며 말했다.

"아, 이런 때는 술 한잔해야 하는데!"

모래 구덩이에서 나오자마자 그 위에 털썩 주저앉은 두굴이 지친 표정으로 말했다.

그의 곁에는 언제나처럼 호위무사 바루호가 묵묵히 서 있었다.

"그런데 그 마적 놈이 보이지 않네?"

갑자기 왕도문이 주위를 돌아보며 말했다.

"칸은? 칸!"

하연이 문득 무한이 보이지 않는 것을 깨닫고는 당황한 표정으로 외쳤다.

"그러고 보니 칸도 없구나! 칸! 모래폭풍은 지나갔어. 얼른 나와!"

왕도문이 마적 도손이 사라진 것은 잊어버린 듯 무한을 불렀다.

그러나 어디서도 무한의 목소리가 들리지 않았다. 순간 소룡들 얼굴이 차갑게 굳었다. 그리고 누가 먼저랄 것도 없이 칸이 구덩이를 파고 들어간 지점으로 달려가 모래를 파헤치기 시작했다.

퍼퍼퍽!

소룡들은 어느 순간부터 말을 잊었다. 그들은 병기를 이용해 애초에 무한이 파고 들어갔던 모래 구덩이보다 더 깊이 사막의 모래를 파헤쳤다.

그러나 그 어디서도 무한을 찾을 수 없었다.

"없어……"

한순간 하연이 털썩 모래 위에 주저앉으며 중얼거렸다. 그녀의 말을 신호로 소룡들의 움직임도 멈췄다.

"대체 어떻게 된 거지? 이렇게 깊이 웅덩이를 파고 들어갔는데……"

왕도문이 이해할 수 없다는 표정으로 중얼거렸다. 모든 사람이 모래 구덩이 속에서 무사한데 가장 깊이 모래 구덩이를 팠던 무한이 사라진 것을 이해할 수가 없는 것이다.

"어쩌지?"

이산이 소독에게 물었다.

그러나 모래 폭풍에 휩쓸려 사라져 버린 무한을 소독이라고 당장 찾을 수가 없었다. 더군다나 모래 폭풍이 어느 방향으로 불어 갔는지조차 가늠할 수 없었다.

"일단… 하루 정도 이곳에서 기다리자. 혹시라도 칸이 돌아올 수도 있으니까."

소독이 말했다.

"그건 거의 불가능하오."

멀찍이서 장마산이 말했다.

순간 소룡들의 시선이 날카롭게 장마산을 쏘아봤다. 당장에라도 검을 들어 장마산을 공격할 듯한 모습들이다.

"아, 오해 마시오. 그가 죽었다는 뜻이 아니니까. 사풍에 날려간 사람이 죽고 살 확률은 거의 반반이오. 그 어린 전사분은 무공을 알고 있으니 죽지는 않았을 것이오. 그런데 만약 살아 있다면 이곳으로 오지는 않을 것이오."

"그럼 어디로 간단 말이죠?"

하연이 차갑게 물었다. 장마산이 무한에 대해 불길한 소리를 해대고 있기 때문이다.

"살아 있다면, 내 생각인데 열화산 쪽으로 가지 않을까 싶소. 왜냐하면 동서남북 방향을 헤아릴 수만 있다면 가장 확실한 곳을 찾아가지 않겠소? 열화산이라면 먼 곳에서도 볼 수 있으니까. 지나온 곳이기도 하고. 흔치는 않지만 숲과 물도 찾을 수 있고 말이오."

장마산의 말에 소룡들이 안도하는 표정으로 한숨을 내쉬었다.

"어떻게 하지?"

하연이 소독에게 물었다.

만약의 경우 무한이 살아서 열화산으로 간다면 누군가 그곳으로 가 있어야 하지 않느냐는 물음이다.

그러나 소독은 차분하게 고개를 저었다. .

"우린 가던 길을 계속 간다. 임무가 끝나지 않았으니까."

"하지만 칸은?"

"칸이 열화산까지 갈 수 있다면 우리가 가지 않아도 살아서 돌아갈 수 있을 거야. 너도 알다시피 칸은 강한 녀석이니까. 반면 우리의 임무는 사람이 흩어지면 어려울 수도 있어. 그곳에 어떤 위험이 기다리고 있을지 모르니까. 더군다나 한두 사람이 온 길을 되돌아가기도 어렵고."

소독이 그들이 걸어온 방향으로 생각되는 곳을 바라봤다. 사풍으로 지형이 변해서 자신들이 온 방향이 정확치 않았다.

이 상황에서는 소독의 말이 옳은 판단이라는 것을 인정하면서도 하연은 아쉬운 표정을 지어 보였다. 하지만 적어도 감정을 내세워 그른 판단을 하지는 않았다.

"그런데 그자는?"

문득 왕도문이 입을 열었다.

"…그 마적?"

소독이 되물었다.

"응, 그자가 없으면 사막에서 길을 찾기 어려울 텐데?"

왕도문이 걱정스러운 표정으로 물었다.

"이자가 도망을 간 걸까? 사풍에 날려간 건가?"

두굴이 먼 사막을 바라보며 중얼거렸다.

어느 쪽도 가능한 일이다. 적어도 마적 도손은 사막에서 생존하는 데 소룡오대 일행보다 능숙한 사람이다. 그래서 사풍을 의지해 도주했을 수도 있었다.

"어차피 잘된 일인지도 모르지. 그곳까지 그자를 데려가는 것도 위험한 일이니까. 그렇다고 도착한 이후에 죽일 수도 없고."

사비옥이 차분하게 말했다.

그러자 일행에게서 조금 떨어져 있던 장마산이 입을 열었다.

"한 가지 물어봐도 되겠소?"

"뭐요?"

왕도문이 퉁명스럽게 응대했다.

"당신들이 가져온 지도가 맞는 것이라면 이제 길은 삼사 일 안에 끝날 것이오. 그런데 당신들 말을 들어보면 그곳이 세상에 알려지면 안 되는 것 같은데… 맞소?"

장마산이 물었다.

"알려져서 좋을 것 없는 곳이오."

왕도문이 여전히 투박하게 대답했다.

"비밀을 지키기 위해 사람을 죽여야 할 만큼 말이오?"

장마산이 신중하게 물었다. 조금 걸걸하던 그의 모습은 찾아볼 수 없다.

그런데 장마산의 질문을 들은 일행 모두 한순간 입을 다물었다. 생각해 보면 결국 장마산도 마적 도손과 같은 처지의 인물이었다.

금화를 주고 고용한 길잡이지만, 그에게 자신들이 찾아가는 곳이 빛의 술사의 유물이 있을지도 모르는 곳이란 것을 알려주 진 않았다.

여행 도중 일행의 대화를 듣고 이들이 특별한 목적을 가지고 지도의 장소로 가는 것은 알았겠지만, 빛의 술사에 대해서는 입에 올리지 않았다. 그런데 목적지에 도착하면 그 사실을 비밀로 할 수 없었다.

장마산 역시 그 사실을 눈치채고 자신의 안전을 걱정하고 있었던 것이다.

"설마 당신을 죽이겠소?"

왕도문이 퉁명스럽게 말했다.

"가끔은… 설마가 사람을 잡는 법이라서 말이오."

장마산이 대답했다.

"그래서 이쯤에서 일을 그만두시겠다?"

"그럴 수 있다면… 그래도 되겠소? 솔직히 지금부터는 내가 크게 도움 될 것 같지도 않고 말이오. 열화산을 지나는 것이라면 모를까, 이 한열지에서야……."

장마산이 말꼬리를 흐리며 되물었다.

그러자 왕도문이 소독을 바라봤다. 사실 장마산을 그들의 목적지까지 데려가야 하나 중간중간 고민했던 일행이었다.

"혼자서 돌아갈 수 있겠소?"

소독이 장마산에게 물었다.

"나야 뭐… 이놈과 함께라면."

장마산이 덩치 큰 짐승 바욱의 등을 툭툭 두드리며 말했다. 하긴 이곳까지 여행하는 동안 바욱은 말 서너 마리 역할을 너끈히 해냈다. 사막에서 견디는 능력이 낙타에 못지않았다.

"그럼 한 가지 조건을 걸겠소."

소독이 말했다.

"무슨……?"

"열화산에 도착하거든 대협곡 황벽 입구 주변에서 닷새 정도만 머물러 줄 수 있소?"

소독이 물었다.

그러자 장마산이 금세 소독이 원하는 것을 알아챘다.

"그… 어린 전사분을 찾아봐 달라는 것이구려?"

"그렇소. 하시겠소?"

"뭐… 그럽시다. 사실 그 어린 전사분은 내게 무척 친절했지. 나도 그 무사분이 살아 있기를 바라오."

장마산이 선선히 승낙했다.

"좋소. 그럼… 여기서 헤어집시다. 돌아가는 길에 한번 들르겠소."

소독이 말했다.

혹시라도 약속을 어기는 일이 없도록 하라는 경고이기도 했다.

"그러시구려. 그때는 내가 여러분께 술 한잔 사겠소. 그럼… 소요산장에서 봅시다."

"지금 바로 떠나시려고?"

한열지옥이라는 사막이다. 벌써 밤의 냉기가 살을 파고들고 있었다.

"이놈 덕분에 난 밤에도 길을 갈 수 있소. 아시다시피 이놈은 설산이 주 거처라 추위에 강하다오. 나야 뭐, 이놈 위에서 잠이나 자면 그뿐이고."

장마산이 사막 여행을 마치 마실이나 가는 것처럼 말했다.

"알겠소. 그래도 조심하시오. 또… 칸을 찾으면 잘 돌봐주시기 바라오."

"알았소이다. 그럼 부디 무사히 여행을 마치시길 바라겠소."

장마산이 가볍게 고개를 숙여 보이고는 훌쩍 바욱의 등에 올라탔다. 그러고는 친구에게 말하듯 바욱에게 말했다.

"가자. 네가 좋아하는 차가운 기후다. 밤 여행이 즐거울 거다."

쿠르르륵!

바욱이 장마산의 말을 알아들은 듯 투레질를 하고는 천천히 사막의 동쪽을 향해 걷기 시작했다.

묘한 상실감이 감돌았다.

떠나고 난 후에야 일행은 그들이 사실은 그동안 장마산이라는 길잡이에게 많이 의지하고 있었다는 사실을 깨달았다.

비록 그는 길을 안내하는 사람에 지나지 않았지만, 한 번도 여행해 보지 않은 세계를 여행하는 사람에게 안내자의 존재는 길 안내 이상의 의미를 지니고 있었다.

무공으로는 대신할 수 없는 안정감, 그걸 장마산이 일행에게 주고 있었던 것이다.

그래서 그가 떠나자 일행은 마치 부모를 잃은 아이가 된 것 같은 느낌을 받았다.

그 공허감과 불안감이 그들을 침묵하게 만들었고, 또 그날 밤 길을 갈 힘을 빼앗았다. 그래서 그들은 내친김에 자신들이 파놓은 모래 웅덩이 속에서 잠을 자기로 결정했다.

막내 사제는 잃어버리고, 노련한 길잡이는 떠났다. 이런 기분으로 차가운 밤 사막을 걸을 기운이 나지 않았다.

일행은 누가 먼저랄 것 없이, 사풍을 피하기 위해 파놓은 구덩이 속으로 들어갔다.

그리고 사막의 차가운 어둠만큼이나 무거운 마음을 가지고 눈을 붙였다.

부서지는 모래 소리, 깊은 한숨 소리, 그리고 서서히 밝아오는 사막, 그 속에서 소룡오대의 소룡들이 하나둘 모래 구덩이 밖으로 나왔다.

석와룡은 이미 밖에 나와서 손에 지도를 들고 자신들이 여행할 방향을 가늠하고 있었다.

"좀 잤어?"

뒤늦게 구덩이에서 나오는 하연을 보고 소독이 물었다.

"잠이 왔겠어?"

하연이 퉁명스럽게 대답했다.

"하긴… 나도 눈은 붙이고 있었지만 잠은 오지 않더라. 차라리 걷는 게 낫겠다는 생각이 들더군."

"…그 녀석은 잠은 좀 잤을까?"

하연이 우울한 표정으로 중얼거렸다. 무한에 대한 이야기다.

"모르지. 어쩌면 우리보다 더 잘 잤을지도. 그냥 칸의 운을 믿자! 그 녀석… 바다에서 여러 날 표류하고도 살아남은 녀석이잖아?"

"하긴… 육주의 바다, 그 거대한 대양에서도 살아남았으니까 명은 길 거야, 그렇지? 한 번 죽었다 살아난 사람은 오래 산다니까."

"그러니까 녀석 걱정은 잊고 우리 걱정이나 하자. 길을 좀 아시겠어요?"

소독이 지도와 지형을 살피고 있는 석와룡에게 물었다.

그러자 석와룡이 손을 들어 뜨고 있는 해와 정반대 방향을 가리키며 말했다.

"일출의 서쪽! 그 방향으로 삼사 일… 어쩌면 더 걸릴 수도, 혹은 더 빠를 수도 있을 것 같고. 아무튼 서둘러서 가세."

"그러다 탈진해 죽을 수도 있어요."

왕도문이 소리쳤다.

"우리가 가진 물이 그리 많지 않네. 돌아갈 것까지 생각하면……."

석와룡이 물의 부족을 걱정했다.

"말도 몇 필 남지 않았습니다. 젠장!"

두굴이 투덜거렸다.

"그러니까 달립시다."

석와룡이 말했다.

"후우… 사막을……."

"태양이 사막의 열기를 만들어내기 전에… 그 안에 달리고, 뜨거워지면 그때부터 서행합시다. 그렇게 가는 것이 좋을 것 같소."

석와룡이 말했다.

"모두 석 대장님의 말에 동의하지?"

소독이 오대의 소룡들을 보며 물었다. 그러자 오대의 소룡들이 묵묵히 고개를 끄떡였다.

"좋아. 죽을 각오로 가보자. 석 대장님, 출발하죠!"

소독이 길을 재촉했다.

그러자 석와룡이 고개를 끄떡이고는 손을 들어 한 방향을 가리켰다.

"정확히 저 사구의 능선을 따라갈 걸세. 뒤처지는 사람이 없도록 조심들 하게."

경고를 한 석와룡이 칼처럼 날이 선 사구의 능선을 향해 걷기 시작했다.

그러자 일행이 서둘러 작은 짐들을 말 등에 올리고 석와룡의 뒤를 따르기 시작했다.

*　　　　　*　　　　　*

푸르륵푸르륵!

귀 바로 옆에서 나는 말의 울음소리에 무한이 문득 눈을 떴다. 머리 위에서 그와 함께 사풍을 타고 날아온 말이 코로 무한을 건드려 깨우고 있었다.

"죽지 않은 건가?"

무한이 누운 채로 눈동자를 움직였다. 태양이 서서히 사막을 밝히고 있었다.

"또 죽지 않았어. 흐흐, 참 명이 긴 팔자야. 바다에 빠져도 안 죽고, 괴고수를 상대해서도 살아나고, 이젠 사풍에 날려 와서도 멀쩡하니… 크크크."

무한이 실실거리며 웃었다. 마치 미친 사람처럼 보였다.

생각해 보면 대단한 운이라고 할 수 있었다. 지금까지 그가 겪은 죽음의 순간을 단 한 번이라도 이겨낼 사람조차 많지 않았다.

그런데 그 모든 죽음의 순간들이 묘하게 무한의 인생을 비껴 나가고 있었다.

"아주… 벽에 똥칠 할 때까지 살겠어. 이렇게 죽을 고비를 많이 넘기고 있으니. 으챠!"

무한이 몸을 일으켰다. 그러고는 주위를 돌아봤다. 여전한 풍경들이 눈에 들어온다. 끝없는 사막을 수놓은 사구의 능선들이다.

"후우… 깨어나자마자 다시 죽을 지경이네. 이젠 혼잔데 이 사막에서 어떻게 살아남지?"

생각해 보면 막막한 일이다. 소룡오대의 사형제들과 함께 있을 때도 위험한 사막이었다. 그런데 이제 혼자 남은 것이다.

"물은?"

무한이 급히 시선을 말 등으로 돌렸다. 그러나 안장과 식량, 그리고 물주머니가 매달려 있어야 할 말 등에는 아무것도 남아 있는 것이 없었다.

"…어쩌지?"

다른 무엇보다 물이 없다는 것이 두렵게 다가왔다. 사막에서 물이 없다는 것은 이미 반쯤 지옥에 발을 들여놓았다고 볼 수 있었다.

무한이 부산하게 주변을 돌아봤다. 혹시라도 말 등에 실려 있던 물주머니가 근처에 떨어져 있을 수도 있겠다는 생각에서였다.

그러나 그의 시야에 닿는 곳에는 아무것도 존재하지 않았다.

무한이 이번에는 사구를 달려 올라갔다.

발이 푹푹 모래에 빠졌지만 무한은 걸음을 멈추지 않았다. 단 하나라도 물주머니를 찾아내지 못하면 꼼짝없이 죽고 말 것이기 때문이다.

"앗!"

사구에 올라서는 순간 무한이 손으로 눈을 가렸다. 지평선 끝에서 떠오르는 강렬한 태양빛이 송곳처럼 그의 눈을 찔렀기 때문이다.

무한이 두 손으로 눈에 그늘을 만들며 사구에서 사막을 살폈다. 그러나 어디에도 물주머니는 없었다.

일출로 붉게 물든 대지만이 바다처럼 그의 주변에 펼쳐져 있었다.

털썩!

무한이 그 자리에 주저앉았다.

푸르륵푸르륵!

어느새 다가온 말이 그의 뺨을 혀로 핥으며 투레질을 해댔다. 아마도 무한이 다시 잠들까 봐 두려운 모양이었다.

이런 사막에선 사람과 동물의 간격도 사라지는 듯했다. 말에게도 무한은 유일하게 남은 동행인 것이다.

"걱정 마. 잠들지 않을 거니까. 난 생각보다 독한 놈이야. 죽는 그 순간이 되어서야 죽음을 인정할 놈이라고. 아직 오지 않은 죽음 따위 두려워할 내가 아니란 말이야. 그리고 또… 죽는다 한들 뭐. 아쉬울 것도 별로 없는데."

무한이 혼잣말처럼 중얼거렸다.

그러자 그의 대답을 들은 말이 안심이 되는지 그제야 투레질을 멈추고 고개를 들었다.

"어디로 갈까?"

무한이 혼잣말로 중얼거렸다.

푸르륵푸르륵!

말이 다시 투레질을 하며 고개를 저었다. 마치 자신이 보고 있는 방향으로 가자는 듯한 모습이다.

"저리로 가자고? 하지만 그건 태양과 반대편이잖아. 열화산에서 더 멀어지는 방향이라고. 우리가 사막 어딘가로 날아왔는진 모르지만 적어도 하나는 확실해. 열화산은 해가 뜨는 방향에 있어."

무한은 오대의 소룡들이 예상한 것처럼 열화산 방향으로 가볼 생각이었다.

적어도 열화산에 도착하면 산비탈의 작은 숲과 샘을 찾을 수 있었다. 그럼 죽을 걱정은 없었다.

그런데 말은 무한의 말에도 불구하고 계속 투레질을 하며 고개를 주억거렸다.

"대체 왜? 서쪽으로 가면 뭐가 나오는데? 이 빌어먹을 사막 말고! 뭘 보고선 그 난리냐?"

무한이 가만있지 않는 말을 타박하며 몸을 일으켰다. 그런데 그 순간, 무한의 눈이 번쩍였다.

작은 산이다. 혹은 거대한 사구일 수도 있었다. 그런데 산만큼 커서 큰 그늘을 가지고 있었다.

산이라면… 무한은 열화산으로 가지 않고도 살 수 있었다. 사막의 녹지는 반드시 물을 품고 있다. 땅을 몇 길을 파고 내려가든 상관없다. 숲을 품은 땅이라면 반드시 물이 있게 마련이니까.

그러나 만약 보이는 것이 산이 아니라 거대한 사구라면 오히려 죽음에 이르는 길일 수 있었다.

열화산으로 돌아갈 수 있다는 장담을 할 수 없지만, 그 시간을 허비하는 일이 될 것이기 때문이다.

"신기루일 수도 있어."

무한이 중얼거렸다.

사막에서 죽는 사람들은 대부분 신기루라는 환영에 홀려 끝없이 걷다가 죽는다. 손에 잡힐 듯 잡히지 않는 푸른 초원을 향해 가다 탈진해 죽고 마는 것이다.

눈에 보이는 것이 산이나 사구가 아니라 그런 신기루일 수도 있었다.

푸르륵푸르륵!

그러나 말은 계속해서 그쪽으로 가자는 듯 투레질을 해댔다.

"아니, 산이든 사구든 왜 그쪽으로 가자고 난리냐? …가만, 이 녀석은 사람과 다른 건가? 신기루 같은 것에 현혹되지 않고 멀리서 날아오는 물의 냄새라도 느낄 수 있는 걸가?"

무한이 고개를 갸웃하며 중얼거렸다.

적어도 오감에 있어서는 동물이 사람보다 훨씬 발달했다는 것은 잘 알려진 사실이다.

말이 본능적으로 산으로 보이는 곳으로 가야 살 수 있다고 느낀다면 그곳에 살 수 있는 뭔가가 있기 때문일 것이다.

"너… 믿어도 될까?"

무한이 말을 돌아보며 물었다.

그러자 말이 자신을 믿으라는 듯 다시 투레질을 하며 소리를 냈다.

푸르륵푸르륵!

"후우… 좋아. 가자. 망망대해에도 몸을 던졌던 나다. 하물며 지금은 동행도 있는데 시도하지 못할 일이 없지. 대신, 만약 아무것도 없으면… 네놈 세게 한 대 맞아야 할 거야."

무한이 생사가 갈리는 선택을 해야 하는 순간에도 농담을 해댔다.

하지만 그의 내심은 잔뜩 긴장해 있었다. 이런 결정을 처음 내리는 것은 아니지만 그래도 두려운 것은 어쩔 수 없었다.

그러나 일단 결심이 선 이상 행동은 과감했다.

"가자. 해가 더 뜨기 전에. 뜨거워지면 여행을 할 수 없으니까. 그리고 눈에 보인다고 가까운 것도 아닐 거야. 사막에서의 거리는 눈으로 측정할 수 없으니까. 어쩌면… 우린 가다 죽을 수도 있어."

무한이 말고삐를 잡고 걸음을 옮기면서 중얼거렸다. 마치 자신에게 하는 경고처럼.

걷는다는 것의 의미가 사라졌다. 두 다리의 감각이 거의 느껴지지 않았다.

열사의 사막, 달궈진 쇳덩이 같은 모래 위를 무한이 흔들리며 걷고 있었다.

물기가 입에 닿은 것이 언제인지 모를 일이다. 지난밤 차가운 대지 위에 덮어놓았던 가죽 천 조각이 아침이 되자 그 안쪽에 약간의 습기를 모았는데, 힘주어 짜봐야 겨우 몇 방울 되지 않는 물기를 입술에 적신 것이 마지막 수분이었다. 그나마도 목 입구까지도 가지 못한 수분의 섭취여서 갈증을 해결하는 데는 아무 도움도 되지 못했다.

그럼에도 무한은 걷기를 멈추지 않았다.

그의 먼 뒤쪽으로 말이 따라오고 있었는데, 말의 고삐를 놓은 것이 이미 오래전이었다.

마지막 방법을 선택할 수도 있었다. 말을 죽여 피와 고기를 섭취하는 것. 그러나 무한은 그 방법은 아예 생각지도 않았다.

가끔은 살기 위해서 죽일 무언가보다 함께 죽을 수 있는 무언가가 더 필요할 때가 있다. 지금 무한에게 말은 그런 존재였다.

퍽!

한순간 무한이 발끝에 차이는 모래의 무게를 이기지 못하고 한쪽 무릎을 꿇었다.

"흐……."

무한의 입에서 웃음인지 울음인지 모를 신음 소리가 흘러나
왔다.

겨우 시선을 위로 들어 올리자 태양이 만드는 아지랑이와 함께
흔들리는 검은 산의 그림자가 여전히 멀리서 손짓하고 있었다.

이쯤 되면 거의 신기루일 가능성이 크다. 그럼에도 불구하고
이젠 너무 많이 와서 가지 않을 수 없는 길이다. 설혹 가지 않는
다 한들 되돌아갈 곳도 없었다.

푸르륵!

어느새 다가온 말이 무한의 등을 밀며 소리를 냈다.

"그래… 가야겠지. 죽지 않은 한……."

무한이 고개를 끄떡였다. 가끔 이렇게 사는 게 죽음보다 고통
스러울 때가 있다. 그럼에도 숨을 쉬는 한 인간은 살아야 하는
존재라는 것을 어린 무한도 알고 있다.

그리고 살아 있는 자는 걸어야 한다. 계속 걷는 것. 그것이야
말로 모든 살아 있는 존재의 의무다. 의지가 아닌 본능으로…….

무한이 다시 두 발을 움직이기 시작했다.

　　　　　　*　　　　　*　　　　　*

모든 것이 환상은 아니었다.

그러나 그렇다고, 무한이 결국 만난 것이 신기루가 아닌 실재
하는 그 무엇이었다고 해서 환희의 기쁨을 준 것은 아니었다.

"저게 뭐냐… 젠장!"

무한이 두 무릎을 모래 바닥에 꿇고 중얼거렸다. 욕설이 흘러

나오지 않을 수 없는 상황이었다.

산이어도 좋고, 사구여도 그랬을 수 있다고 실망하고 말지언정, 이렇게 화가 나지는 않았을 것이다.

그런데 무한의 눈앞에 실체를 드러낸 거대한 물체는 산도 아니고 거대한 사구도 아니었다. 그건 그냥 거대한 돌무더기일 뿐이었다.

그리고 단지 그것뿐이었다. 그 돌무더기 말고는 다른 어떤 특별한 것도 존재하지 않았다.

사막에서 이따위 돌무더기는 아무 소용이 없다. 아니, 아주 소용없는 것은 아니다. 작은 동산만큼 큰 돌무더기였으므로 그 아래 뜨거운 태양과 혹한의 추위를 피할 수 있는 공간들이 존재할 테니까.

하지만 그 공간들이 무한에게 살 기회를 주는 것은 아니었다. 화를 넘어 분노가 치밀어 오를 수밖에 없었다.

"기왕에 왔으니 끝까지 가보자. 쉴 만한 그늘은 충분할 거야. 가서 쉬자. 제길!"

툭툭!

무한이 힘겹게 무릎을 세우고는 말 등을 위로하듯 두드렸다. 물론 그 위로는 말이 아니라 자신에게 건네는 위로였지만.

"미친 사람들이 있었군."

거대한 돌무더기 앞으로 다가선 무한이 고개를 저으며 말했다.

가까이 와서 본 돌무더기는 자연적으로 생긴 것이 아니었다. 사람에 의해 만들어진 돌무더기가 분명했다.

그걸 알아보는 건 어린애도 가능했다. 왜냐하면 중구난방으로 쌓여 있었지만 그 돌무더기를 이룬 돌들은 사람의 손에 의해 다듬어진 것들이었기 때문이다.

그건 곧 누군가 이 사막 한가운데까지 이 거대한 돌들을 가지고 왔다는 의미다. 그런 자들이라면 당연히 정상인일 수 없었다.

미치지 않고서야 아무것도 없는 사막 한가운데 이렇게 많은 돌들을 가져다 쌓아 놓았을 리 없었다.

"아니, 아니면… 아주 오래전에는 여기가 사막이 아니었을 수도 있을까?"

그랬을 수도 있다.

어쩌면 이곳에 녹지가 있었을 수도 있었다. 한열지라 불리는 이 지옥 같은 사막이야 인간이 이 세상에 존재하기 이전부터 있었을 테지만, 사막 중간중간에 존재하는 녹지들은 세월에 따라 생겼다가 사라지고 또다시 생기는 생명체 같은 것이기 때문이었다.

아주 오래전 이 근방에 거대한 사막 속 녹지가 있었고, 누군가 그 녹지 위에 자신만의 성을 쌓으려 했을 수도 있었다.

그러나 그럼에도 불구하고 쉽게 이해가 가지 않기는 마찬가지였다. 아무리 이곳에 사람이 살 수 있는 녹지가 있었다고 해도. 석재가 사막 한가운데서 나올 수는 없는 일. 이 거대한 돌무더기를 결국 이곳까지 옮겨 왔다는 말이기 때문이었다.

"대단한 권력을 가진 자가 있었다는 뜻인데… 하긴 파나류의 역사는 제대로 알려진 것이 없으니까. 수백 년 전 열화산 인근에 그런 권력을 가진 자가 있었을 수도 있지. 아무튼… 우린 좀 쉬자!"

툭!

무한이 말의 엉덩이를 툭 치고는 자신이 먼저 무너진 석재 더미 속으로 걸어 들어갔다.

뚝!

무한이 갑자기 걸음을 멈췄다.

발에 느껴지는 촉감이 다르다는 것을 깨달은 것이다. 그의 발이 밟고 있는 것은 더 이상 부드러운 모래가 아니었다.

물론 오랫동안 사막에 버려진 돌무더기여서 그 안쪽까지 모래가 날아 들어와 쌓여 있기는 했다.

그러나 그 모래 아래쪽 사정은 달랐다. 늪 같은 모래의 부드러움이 없고 딱딱한 바위 위에 서 있는 느낌이었다.

스슥!

무한이 발로 모래를 젖혔다. 그러자 그 안에 평평하게 깔린 석재들이 드러났다.

"정말 제대로 지으려 했었구나. 아니면 지어졌다가 무너졌든지……."

바닥에 깔린 석재들은 무척 귀해 보였고, 석재와 석재 사이의 틈도 세월의 흐름이 무색할 만큼 촘촘하게 맞닿아 있었다.

그런데 그때, 함께 거대한 돌무더기 속으로 들어온 말이 무한의 등을 한쪽으로 밀며 소리를 냈다.

푸르륵푸르륵!

"왜?"

무한이 말을 돌아봤다.

그러자 말이 계속 머리로 무한을 밀치더니 스스로 더 안쪽으로 걸어 들어가기 시작했다.

"뭐야? 뭐가 있어?"

무한이 말이 사람이도 되는 것처럼 소리쳐 물었다.

그러나 말은 그대로 동굴 같은 돌무더기 속으로 기어 들어가더니 갑자기 문처럼 앞을 가로막은 커다란 돌판에 머리를 비비기 시작했다.

"가려우면 아무 데서나 긁으면 되지 뭘 거기까지 걸어 들어가서 머리를 긁냐?"

무한이 심드렁하게 말하면서, 그래도 뭐 다른 게 있나 하는 심정으로 말이 머리를 비벼대는 돌판 앞까지 다가갔다.

그런데 말이 긁어대는 돌판은 확실히 다른 점이 있었다.

"문(門)이었구나."

석판에는 기이한 문양들이 세밀하게 새겨져 있었다. 그냥 벽이었을 수도 있는 석판이지만, 무한은 이 석판이 문이었다는 것을 확신했다.

석판 오른쪽에 석문을 열기 위해 만들어진 낡은 고리가 있었고, 또 그 아래쪽에는 옆으로 밀릴 수 있는 홈이 있었기 때문이다.

그리고 무엇보다 석판 주변의 석재들 구조가 이 석판 뒤쪽에 또 다른 공간이 있다는 것을 말해주고 있었다.

다른 곳과 달리 석판 주변의 석재들은 온전히 제 형태를 유지하고 있었다. 그게 무한의 호기심을 자극했다. 그리고 석판, 아니, 석문 뒤쪽의 공간을 살피려면 석문을 여는 수밖에는 방법이 없었다.

그런데 사실 석문의 존재보다 더 중요한 것이 있었다. 그리고 그것이 바로 말이 이 석문 쪽으로 온 이유였다.

놀랍게도 석판 뒤쪽에서 이 돌무더기 주변에서는 들을 수 없는 소리가 들리고 있었던 것이다.

쪼르르!

나약하지만 분명한 소리, 그리고 듣는 것만으로도 그 정체를 알 수 있는 소리다.

"물!"

무한이 자신도 모르게 문에서 떨어지며 눈을 동그랗게 떴다. 그리고는 본능적으로 말을 바라봤다.

푸르륵푸르륵!

말이 얼른 석문을 열라는 듯 고개를 휘저었다.

"이 녀석, 이제 보니 물 냄새를 맡았구나. 아니, 물소리를 들은 거니? 역시… 네놈을 잡아먹지 않기를 잘했어."

무한이 마음에도 없는 소리를 지껄여댔다. 그만큼 석문 뒤쪽에서 들리는 물소리는 반가운 존재였다.

푸르륵푸르륵!

말이 계속 무한을 재촉했다.

"알았다. 알았어. 사실 너보다 내가 더 급해. 이러다가는 네 오줌이라도 받아먹을 지경이거든!"

무한이 다시 농담을 지껄이고는 문고리를 잡았다. 그리고 힘주어 문을 옆으로 밀었다.

그런데 그 순간, 둔탁한 소리와 함께 석문에 매달린 철로 만든 문고리가 떨어져 나왔다.

픽!

"에이, 낡긴 낡았네. 고리를 매단 경첩이 낡아서 버티질 못하네. 그럼 좀 힘 좀 써야겠는데?"

무한이 두 손을 슥슥 문질러 힘을 쓸 준비를 하고는 두 손바닥을 석문에 바싹 댔다.

그륵그륵!

문고리가 없는 석문을 손바닥으로 밀어 여는 일은 무공을 수련한 무한에게도 그리 쉬운 일이 아니었다.

더군다나 석문 아래쪽, 문이 좌우로 밀리게 만든 홈이 오래되어서 석문이 쉽게 움직이지 않았다.

하지만 석문을 여는 것이 목숨을 구하는 일이란 걸 알고 있는 무한은 반드시 석문을 열어야 했다.

"어디 두고 보자. 얼마나 버티나."

무한이 허리춤에서 검을 빼 들었다. 그리고 오래된 석문 아래쪽 홈에 낀 이물질들을 검 끝으로 파내기 시작했다.

그렇게 한동안 세월의 흔적을 파낸 무한이 검을 옆에 내려놓고 다시 석문을 밀기 시작했다.

처음보다는 확실히 움직임이 부드러워진 문은 결국 무한의 힘을 버텨내지 못했다.

그르르르!

드디어 석문이 밀리기 시작했다.

히히힝!

말이 무한의 등 뒤에서 기쁜 듯 울음을 울었다.

"그래. 다 됐어!"

한 번 밀리기 시작한 석문은 순식간에 옆으로 밀려났다. 그러자 그 뒤쪽에 검은 공간이 드러났다. 그 안쪽 어딘가에서 좀 더 명확하게 물 흐르는 소리, 아니, 정확하게는 물이 떨어지는 소리가 들렸다.

무한이 반가운 마음에 급히 한 발을 석문 안쪽으로 들여놓았다. 그러나 다음 순간 무한이 튕기듯 뒤로 물러나며 옆에 내려놓았던 검을 집어 들었다.

그러고는 마치 원수를 만난 사람처럼 석문 뒤 어두운 공간을 향해 검을 겨눴다.

그 순간, 석문 안쪽에서 날카로운 노인의 목소리가 들려왔다.

"오라, 빛의 후계자여! 밀법(密法)의 문(門)을 열었으니, 이제 네 운(運)을 시험할 시간
    이다."

『사자의 아들: 칸의 여행』 5권에 계속…